Marcello Quintanilha

LUCES DE NITERÓI

LUCES DE NITERÓI

Primera edición: Abril de 2024

Les lumières de Niterói

Published by arrangement with eddy agency

ECC Ediciones.
Santa Tecla, 1. 08012 Barcelona.

Traducción: Mercedes Vaquero Granados
Rotulación: David Carro
Ilustración de portada: Marcello Quintanilha
Diseño: Isaac Romana
Edición: David Fernández

Impreso en España DL B 2574-2024 ISBN: 978-84-10134-46-1

GUION Y DIBUJO

Marcello Quintanilha

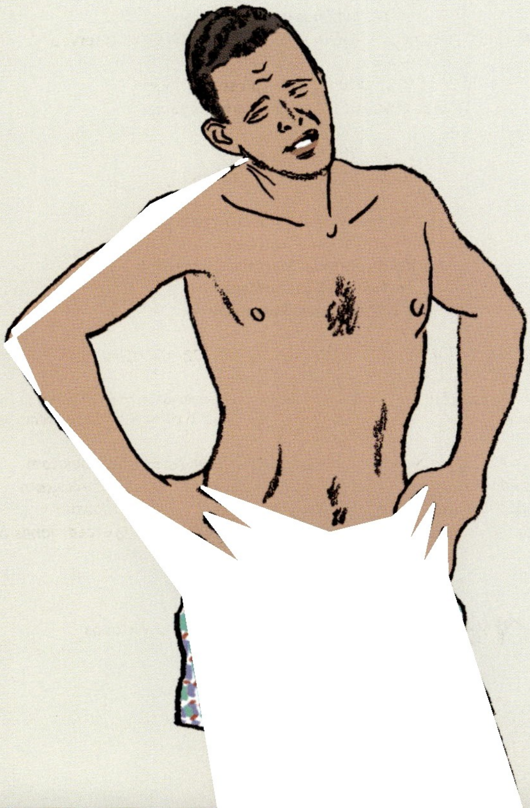

¡NOEL!
¡NOEL!
¿QUÉ?
¡MIRA!
¿EL QUÉ?
MIRA...

...PRESTA ATENCIÓN.
¡ANDA!
¿LO VES?
ALGUIEN HA HECHO EXPLOTAR DINAMITA... PARA PESCAR PECES...
¿ESO NO ES EL BANCO DE ARENA?
NO, EL BANCO DE ARENA ES MÁS HACIA ACÁ... ¿LO VES ALLÍ?
HM...
EL MENDA DEBE DE ESTAR ATRAPANDO UN MONTÓN DE PECES.
¿VAMOS A VER?

¿PARA QUÉ?
¡PUES PARA PILLAR PECES! ¡DEBE DE HABER UN MONTÓN! ¡BASTARÁ CON METER LA MANO!
¿Y SI EL TIPO SE CABREA?
¿¡QUÉ HOSTIAS SE VA A CABREAR!?
¡SI SOLO ES UNO!
¿CREES QUE EL MENDA ES CAPAZ DE LLEVARSE TODO ESO ÉL SOLITO?
VAMOS HASTA ALLÁ, ¡QUE NO VA A DECIRNOS NADA!
NO SÉ...
PERO ¿QUÉ COJONES TE PASA, MACHOTE? ¿DE QUÉ TIENES MIEDO?
¿QUIÉN DICE QUE YO TENGA MIEDO?

¡SIEMPRE ESTÁIS CON EL TEMA DEL MIEDO!
ENTONCES, ¿QUÉ PROBLEMA HAY?
¡VAMOS A ECHAR UN VISTAZO!
NO QUIERO.
¿LO VES...?
¿...O QUÉ?
¡LUEGO NO QUIERES QUE LA GENTE SE META CONTIGO!
¿EL QUÉ? JODER, CHAVAL, CÁLMATE... TENGO DIEZ PAVOS ENTRE MANOS, ¿LOS VOY A DEJAR ESCAPAR POR MEDIO KILO DE LUBINA?
DIEZ PAVOS, ¿DE QUÉ...?
¿...DE ESE MONTÓN DE CASCOS DE COCA-COLA?
¡SÍ!
RESULTA QUE SÍ.
ADEMÁS, ME LOS HAN PAGADO POR ADELANTADO.

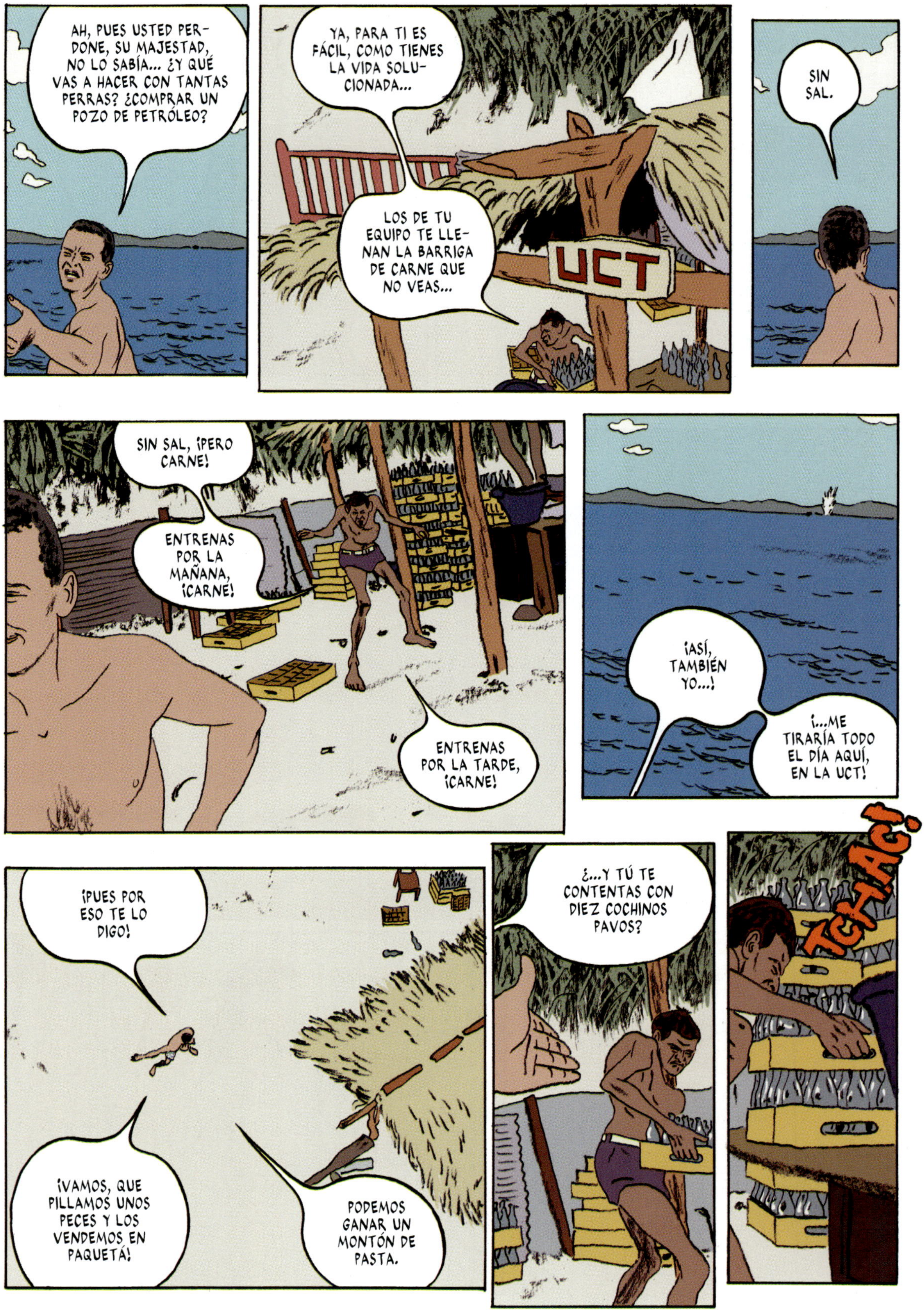
AH, PUES USTED PERDONE, SU MAJESTAD, NO LO SABÍA... ¿Y QUÉ VAS A HACER CON TANTAS PERRAS? ¿COMPRAR UN POZO DE PETRÓLEO?
YA, PARA TI ES FÁCIL, COMO TIENES LA VIDA SOLUCIONADA...
LOS DE TU EQUIPO TE LLENAN LA BARRIGA DE CARNE QUE NO VEAS...
UCT
SIN SAL.
SIN SAL, ¡PERO CARNE!
ENTRENAS POR LA MAÑANA, ¡CARNE!
ENTRENAS POR LA TARDE, ¡CARNE!
¡ASÍ, TAMBIÉN YO...!
¡...ME TIRARÍA TODO EL DÍA AQUÍ, EN LA UCT!
¡PUES POR ESO TE LO DIGO!
¡VAMOS, QUE PILLAMOS UNOS PECES Y LOS VENDEMOS EN PAQUETÁ!
PODEMOS GANAR UN MONTÓN DE PASTA.
¿...Y TÚ TE CONTENTAS CON DIEZ COCHINOS PAVOS?
TCHAC!

¿TÚ NO TIENES QUE CONCENTRARTE MÁS TARDE?
TENGO TIEMPO.

¿¡YA PUEDES REMAR HASTA PAQUETÁ!?
SI PUEDO REMAR HASTA EL PUERTO DE SANTOS...
¿...CÓMO NO VOY A RESISTIR HASTA PAQUETÁ?
¡VÁMONOS ENTONCES, QUE SE HACE TARDE!
¿Y A QUIÉN LE PEDIMOS EL BARCO?
A CÉLIO CELINO.
¿CREES QUE NOS LO VA A DEJAR?

¡PUES CLARO! SIEMPRE NOS LO PRESTA, ¿POR QUÉ NO LO IBA A HACER HOY?
PORQUE LO VOY A NECESITAR MÁS TARDE...
¡PERO, CÉLIO, COMPADRE! SI ES PARA IR AHÍ AL LADO, UN PAR DE MINUTOS.
CICER
YA OS LO HE DICHO, NO OS LO PUEDO DEJAR; LO VOY A NECESITAR DENTRO DE UN RATO...
¡UN PAR DE MINUTILLOS, CÉLIO!
QUE NO, CHAVAL, QUE NO... ESE BARCO ES PARA GUARDAR LAS REDES DE AÍLTON.
¡DÉJALAS FUERA...! ¿NO TIENES OTRO BARCO EN EL QUE GUARDARLAS?
QUE NO, QUE NO CABEN, Y NO SE PUEDEN QUEDAR AL SERENO...

...PORQUE TENGO LA CORAZONADA DE QUE VA A LLOVER...
PUES POR ESO MISMO, MIRA...
...TÚ NOS PRESTAS EL BOTE Y A LAS CUATRO, COMO MUY TARDE, ESTAMOS DE VUELTA, ¡CONFÍA EN NOSOTROS, HOMBRE!
¿SÍ O NO, HÉLCIO?
¡COMO MUY TARDE A LAS CUATRO!
¿Y CUÁNDO HAS CUMPLIDO TÚ CON EL HORARIO ACORDADO CADA VEZ QUE TE HE DEJADO EL BARCO? ¿EH? ¿SE PUEDE SABER?
¿ME LO PUEDES DECIR, POR CASUALIDAD?
¡VALE, NO PASA NADA, VAMOS A HACER UNA COSA! ¡MIRA, CÉLIO...!
¡...DIEZ PAVOS POR ADELANTADO!
¡SI LLEGAMOS A LAS CUATRO, YO APOQUINO OTROS VEINTE!
PERO, ESCUCHA BIEN...
...SI LLEGAMOS DESPUÉS DE LAS CUATRO...
¡...HÉLCIO AFLOJARÁ OTROS CIEN PAVOS DE SU BOLSILLO!
!

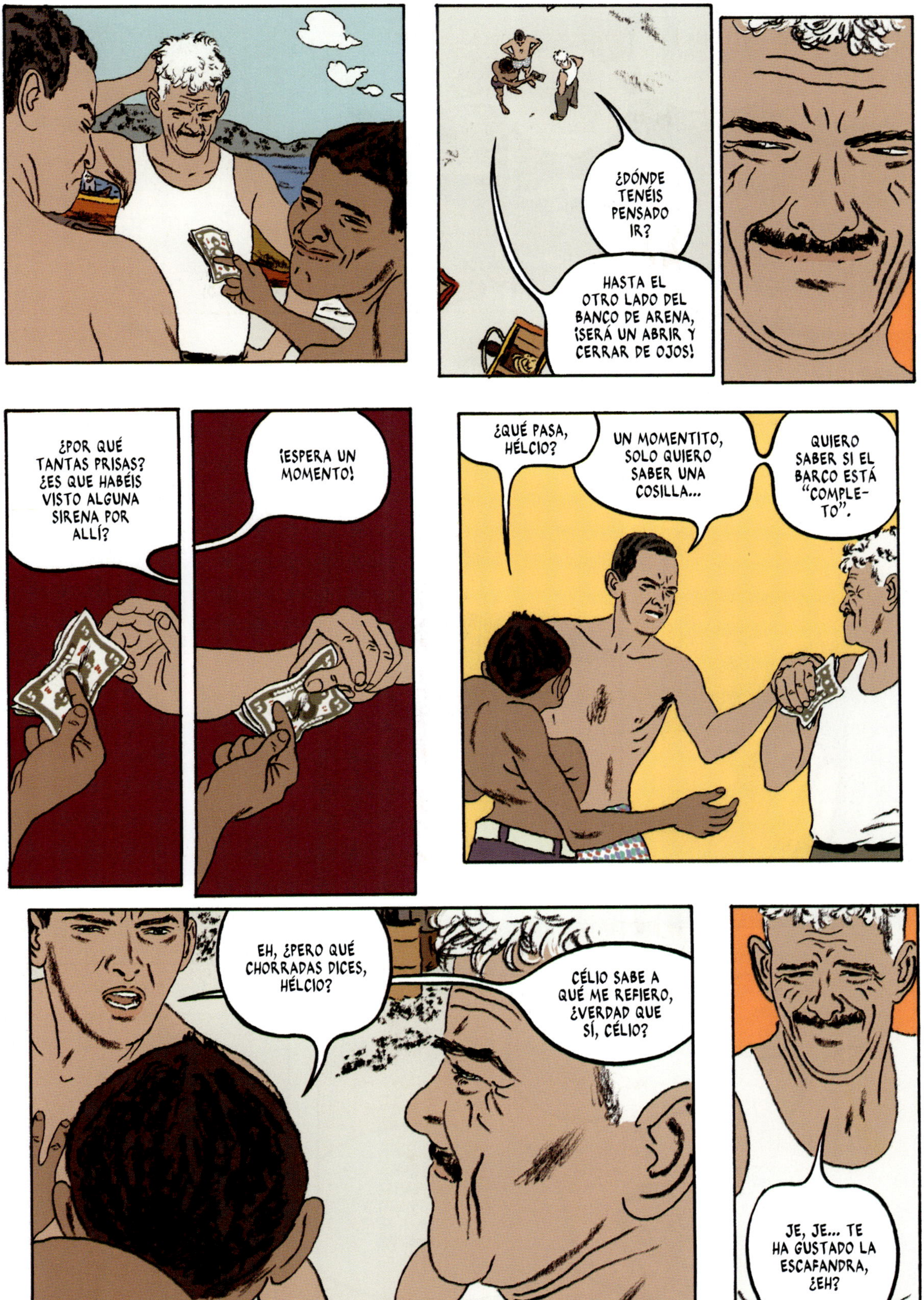
¿DÓNDE TENÉIS PENSADO IR?
HASTA EL OTRO LADO DEL BANCO DE ARENA, ¡SERÁ UN ABRIR Y CERRAR DE OJOS!
¿POR QUÉ TANTAS PRISAS? ¿ES QUE HABÉIS VISTO ALGUNA SIRENA POR ALLÍ?
¡ESPERA UN MOMENTO!
¿QUÉ PASA, HÉLCIO?
UN MOMENTITO, SOLO QUIERO SABER UNA COSILLA...
QUIERO SABER SI EL BARCO ESTÁ "COMPLE-TO".
EH, ¿PERO QUÉ CHORRADAS DICES, HÉLCIO?
CÉLIO SABE A QUÉ ME REFIERO, ¿VERDAD QUE SÍ, CÉLIO?
JE, JE... TE HA GUSTADO LA ESCAFANDRA, ¿EH?

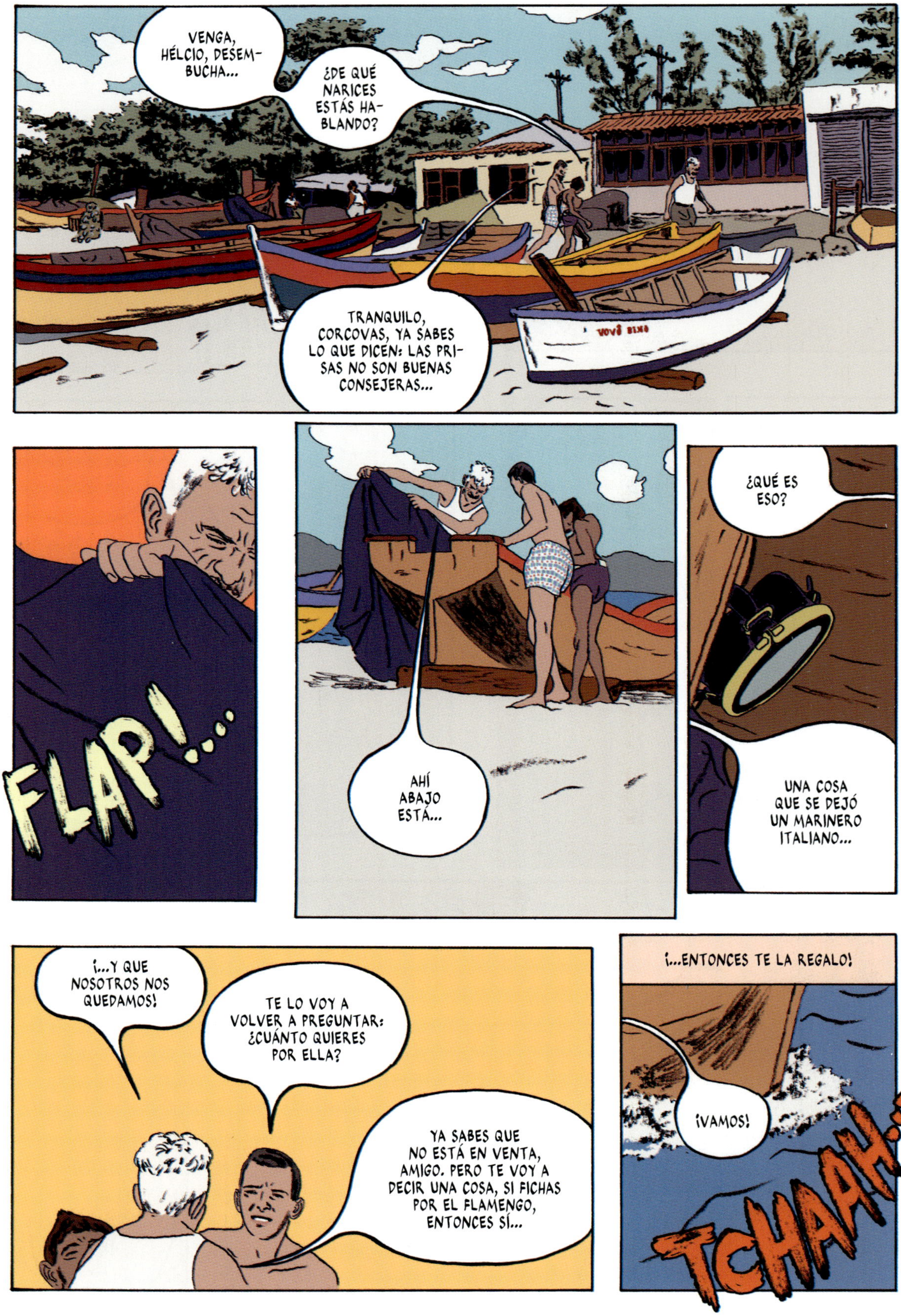

VENGA, HÉLCIO, DESEMBUCHA...
¿DE QUÉ NARICES ESTÁS HABLANDO?
TRANQUILO, CORCOVAS, YA SABES LO QUE DICEN: LAS PRISAS NO SON BUENAS CONSEJERAS...
FLAP!...
AHÍ ABAJO ESTÁ...
¿QUÉ ES ESO?
UNA COSA QUE SE DEJÓ UN MARINERO ITALIANO...
¡...Y QUE NOSOTROS NOS QUEDAMOS!
TE LO VOY A VOLVER A PREGUNTAR: ¿CUÁNTO QUIERES POR ELLA?
YA SABES QUE NO ESTÁ EN VENTA, AMIGO. PERO TE VOY A DECIR UNA COSA, SI FICHAS POR EL FLAMENGO, ENTONCES SÍ...
¡...ENTONCES TE LA REGALO!
¡VAMOS!
TCHAAH...

VENGA, VENGA, YA ESTÁ, YA ESTÁ...
¡SUJETA LA PUNTA DEL REMO...!

¡YA ESTÁ FIRME, VAMOS...! YA PODEMOS...
¿ESA SIRENA ES DE ALTA MAR?
¡JA, JA, ES DE AQUÍ MISMO, DE LA BAHÍA DE GUANABARA!
TENED CUIDADO, QUE LAS SIRENAS DE BAHÍA SON ARISCAS, ¿EH? ¡DESAFINAN Y NADAN DE ESPALDA!
CHUACH...

NO TE PREOCUPES, QUE UN SERVIDOR SE ENCARGA CUANDO LLEGUEMOS ALLÍ.
¡HASTA LA VUELTA, CÉLIO!
¡CUIDADÍN, VOSOTROS DOS!

OYE, ¿QUÉ ES ESO DE SOLTARLE CIEN PAVOS, CHAVAL?
BUENO, HE PENSADO QUE NO HABÍA PELIGRO...

¿ACASO NO VAMOS A FORRARNOS CON ESTO?
¿¡QUÉ SON CIEN PAVOS PARA QUIEN...!?
¿¡...VA A ESTAR MONTADO EN LA GUITA!?
YA, PERO...
¡OYE, DEJA DE AGOBIAR Y PONTE A TRABAJAR, ANDA, QUE LA IDEA HA SIDO TUYA!
SI REMO YO, YA SABES LO QUE PASA...
...POR ESO CREO QUE LO MEJOR ES QUE TE ENCARGUES TÚ DE REMAR, ¿ME ENTIENDES?
Y MÉTELE CAÑA PARA LLEGAR RAPIDITO...
...Y QUE LOS PECES NO SE DISPERSEN DEMASIADO, SI NO, NO PILLAREMOS NADA.
JO, CUÁNTA RAZÓN LLEVAS, JEFE, ASÍ QUE...
¡...CHAO CHAO!
¡EY!
¡OYE!
¡HÉLCIO, TÍO!
¡SERÁS IDIOTA!

¡LO SIENTO MUCHO, NO HAY TIEMPO! ¡TENEMOS QUE DEVOLVER EL BARCO ANTES DE LAS CUATRO!
TCHAF...
SI NO, TENDRÉ QUE AFLOJAR CIEN CRUCEROS.
¡JODER, TÍO!
¡DÉJATE YA DE BROMITAS! ¡HÉLCIO! ¡VEN AQUÍ!
¡VA, TÍO! ¡VEN!
¿QUIÉN DICE QUE ESTOY DE BROMA?
¡PARA YA, VA!
¿QUÉ PASA?
¿NO HACES PIE?
MIRA QUE ERES CABRÓN, ¿EH?
¡VEN NADANDO HASTA AQUÍ!
ANDA...
¡...ESO ES, VENGA!
TCHWAH...
¡UN, DOS!
¡UN, DOS!

¡VENGA!
¡BUEN CHICO! ¡VAMOS!
TCHAF!
TCHAF!
TCHOF!
CHWAH...
JODER...
¡QUÉ DESPACIO NADAS...!
TCHAF!
CHAF!
TWACH!
¡VAMOS!
¡UN, DOS!
TCHOF!
¡VENGA! ¡UN, DOS!
ATENCIÓN...
¡...LA CARABELA PARTIÓ!
¡JODER, HÉLCIO!

¡HOSTIA PUTA, HÉLCIO! ¿¡QUIERES DEJAR DE HACER EL GILIPOLLAS!?
CHAF!
CHOF!
¡YA ESTÁ BIEN CON LA BROMITA DE LOS COJONES! ¡ME ESTÁ DANDO UN CALAMBRE!
HÉLCIO...
¡CUANDO SUBA...!
¡...VOY A...!
DÉJAME...
YO...
¡GLUB!
¿VAS A PAGAR LA TASA?
¿QUÉ... GLUB...?
¿...TASA?
¿QUÉ MIERDA DIC...?
¡LOS DOSCIENTOS!
SI LLEGAMOS...
UN MOMENTO, ¿QU...?
¿Q-Q...?
...DESPUÉS DE LAS CUATRO, YO LE DOY CIEN A CÉLIO CELINO...
...Y TÚ ME DARÁS DOSCIENTOS...
¿DE ACUERDO?

¡AAAAH!
¡ESPERA, QUE ME HA DADO UN CA-LAMBRE! ¡UN CALAMBRE!
GLUP!
¡JA, JA! OYE, CORCO-VAS, ¡DÉJATE DE IDIOTECES!
¡SUBE AL BARCO, ¿QUIERES?!
¡VÁMONOS YA...!
¡TRATO HECHO! ¿VALE?
¿TRATO HECHO?
¡A VER SI ME VOY A LLENAR LOS BOLSILLOS DE PASTA YO SOLITO!

OYE, YO ME LARGO, ¿EH? NOS VEMOS LUEGO EN LA UCT, ¿DE ACUERDO?
¡VENGA, HOMBRE! ¡NO ME FASTIDIES, ¿VALE?!
¿QUÉ? ¿VAS A SEGUIR TOCÁNDOME LAS NARICES?
CHOF...
¡JODER, CORCOVAS!
¡AGUANTA, QUE VOY!
SWACH...
¡TE VAS A IR A BESAR LOS PIES A LA VIRGEN!
CHWAH...
CHAFF!
TWAHCH!

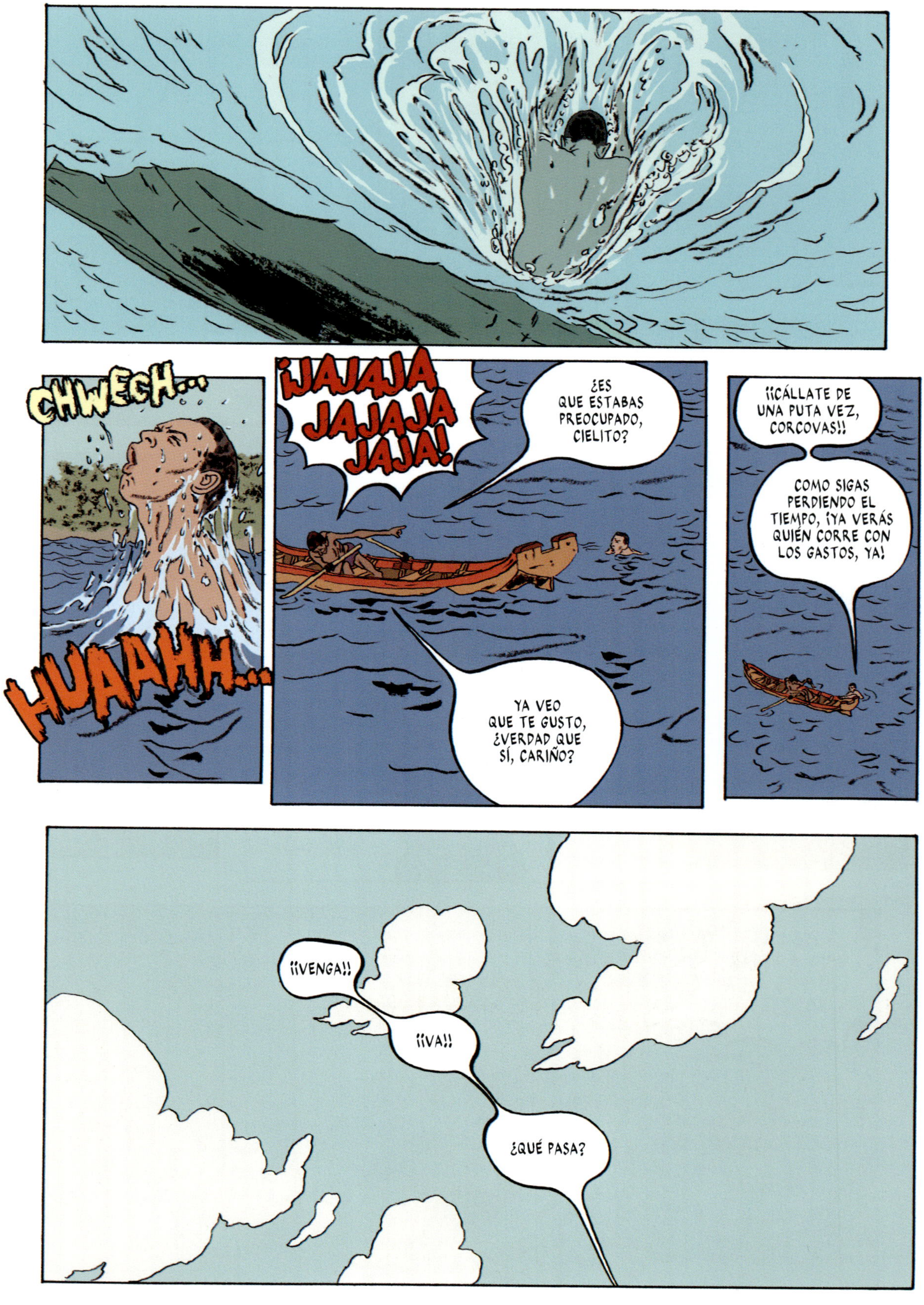
CHWECH...
HUAAHH...
¡JAJAJA JAJAJA JAJA!
¿ES QUE ESTABAS PREOCUPADO, CIELITO?
YA VEO QUE TE GUSTO, ¿VERDAD QUE SÍ, CARIÑO?
¡¡CÁLLATE DE UNA PUTA VEZ, CORCOVAS!!
COMO SIGAS PERDIENDO EL TIEMPO, ¡YA VERÁS QUIÉN CORRE CON LOS GASTOS, YA!
¡¡VENGA!!
¡¡VA!!
¿QUÉ PASA?

¿ESTÁS CANSADO?
¡CANSADO, MIS COJONES!
¿ME HAS VISTO ALGUNA VEZ CANSADO POR REMAR UN POCO?
¡ESTÁS REMANDO MUY DESPACIO...!
ANTES IBAS...
...A BUEN RITMO...
...PERO AHORA...
¡PUES HAZLO TÚ ENTONCES, SANSÓN!
¡VENGA, QUE YA CASI ESTAMOS!
¡MÁS A LA IZQUIERDA...!
¿VES AL TIPO?
¡TE HE DICHO QUE MÁS A LA IZQUIERDA!
¡PUES ESO, JODER! ¡A LA IZQUIERDA!
¡NO, NO...! ¡A LA IZQUIERDA DEL BARCO, NO! ¡A LA IZQUIERDA DEL LADO HACIA EL QUE ESTÁS REMANDO!

QUIERES DECIR A LA DERECHA...
¡A LA DERE-CHA, NO! ¡A LA IZQUIERDA!
¡A TU IZQUIERDA PARA QUE EL BARCO VAYA A LA DERECHA! ¡JODER, CHAVAL!
¡LA DIRECCIÓN DEL BARCO MANDA EN LA PERSONA QUE REMA, IDIOTA!
PARA IR A LA DERECHA, MANDA...
...LA PROA DEL BARCO, ¡HACIA DÓNDE APUNTA!
NO ES MI IZQUI...
VALE, VALE, LO QUE TÚ DIGAS...
MIRA, ALLÍ ESTÁ NUESTRO AMIGO...

¿LO VES ALLÍ O NO?
PUES CLARO... ALLÍ...
PARECE QUE ESTÁ...
¿QUÉ COÑO ESTÁ HACIENDO?
...NO SÉ...

NO SÉ... EL COLEGA SE MUEVE UN MONTÓN...
MIRA...
PUEDE QUE ÉL TAMBIÉN NOS ESTÉ VIGILANDO.
¡ESO DEBE DE SER, SÍ...!
¡VAMOS P'ALLÁ!
TRANQUILO, HÉLCIO...
...CON CALMA...
¡VETE A SABER QUIÉN ES ESE TIPO!

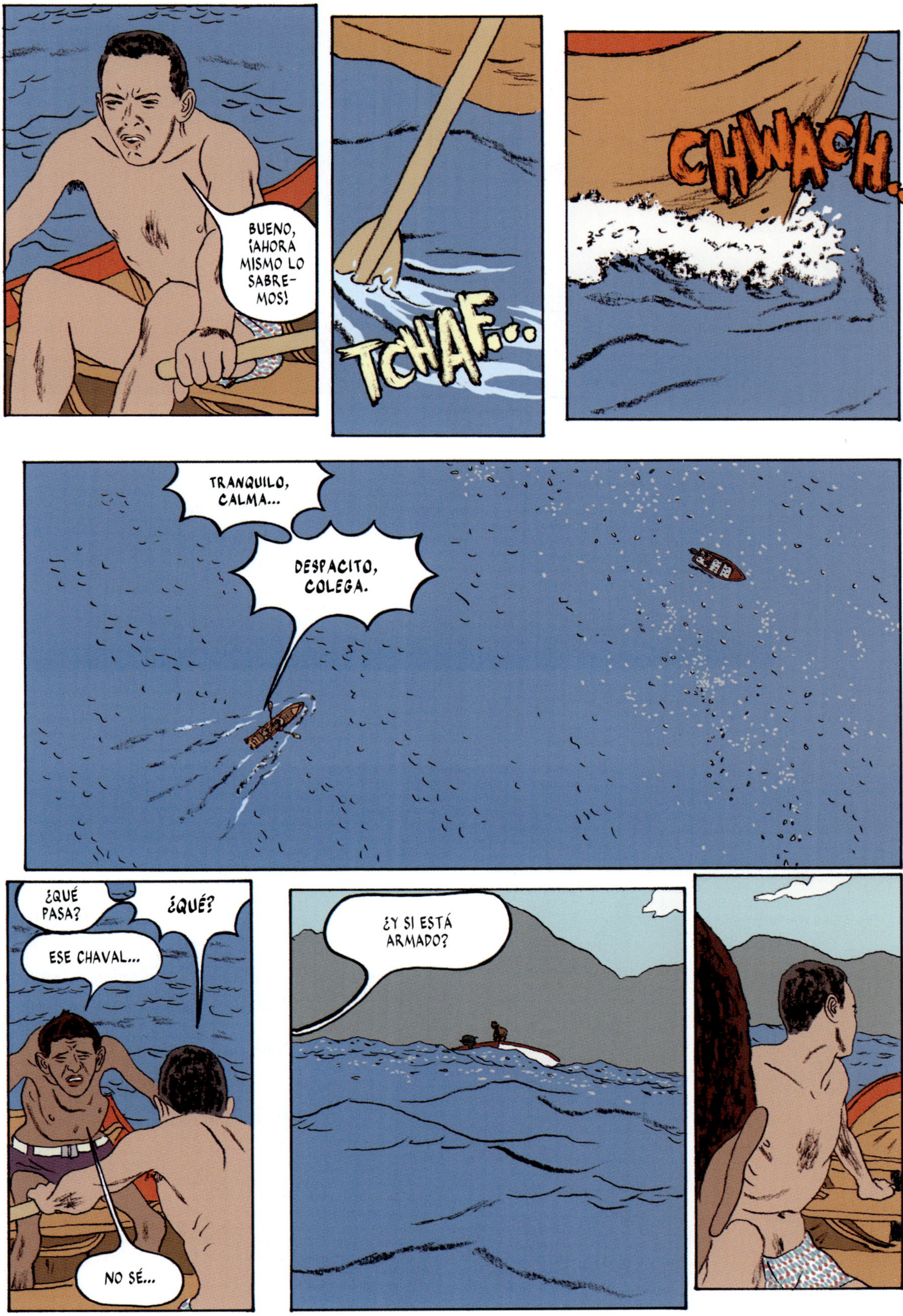
BUENO, ¡AHORA MISMO LO SABRE-MOS!
TCHAF...
CHWACH...
TRANQUILO, CALMA...
DESPACITO, COLEGA.
¿QUÉ PASA?
¿QUÉ?
ESE CHAVAL...
NO SÉ...
¿Y SI ESTÁ ARMADO?

¿TÚ CREES?
HOMBRE, PIÉNSALO...
¿...QUÉ IBA A ESTAR HACIENDO AHÍ...?
¿...SI NO CONTASE CON CIERTA GARANTÍA?
¿SI NO TUVIERA UN ARMA O QUÉ SÉ YO...?
POR ESO VICÊNCIO, EL DE LA ZAPATERÍA, DIJO QUE...
...SI UN TIPO QUIERE PEGARNOS UN TIRO...
¿EL QUÉ?
¡JA JAJAJA JA!
¿QUÉ PASA? ¿DE QUÉ TE RÍES, IDIOTA?
¡JA JAJAJA JAJA!

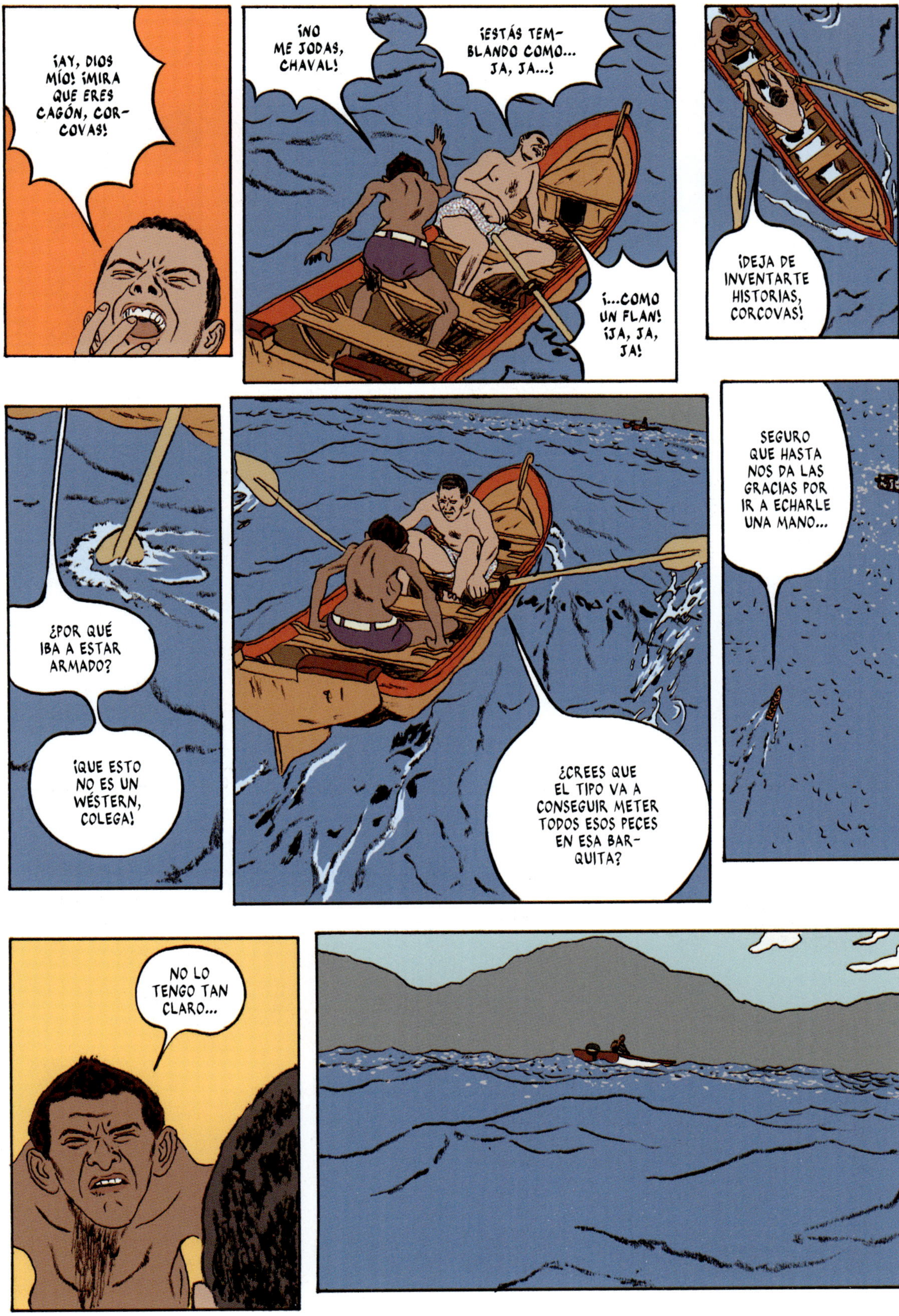

¡AY, DIOS MÍO! ¡MIRA QUE ERES CAGÓN, CORCOVAS!
¡NO ME JODAS, CHAVAL!
¡ESTÁS TEMBLANDO COMO... JA, JA...!
¡...COMO UN FLAN! ¡JA, JA, JA!
¡DEJA DE INVENTARTE HISTORIAS, CORCOVAS!
¿POR QUÉ IBA A ESTAR ARMADO?
¡QUE ESTO NO ES UN WÉSTERN, COLEGA!
¿CREES QUE EL TIPO VA A CONSEGUIR METER TODOS ESOS PECES EN ESA BARQUITA?
SEGURO QUE HASTA NOS DA LAS GRACIAS POR IR A ECHARLE UNA MANO...
NO LO TENGO TAN CLARO...

VE DESPACIO, ¿VALE?
¡TE HE DICHO QUE VAYAS DESPACIO!
PERO ¿QUÉ NARICES TE PASA, COR-COVAS?
¡MIRA...!
EL TIPO HA PARADO.

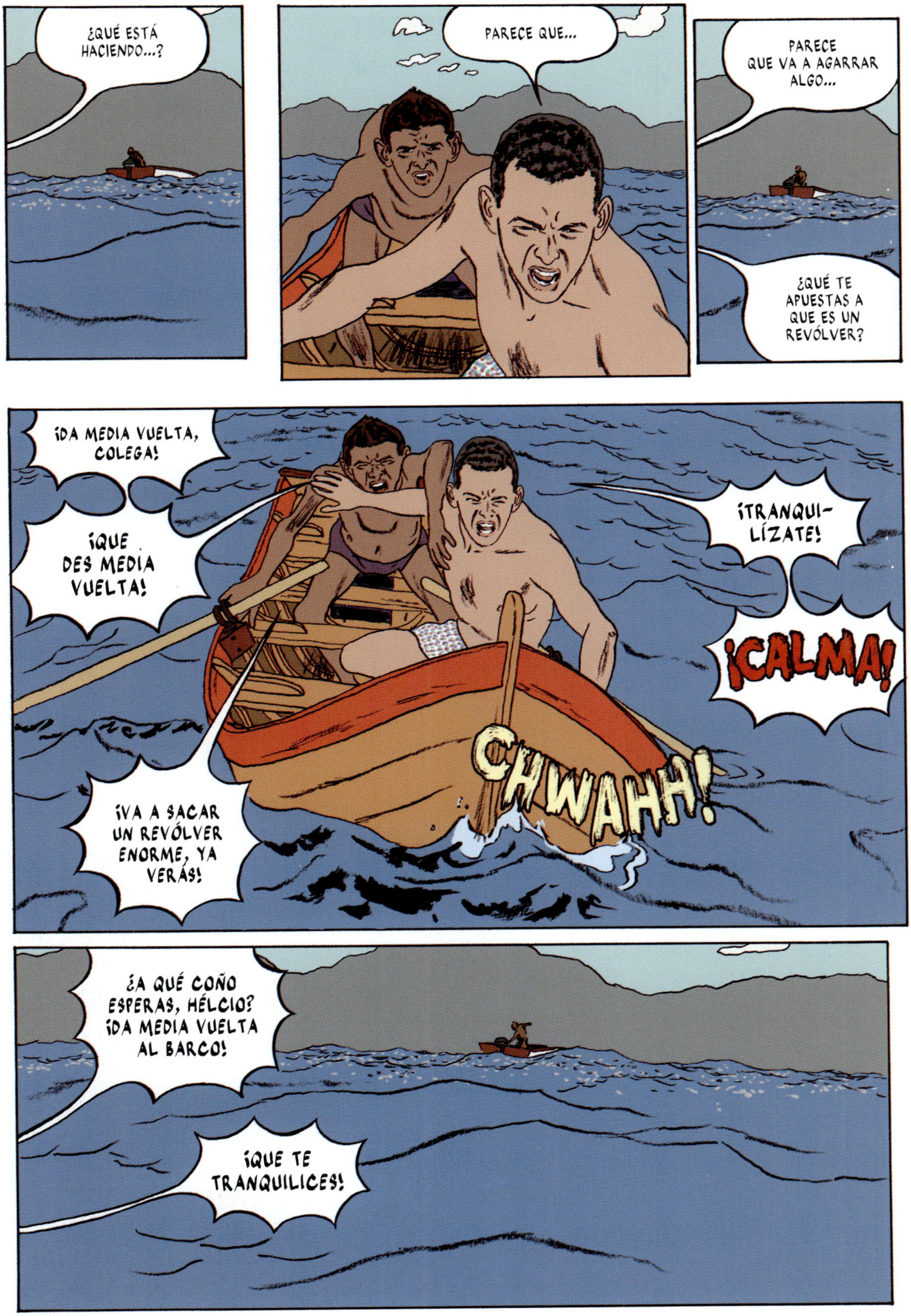
¿QUÉ ESTÁ HACIENDO...?
PARECE QUE...
PARECE QUE VA A AGARRAR ALGO...
¿QUÉ TE APUESTAS A QUE ES UN REVÓLVER?
¡DA MEDIA VUELTA, COLEGA!
¡QUE DES MEDIA VUELTA!
¡TRANQUILÍZATE!
¡CALMA!
CHWAHH!
¡VA A SACAR UN REVÓLVER ENORME, YA VERÁS!
¿A QUÉ COÑO ESPERAS, HÉLCIO? ¡DA MEDIA VUELTA AL BARCO!
¡QUE TE TRANQUILICES!

TRANQUILO...
¿QUÉ ESTÁ HACIENDO?
MIRA...
MIRA... PRESTA ATENCIÓN...
¿HAS VISTO...?
¡...CHAVAL, ESTÁ ARRAN-CANDO EL MOTOR!

¡EL TIPO SE ESTÁ LARGANDO DE AQUÍ!
BRRRRRRR...
¡VENGA! ¡VAMOS!
¡VAMOS A APROVECHAR!
¡MPFMM!
¿LO VES, CORCOVAS?
CHWOF...
CHWACH...
¡TÚ AHÍ, CAGADO DE MIEDO, CUANDO...!
¡...EL COLEGA TIENE MÁS MIEDO DE NOSOTROS QUE NOSOTROS DE ÉL!
HABLA MENOS Y REMA MÁS, CHAVAL, ¡SE ACABÓ LA MISERIA!
¡VAMOS!

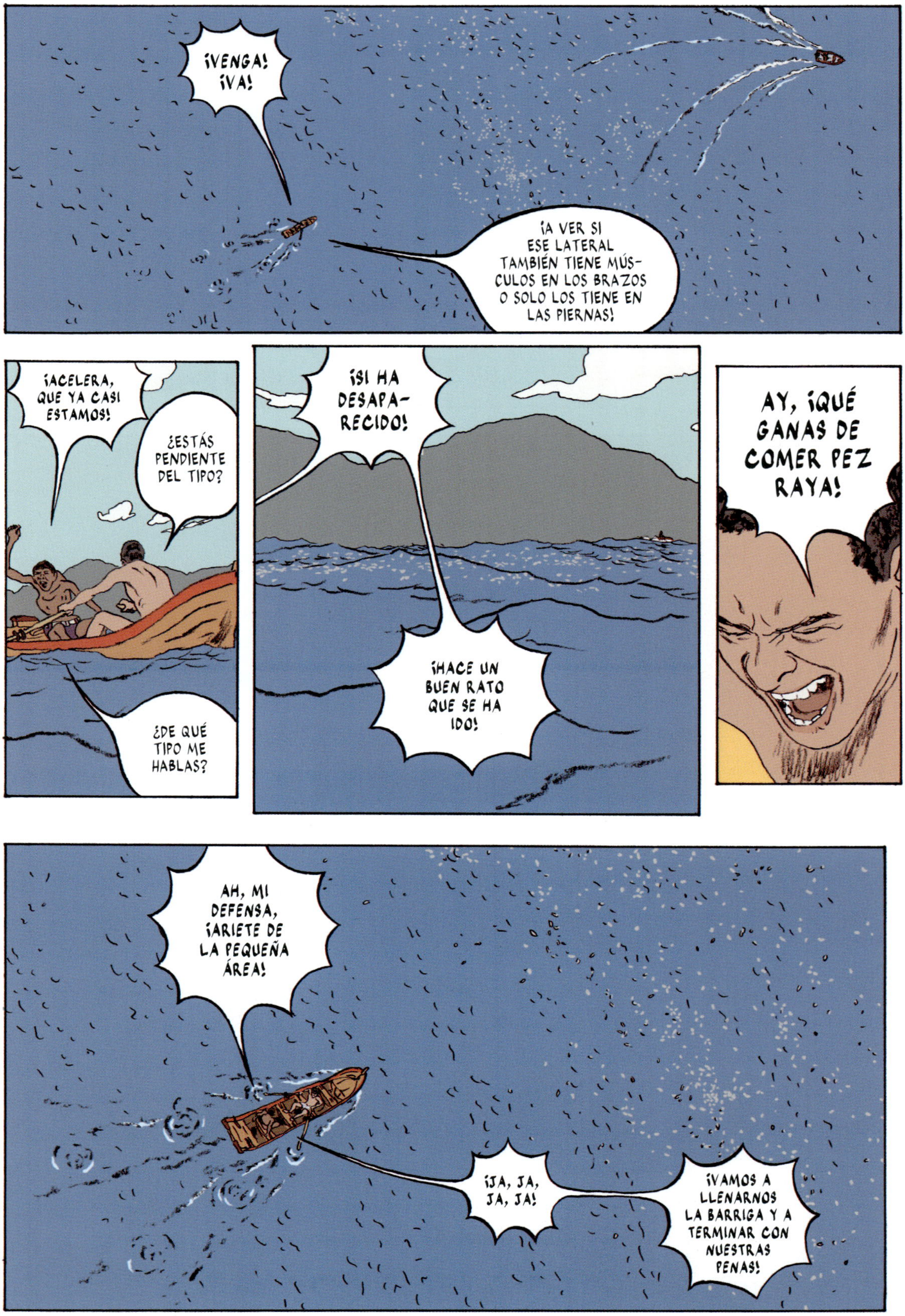
¡VENGA! ¡VA!
¡A VER SI ESE LATERAL TAMBIÉN TIENE MÚSCULOS EN LOS BRAZOS O SOLO LOS TIENE EN LAS PIERNAS!
¡ACELERA, QUE YA CASI ESTAMOS!
¿ESTÁS PENDIENTE DEL TIPO?
¿DE QUÉ TIPO ME HABLAS?
¡SI HA DESAPARECIDO!
¡HACE UN BUEN RATO QUE SE HA IDO!
AY, ¡QUÉ GANAS DE COMER PEZ RAYA!
AH, MI DEFENSA, ¡ARIETE DE LA PEQUEÑA ÁREA!
¡JA, JA, JA, JA!
¡VAMOS A LLENARNOS LA BARRIGA Y A TERMINAR CON NUESTRAS PENAS!

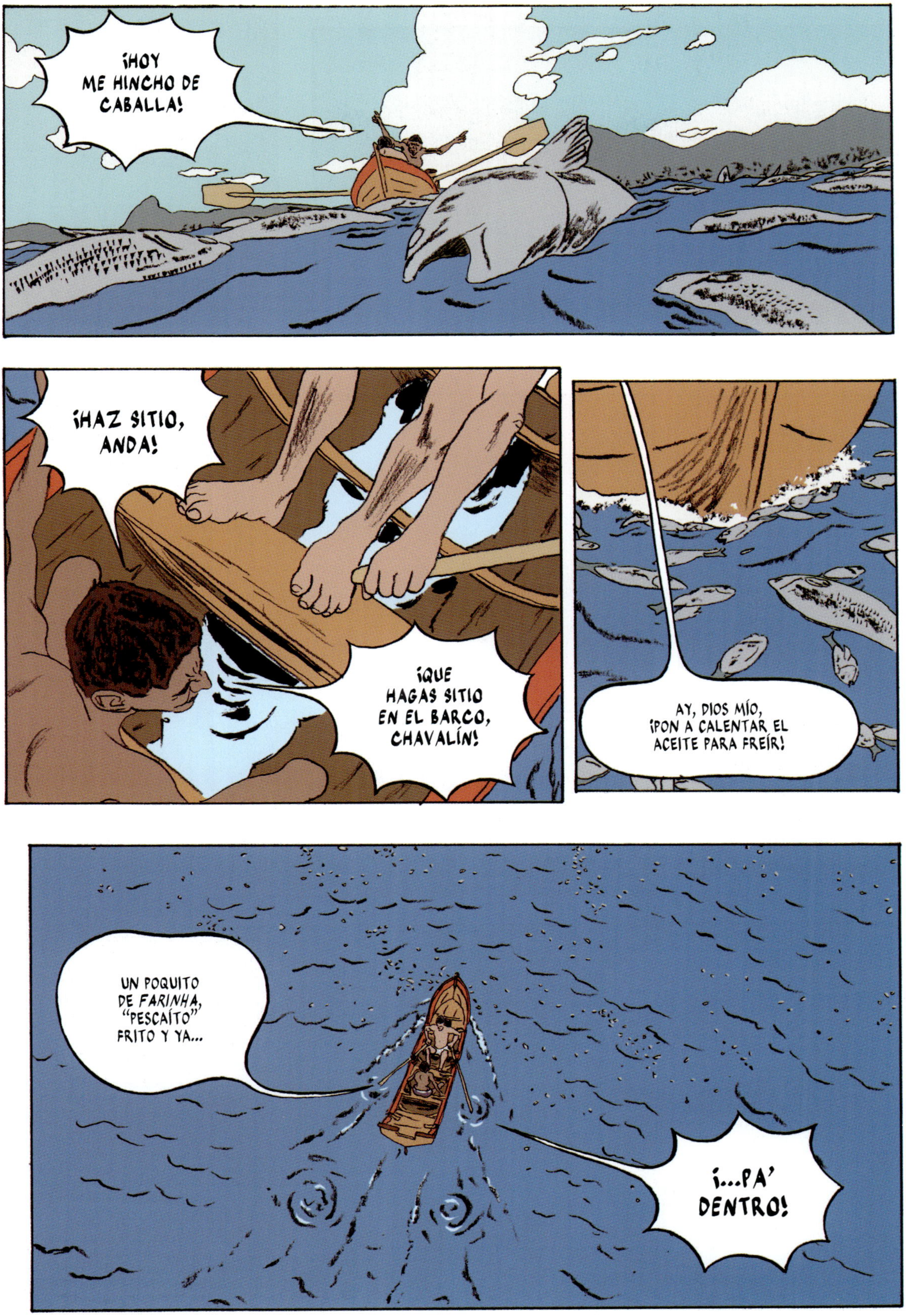
¡HOY ME HINCHO DE CABALLA!
¡HAZ SITIO, ANDA!
¡QUE HAGAS SITIO EN EL BARCO, CHAVALÍN!
AY, DIOS MÍO, ¡PON A CALENTAR EL ACEITE PARA FREÍR!
UN POQUITO DE *FARINHA*, "PESCAÍTO" FRITO Y YA...
¡...PA' DENTRO!

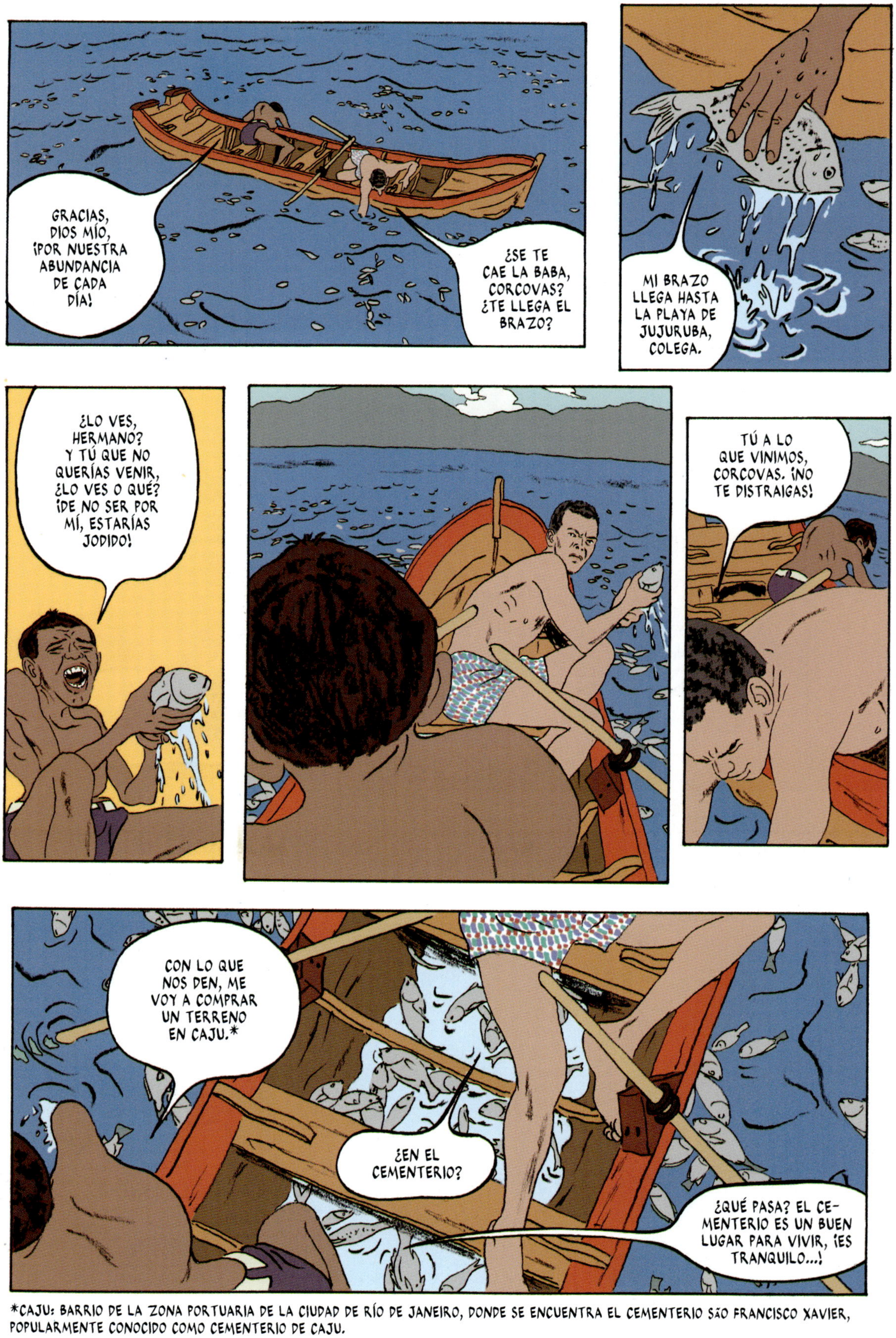

*CAJU: BARRIO DE LA ZONA PORTUARIA DE LA CIUDAD DE RÍO DE JANEIRO, DONDE SE ENCUENTRA EL CEMENTERIO SÃO FRANCISCO XAVIER, POPULARMENTE CONOCIDO COMO CEMENTERIO DE CAJU.

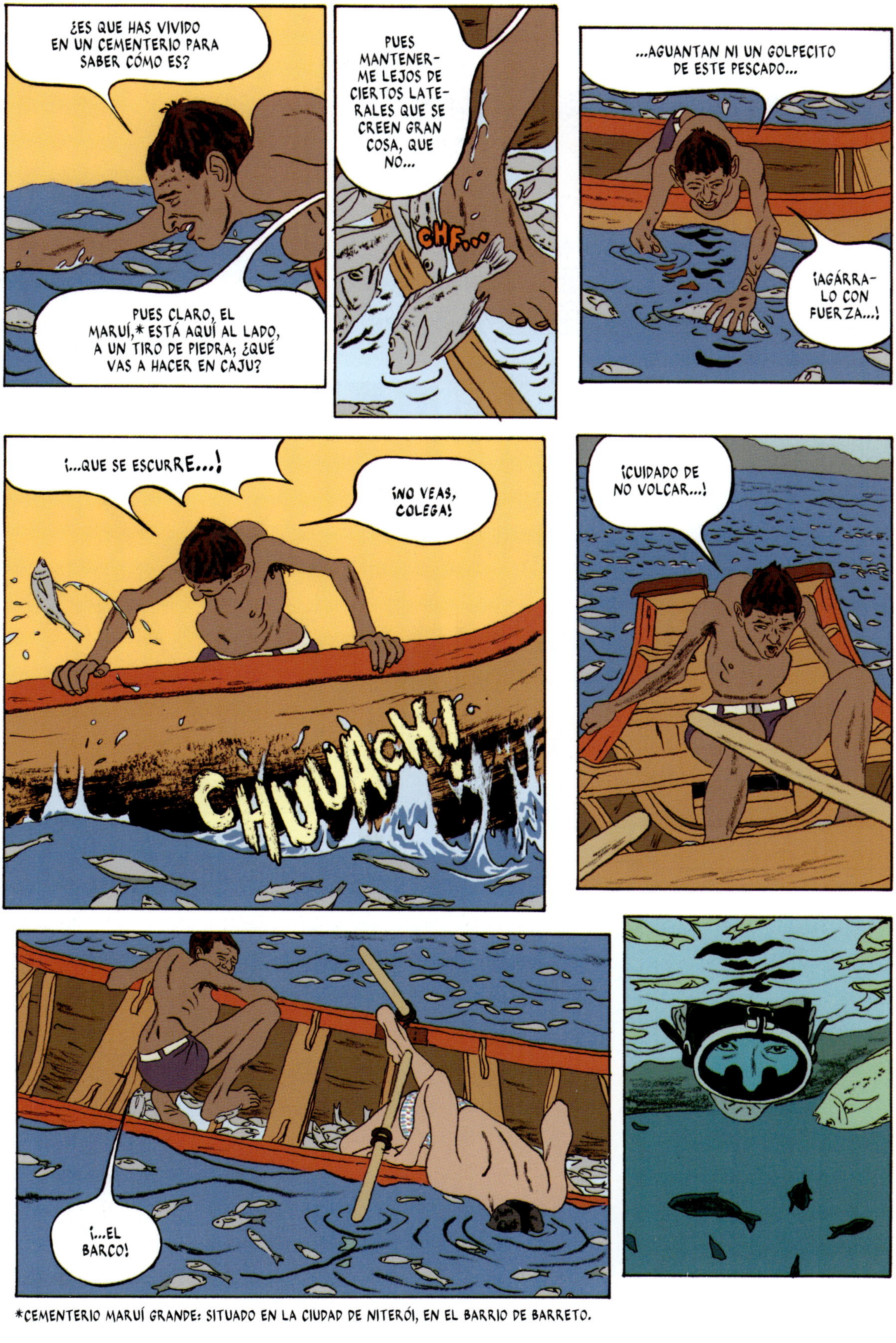

*CEMENTERIO MARUÍ GRANDE: SITUADO EN LA CIUDAD DE NITERÓI, EN EL BARRIO DE BARRETO.

CORCOVAS, ¡AHÍ ABAJO ESTÁ LLENITO DE PECES!
CHWACH...
¡SON ASÍ DE GRANDES, COLEGA!
¿EN SERIO?
¡YA TE DIGO!
¿Y POR QUÉ NO HAN SUBIDO A LA SUPERFICIE?
¡VETE A SABER! A LO MEJOR AÚN NO ESTÁN MUERTOS...
¿QUÉ VAS A HACER?
¡LOS VOY A PILLAR!
¡CUIDADO! ¡QUE NO VUELQUE EL BARCO!
¡ESPERA! ¡UN MOMENTO!

ESPERA, NO...
TCHAF!
NO ERA SOLO ESO...

...O SEA, NO ERA LA SENSACIÓN DE ENTRAR EN EL AGUA, ES DECIR...
...ERA ENTRAR EN EL AGUA...
...PERO, AL MISMO TIEMPO, NO ERA ESO LO QUE SENTÍA HÉLCIO...
...CADA VEZ QUE BUCEABA.
LO QUE SENTÍA, A VER SI ME ENTIENDES...
...NO ERA QUE ESTABA...
...ENTRANDO EN EL AGUA...
...SINO QUÉ ESTABA...
...SALIENDO DEL MUNDO.

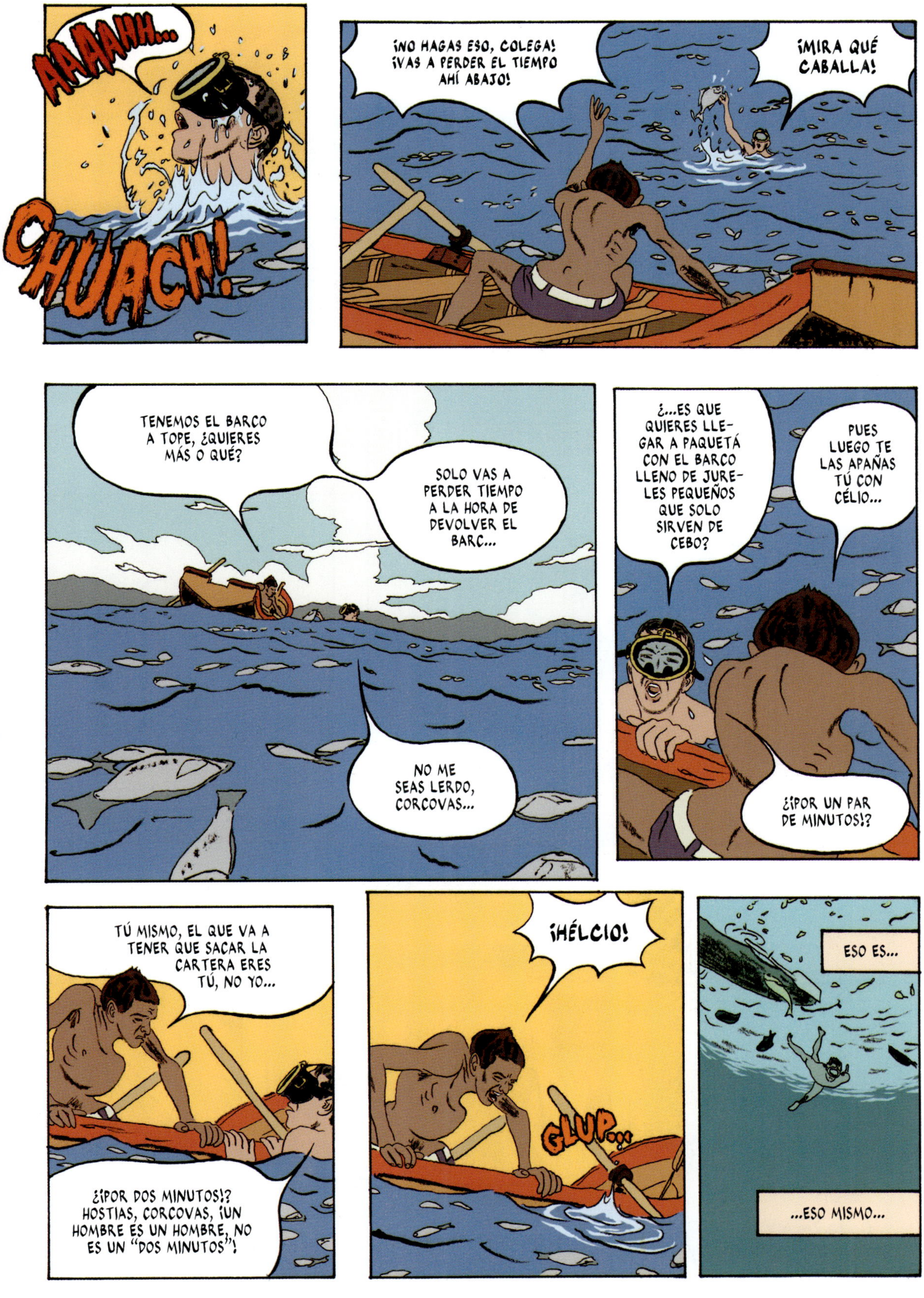
AAAAHH...
CHUACH!
¡NO HAGAS ESO, COLEGA! ¡VAS A PERDER EL TIEMPO AHÍ ABAJO!
¡MIRA QUÉ CABALLA!
TENEMOS EL BARCO A TOPE, ¿QUIERES MÁS O QUÉ?
SOLO VAS A PERDER TIEMPO A LA HORA DE DEVOLVER EL BARC...
NO ME SEAS LERDO, CORCOVAS...
¿...ES QUE QUIERES LLEGAR A PAQUETÁ CON EL BARCO LLENO DE JURELES PEQUEÑOS QUE SOLO SIRVEN DE CEBO?
PUES LUEGO TE LAS APAÑAS TÚ CON CÉLIO...
¿¡POR UN PAR DE MINUTOS!?
TÚ MISMO, EL QUE VA A TENER QUE SACAR LA CARTERA ERES TÚ, NO YO...
¿¡POR DOS MINUTOS!? HOSTIAS, CORCOVAS, ¡UN HOMBRE ES UN HOMBRE, NO ES UN "DOS MINUTOS"!
¡HÉLCIO!
GLUP...
ESO ES...
...ESO MISMO...

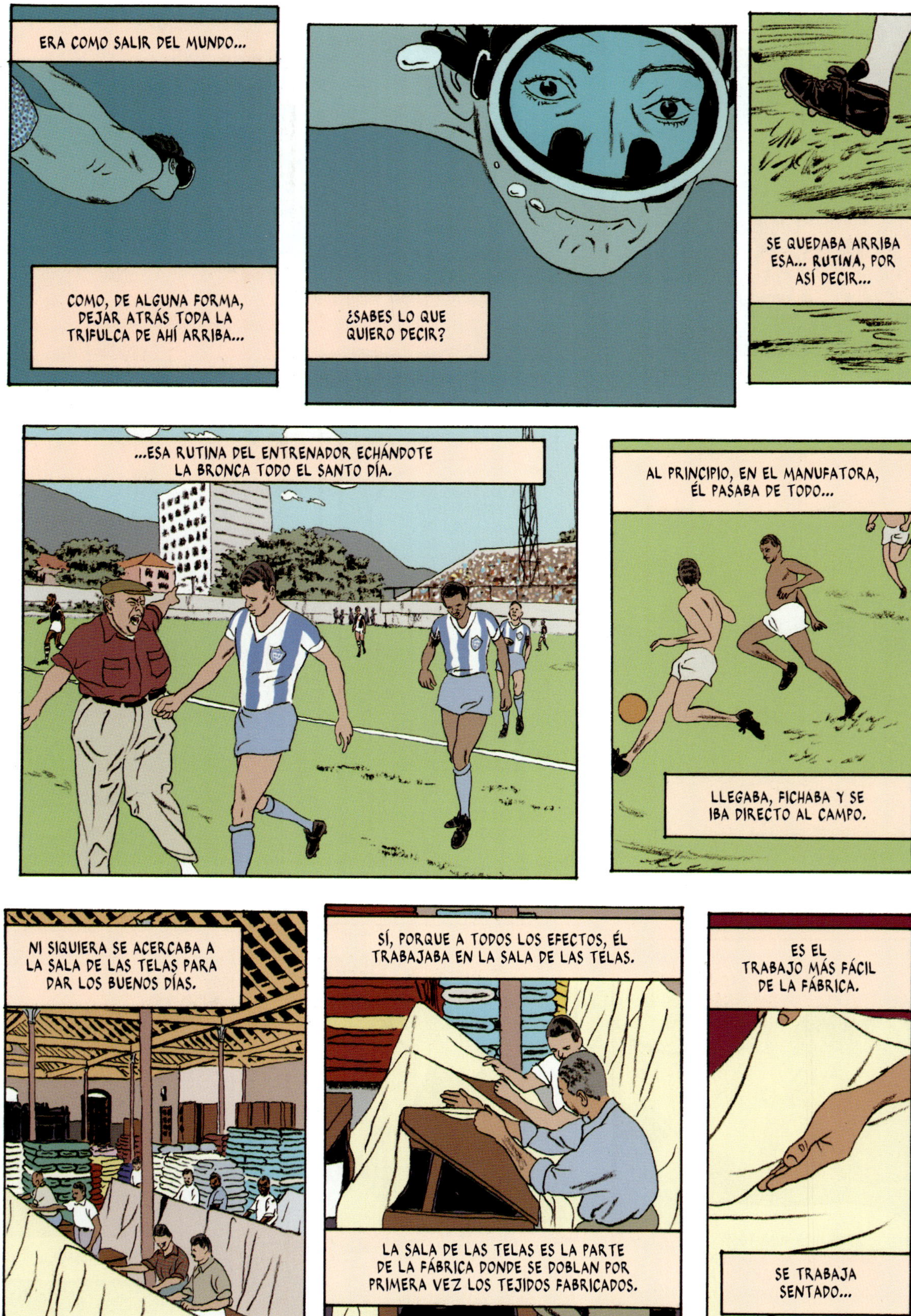
ERA COMO SALIR DEL MUNDO...
COMO, DE ALGUNA FORMA, DEJAR ATRÁS TODA LA TRIFULCA DE AHÍ ARRIBA...
¿SABES LO QUE QUIERO DECIR?
SE QUEDABA ARRIBA ESA... RUTINA, POR ASÍ DECIR...
...ESA RUTINA DEL ENTRENADOR ECHÁNDOTE LA BRONCA TODO EL SANTO DÍA.
AL PRINCIPIO, EN EL MANUFATORA, ÉL PASABA DE TODO...
LLEGABA, FICHABA Y SE IBA DIRECTO AL CAMPO.
NI SIQUIERA SE ACERCABA A LA SALA DE LAS TELAS PARA DAR LOS BUENOS DÍAS.
SÍ, PORQUE A TODOS LOS EFECTOS, ÉL TRABAJABA EN LA SALA DE LAS TELAS.
LA SALA DE LAS TELAS ES LA PARTE DE LA FÁBRICA DONDE SE DOBLAN POR PRIMERA VEZ LOS TEJIDOS FABRICADOS.
ES EL TRABAJO MÁS FÁCIL DE LA FÁBRICA.
SE TRABAJA SENTADO...

...TIENES TIEMPO DE HABLAR CON EL DE AL LADO...
...SALES A TU HORA...
¿SABES LO QUE SIGNIFICA TRABAJAR EN LA TEJEDURÍA?
¿EL RUIDAZO QUE HAY?
¡NO LO QUIERO NI DE COÑA!
LA SALA DE LAS TELAS ES MUCHO MEJOR.
POR ESO, CUANDO EL SEÑOR ANTÔNIO CONVENCIÓ POR FIN A SU PADRE PARA QUE LE PERMITIERA JUGAR EN EL EQUIPO DE LA CIA. MANUFATORA FLUMINENSE DE TECIDOS, EL SEÑOR ANTÔNIO SUBRAYÓ CON FIRMEZA:
"SEÑOR ALÍCIO, VA A TENER UN TRABAJO FACILITO EN LA SALA DE LAS TELAS, NO TIENE DE QUÉ PREOCUPARSE."
LLEGABA POR LA MAÑANA, JUNTO CON TODOS LOS DEMÁS...
...FICHABA...
...DESAYUNABA...
...SE CAMBIABA DE ROPA...

...Y SE DIRIGÍA AL CAMPO A ENTRENAR...
EL CAMPO ESTABA SITUADO EN LA PARTE DE ATRÁS DE LA FÁBRICA.
LOS EMPLEADOS DECÍAN...
...QUE EL SEÑOR ANTÔNIO TRATABA MEJOR EL CÉSPED DEL CAMPO QUE A SU MISMÍSIMA MUJER.
SIEMPRE QUE HAY PARTIDO DEL CAMPEONATO NITEROIENSE, TODOS COMENTAN QUE SE TRATA DEL MEJOR CÉSPED DE LA CIUDAD.
¡PERO HAY QUE ENTRENAR TODOS LOS SANTOS DÍAS!
MENOS EL DÍA ANTES DE UN PARTIDO.

EN LA VÍSPERA DE UN PARTIDO, EL SEÑOR ANTÔNIO TIENE LA MANÍA DE CONCENTRAR A TODOS EN LA FÁBRICA HASTA EL DÍA SIGUIENTE.
YA SABES, LO QUE HACEN LOS GRANDES EQUIPOS CUANDO SE CONCENTRAN ANTES DEL JUEGO...
¿QUE SE LLEVAN A LOS JUGADORES A UN HOTEL...?
¿...PARA SALIR AL DÍA SIGUIENTE EN COMITIVA HACIA EL ESTADIO?
PUES LO MISMO EN EL MANUFATORA...
...SOLO QUE LA CONCENTRACIÓN SE HACÍA EN UN ALMACÉN DE LA FÁBRICA.
POR ESO ALGUNAS VECES A HÉLCIO LE DABA POR PENSAR EN TODO ESO DEL CAMPEONATO NITEROIENSE Y...
...CREÍA QUE NO ERA EL LUGAR DONDE DEBÍA ESTAR...
...SOBRE TODO PORQUE LE RESULTABA MUY FÁCIL SALIR REGATEANDO A TODO EL EQUIPO CONTRARIO, DESDE ATRÁS...
...Y MARCAR GOLES ENTRANDO DENTRO DE LA RED CON BALÓN Y TODO.
IGUAL QUE SIEMPRE HIZO EN LOS CAMPOS DE TIERRA...
...Y NADIE SE QUEJÓ NUNCA.

DESDE QUE EMPEZÓ EN EL MANUFATORA, CADA VEZ QUE AMENAZA CON SALIR UN POCO DE SU POSICIÓN DE DEFENSA...
¡...AL SEÑOR MANOEL POLIESPÁN CASI LE DA UN INFARTO!
SÍ, PORQUE HÉLCIO...
BUENO...
...HÉLCIO JUEGA DE LATERAL.
SOLO HAY QUE VER EL NÚMERO DE SU CAMISETA.
¿LO VES?
LATERAL DERECHO.
"LATERAL", YA LO DICE EL NOMBRE...
...O SEA, DEFENSA.
SE MUEVE POR UN LADO DEL CÉSPED.
BÁSICAMENTE, EL DEFENSA TRABAJA PARA ANULAR LA JUGADA DE ATAQUE DEL EQUIPO CONTRARIO POR UN LADO DEL CAMPO...
...Y SI CONSIGUE HACERSE CON LA PELOTA...

...BUSCA PASÁRSELA A UN CENTROCAMPISTA, ENCARGADO DE ESTABLECER LA CONEXIÓN CON ALGÚN DELANTERO.
ESO SOBRE EL PAPEL.
PORQUE EN EL MUNDO REAL, HÉLCIO PREFERÍA NO PASARLE EL ESFÉRICO A NADIE Y SALIR ÉL MISMO AL ATAQUE.
REGATEAR A TODO EL EQUIPO CONTRARIO...
...FINGIR QUE NO ESCUCHABA NADA DE LO QUE EL SEÑOR MANOEL POLIESPÁN LE GRITABA DESDE EL BANQUILLO...
¡...Y ENTRAR EN LA RED CONTRARIA CON PELOTA Y TODO!
¿O NO TENDRÍA QUE HACERLO?

¡CLARO QUE SÍ!
SI UNO PUEDE AVANZAR, SI PUEDE METERSE AL ENEMIGO EN EL BOLSILLO, ¡SE TIRA HACIA DELANTE...!
¿O ACASO EL JEFE PIENSA QUE ES MEJOR PERDER EL PARTIDO?
AAAAHHHH...
¡COLEGA, HAY UN MÚJOL ASÍ DE GRANDE!
¡A VER SI LO PILLAS...!
¡...TÚ PREOCUPÁNDOTE CON LOS GRANDES, Y YO YA HE LLENADO EL BARCO DE PECES!

¡SON SUPERPEQUEÑOS! ¡ESPERA UN MOMENTO...!
¡...QUE AHORA VUELVO!
VALE, PERO CONTROLA LA HORA, ¿SÍ?
HHH...
¡QUE CONTROLES LA HORA!
GLUP!
HÉLCIO NO TENÍA CLARO SI EL SEÑOR MANOEL POLIESPÁN SABÍA QUE LOS JUGADORES LO LLAMABAN MANOEL POLIESPÁN...
¿POR QUÉ POLIESPÁN?
DESPUÉS DE LA GUERRA, MARCÍLIO PESCADOR ENCONTRÓ UNA COSA FLOTANDO EN LA PLAYA DE BARRETO.
NO SABÍA MUY BIEN QUÉ ERA.

UNA COSA MUY LIGERA.
GRANDE PERO LIGERA.
Y SE DESHACÍA FÁCILMENTE EN PEDAZOS.
PLAS...
LUEGO SE SUPO QUE AQUELLO SE LLAMABA POLIESPÁN.
SABES CÓMO ES EL POLIESPÁN, ¿NO?
QUE ESTÁ LLENO DE ESAS COSITAS.
PUES ESO.
POR ESO LLAMABAN AL SEÑOR MANOEL...
...SEÑOR MANOEL POLIESPÁN.

¿Y SI EL HERMANO DE HÉLCIO AÚN SE PASEARA POR AHÍ?
¿LA PANDA TERMINARÍA LLAMÁNDOLO...?
¿...LUIZ POLIESPÁN?
¡NO! ¡HÉLCIO NO QUERÍA PENSAR EN ESO!
PREFIERE PENSAR SOLO EN LO FÁCIL QUE ERA PARA ÉL FINGIR EN EL MANUFATORA QUE NO ESCUCHABA NADA DE LO QUE DECÍA EL SEÑOR MANOEL POLIESPÁN...
...Y SALIR AL ATAQUE CON EL ESFÉRICO DOMINADO, ¡PASANDO...!
¡...DEL DELANTERO CENTRO, DEL MEDIAPUNTA Y DE TODO EL MUNDO!
AHORA, QUE SE ATREVA A HACER LO MISMO EN EL CANTO DO RIO...
...QUE CON SOLO PENSAR EN ACERCARSE A LA LÍNEA DEL MEDIOCAMPO...

*CANTUSCA: APODO DEL CANTO DO RIO.

...NO QUERÍA PENSAR EN QUE POR FIN HABÍA FIRMADO UN CONTRATO CON EL CANTO DO RIO...
...Y ABANDONADO LA DEFENSA DEL MANUFATORA...
...NI EN LA CARA DEL SEÑOR ANTÔNIO CUANDO SUPO DE SU MARCHA...
...NI EN CUANDO LE PRESENTARON A SUS NUEVOS COMPAÑEROS DEL CLUB...
...NI EN EL PRIMER ENTRENAMIENTO OFICIAL CON LA PLANTILLA DEL CANTUSCA...
...NI EN LA PRIMERA BRONCA QUE LE ECHÓ EL SEÑOR ROSA POR HABERSE ATREVIDO A PASAR DEL CENTRO DEL CAMPO DEJANDO DESPROTEGIDA LA DEFENSA.
NO, SEÑOR.
PREFIERE PENSAR...

...EN UN BUEN
GUISO DE PESCADO.
¡VEN AQUÍ, CONDENADO!
AY, NO...
¡NO!
N...
¡AAHHH!

¿DÓNDE ESTÁ ESE TESORO, COLEGA? ¿HAS PODIDO AGUANTAR LA...?
HA-AHH!
SWACH!
¡YA VEO QUE NO!
GLUP!
¡NO PUEDE PERDERLO DE VISTA!
¿DÓNDE ESTÁ?
¿¡DÓNDE ESTÁ EL MALDITO PEZ!?
¡YA ESTABA SUPERATONTADO, CASI MUERTO...!
NO PUEDE HABER IDO MUY LEJOS...
¡ALLÍ!

¡VAYA...!
¡...ESTÁ A TOMAR POR CULO!
VALE QUE EN EL AGUA NADIE SE QUEDA QUIETO...
PERO BIEN QUE PODRÍAS FACILITARME UN POCO LAS COSAS, ¿NO, CARIÑO?
¡NO!
¡NO TE VAS A ESCAPAR! ¡AHORA NO...!

¡A VER CÓMO TE ESCAPAS AHORA...!
A VER...
...CÓMO...
A VER...
AAAAAHHHH...
¿DÓNDE ESTÁ EL PEZ?
¡LO TENGO!
¡PERO NO LO PUEDO SOLTAR!
¿ESTÁ VIVO?
MEDIO MUERTO, MEDIO VIVO.
PERO RESBALA UN MONTÓN.

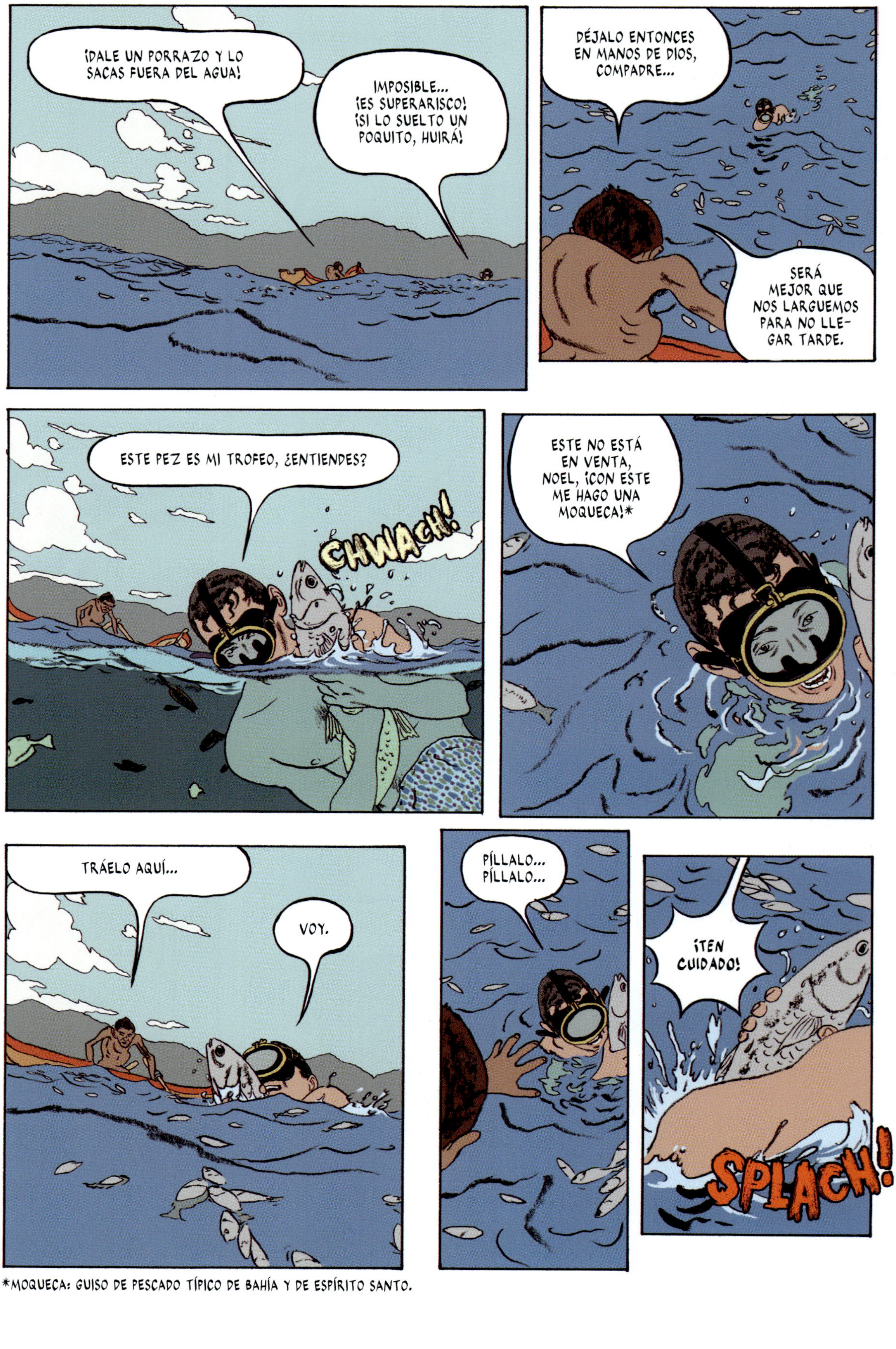

*MOQUECA: GUISO DE PESCADO TÍPICO DE BAHÍA Y DE ESPÍRITO SANTO.

TCHOFF!
¡SUJÉTALO!
¡SUJÉTALO...!
¡HÉLCIO!
HHH...
NO...
GLUP!
NO ERA POR TENER UN TROFEO EN SUS MANOS, QUE TANTAS VECES SE LE HABÍA ESCAPADO, NI EL HECHO DE QUE LO HUBIESE PERDIDO DE REPENTE POR LO QUE HÉLCIO SE CABREABA DE ESE MODO, SINO...
...POR SABERSE...
...EN POSESIÓN...
...DE UN TROFEO...
...QUE TANTAS VECES...
...LE HABÍA SIDO OFRECIDO Y, DE REPENTE...
¡...LE HABÍAN ARREBATADO!

¡Y ENTONCES HÉLCIO PENSÓ EN LA CANTIDAD DE VECES QUE EL MANUFATORA HABÍA PERDIDO PORQUE CREÍA QUE EL PARTIDO...!
¡...YA ESTABA GANADO!
ÉL GRITABA A SUS COMPAÑEROS QUE ESTUVIERAN ATENTOS...
...QUE MARCARAN BIEN AL CONTRARIO HASTA EL FINAL...
...QUE NO SE FIARAN SOLO PORQUE IBAN 1-0 A FALTA DE DOS MINUTOS PARA FINALIZAR EL PARTIDO.
NUFATORA
X
FONSECA
1
0
RON
MERINO
PORQUE EN EL FÚTBOL, DOS MINUTOS ES UNA ETERNIDAD, AMIGO.
UNO PIENSA QUE EL OTRO EQUIPO ESTÁ ACABADO...
...Y CUANDO MENOS TE LO ESPERAS...

¡...TE ENGAÑA!
Y SE ACABÓ.
COMO EL FONSECA ATLÉTICO CLUBE.
¿ALGUNA VEZ HAS JUGADO CONTRA EL FONSECA, POR CASUALIDAD?
¿NO?
EQUIPO TRAICIONERO COMO POCOS.
SOBRE TODO POR UN VOLANTE DERECHO QUE TIENEN...
UN TIPO LLAMADO RUBENS EL PAVO REAL.
EL PAVO REAL ES TRAICIONERO PORQUE SU REGATE TIENE TRUCO, ¿ENTIENDES?
PORQUE ES DIESTRO, ¿LO PILLAS?
Y SU REGATE TIENE TRUCO, O SEA...
...HACE COMO QUE VA A LLEVAR LA PELOTA HACIA SU PIERNA BUENA, "LA DERECHA", QUE SE CORRESPONDE A LA PIERNA MALA DEL ADVERSARIO, "LA IZQUIERDA", TAMBIÉN PORQUE...
...CREO QUE LA MAYORÍA DE LOS DEFENSAS SON DIESTROS, ¿SABES LO QUE QUIERO DECIR...?
ENTONCES, LO NORMAL ES INTENTAR REGATEARLES POR SU PIERNA IZQUIERDA, LA MALA; SOLO QUE JUSTO PORQUE LA MALA ES LA PIERNA DE APOYO...

...EL CHAVAL TIENE MÁS FACILIDAD PARA DARSE LA VUELTA...
...Y SEGUIR ACOMPAÑANDO LA JUGADA...
...HASTA ROBARTE EL BALÓN, POR EJEMPLO.
POR ESO RUBENS EL PAVO REAL SIEMPRE HACE LO MISMO...
...FINGE QUE VA A REGATEAR HACIA LA DERECHA...
...PERO, DE REPENTE, SE LLEVA EL ESFÉRICO A LA IZQUIERDA, QUE ES SU PIERNA MALA, FÍJATE TÚ...
...LA MALA DEL PAVO REAL, PERO LA BUENA DEL ADVERSARIO, CON LA CUAL SUPUESTAMENTE LE SERÍA MÁS FÁCIL INTERRUMPIR LA JUGADA...
...PERO AHÍ ES DONDE ENTRA EL QUID DE LA CUESTIÓN, UN TOQUECITO QUE HACE QUE LA PELOTA BOTE...
...NO MUCHO, SOLO LO SUFICIENTE PARA PASAR POR ENCIMA DE LA PIERNA DEL DEFENSA...
...QUE, DEBIDO AL PRIMER MOVIMIENTO, TIENE TODO SU CUERPO SOBRE LA PIERNA DE APOYO; LA IZQUIERDA, RECUERDA...
...POR LO QUE SE VE OBLIGADO A DAR UN... UN PASITO EXTRA PARA GIRARSE Y SEGUIR ACOMPAÑANDO LA JUGADA...
¡...SOLO QUE UNO TIENE LA SENSACIÓN DE TARDAR UNA ETERNIDAD EN DAR ESE PEQUEÑO PASO ADICIONAL!
¡Y ENTONCES YA ES TARDE!

¡RUBENS EL PAVO REAL...!
¡...YA SE HA ESCABULLIDO!
POR ESO HÉLCIO HABÍA QUEDADO CON LOS DEL MANUFATORA QUE ÉL SE ENCARGARÍA DE MARCAR AL VOLANTE IZQUIERDO CONTRA EL FONSECA.
PORQUE SE HABÍA PERCATADO DEL TRUQUITO DEL PAVO REAL.
YA SE HABÍA...
...PERCATADO DEL TRUQUITO.
A PESAR DE ESO...
...AUN ASÍ...

*EXTREMO: ATACANTE QUE SE MUEVE POR LOS EXTREMOS LATERALES DEL CAMPO, ATRAYENDO EL MARCAJE O FUNCIONANDO COMO ENLACE CON EL CENTRO DEL CAMPO.

¡NO! ¡SE QUEDÓ SIN VISIÓN DEL JUEGO!
PORQUE LLEGA UN MOMENTO...
...EN QUE EL TIPO VE...
¡...QUE EL EQUIPO BAJÓ MUCHO MÁS PROFUNDO DE LO QUE SU ALIENTO LE PERMITE SUBIR!
Y ENTONCES, AMIGO...

...ENTONCES, ¡YA NO DA TIEMPO A NADA!
NO DA TIEMPO DE RECUPERAR LA RESPIRACIÓN...
...PORQUE EL EQUIPO QUE EMPATA A FALTA DE UN MINUTO...
PLACARD
Ultima Hora
ANUFATORA
X
FONSECA
1
1
RON
¡...EMPIEZA A GANAR!
MIENTRAS QUE EL OTRO...
¡...COMIENZA A MORIR!
¡NO!
¡A MORIR NO!
¡MORIR NO, DIOS MÍO!
¡PERDER!
¡COMIENZA A PERDER!

COMIENZA A PERDER PORQUE YA NO DA TIEMPO A NADA...
¡...MUERTE SEGURA!
¡NO!
¡NO! ¡NO! ¡NO! ¡NO! ¡NO!
¡DIOS MÍO, NO! ¡NADA DE MUERTE!
SI FUESE MUERTE, HÉLCIO ESTARÍA EN ESOS MOMENTOS VIENDO TODA SU VIDA PASAR POR DELANTE...
...COMO CONTÓ NICANDRO AQUELLA VEZ EN LA UCT...
UCT
...QUE CUANDO UNA PERSONA ESTÁ AL BORDE DE LA MUERTE, VE PASAR TODA SU VIDA POR DELANTE, ¡COMO SI FUERA UNA PELÍCULA!
QUE ÉL, NICANDRO, YA HABÍA PASADO POR ESO.
¡LA PERSONA LO VE TODO EN CUESTIÓN DE SEGUNDOS!
ASÍ QUE HÉLCIO...

...PUEDE ESTAR TRANQUILO.
¡TIENE QUE ESTAR TRANQUILO!
ES LA ÚNICA MANERA DE GARANTIZAR EL RESULTADO.
PORQUE...
...SI ESTUVIERA A PUNTO DE MORIR...
...ESTARÍA VIENDO PASAR TODA SU VIDA POR DELANTE... COMO UNA PELÍCULA... ¡Y GRACIAS A DIOS NO LA ESTÁ VIENDO!
NO SE ESTÁ VIENDO DE NIÑO, EN EL ALMACÉN DE SU PADRE, EN CAXIAS...
...SU PADRE ATENDIENDO A LOS CLIENTES...
NUNCA VIO A SU PADRE SONREÍR, JAMÁS.
PERO...
...SOLO AHORA LE HA QUEDADO CLARA UNA COSA...
...Y ES LA SIGUIENTE...
...ES QUE CUANDO ÉL ERA PEQUEÑO CREÍA QUE LOS ADULTOS TOCABAN EL TECHO...
...DE LO ALTOS QUE ERAN.

Y EL MIEDO...
...EL MIEDO BRUTAL Y CIEGO QUE SENTÍA CUANDO ERA UN NIÑO...
...MIEDO A LA OSCURIDAD...
...MIEDO A QUE SU PADRE LE ORDENARA IR A DESBROZAR OTRA VEZ, A LOMOS DE PIPOCA, EL JAMELGO QUE TENÍAN...
...Y EN EL QUE A SU PADRE NO LE GUSTABA QUE FUERA A GALOPE, SOLO AL TROTE...
...MIEDO A QUE LE PILLARAN JUGANDO AL FÚTBOL OTRA VEZ EN HORARIO ESCOLAR...
...MIEDO DE DESBROZAR...
...MIEDO DE LEVANTARSE UN DÍA POR LA MAÑANA Y NO SABER HACER CON LA PELOTA TODO LO QUE SABÍA HACER...
...MIEDO DE VER A SU HERMANO LUIZ ALBERTO RIÉNDOSE DE ÉL EN SU CARA OTRA VEZ...
...MIEDO A CORTAR LA HIERBA...
...PORQUE RECORDABA PERFECTAMENTE LO QUE HABÍA PASADO LA ÚLTIMA VEZ...

...EN EL INSTANTE EN QUE AGARRÓ UN MONTÓN.
EL MIEDO QUE SINTIÓ HIZO QUE SE OLVIDARA DE PIPOCA...
...Y DE LA HIERBA...
¡...Y DE TODO!
Y SU PADRE GRITÁNDOLE QUE TENÍA QUE DEJAR DE SER TAN MIEDOSO...
...Y LUIZ ALBERTO RIÉNDOSE POR DETRÁS...
¡Y EL DÍA EN QUE SE DESPERTÓ EN MITAD DE LA NOCHE CON UNA RATA DURMIENDO SOBRE SU PECHO!
Y LOS CHAVALES DEL BARRIO DISPUTÁNDOSE PRÁCTICAMENTE A HOSTIAS EN QUÉ EQUIPO IBA A JUGAR ÉL...
¡NO!
¡NO! ¡SANTA BÁRBARA, SAN COSME Y SAN DAMIÁN! ¡DEJAD DE MOSTRARLE TODO ESO!
¡NO QUIERE VOLVER A VERLO!
¡NO QUIERE...!
¡...VOLVER A VER ESA PELÍCULA! ¡ESA NO!
¡ÉL TIENE QUE CONCENTRARSE CON EL CANTO DO RIO EN UN RATO!
NO QUIERE VERSE SALTÁNDOSE LAS CLASES PARA JUGAR AL FÚTBOL...

...NI A SU MADRE FRIENDO SARDINAS PARA SERVÍRSELAS A LOS CLIENTES...
¡...NI A TODO EL MUNDO DICIÉNDOLE QUE TAL Y COMO JUGABA TERMINARÍA EN LA SELECCIÓN BRASILEÑA!
NI...
...NI A SU MADRE PIDIÉNDOLE A SU HERMANA DELI QUE VIGILARA A LUIZ ALBERTO...
...PORQUE A LUIZ ALBERTO LE HABÍA DADO POR ANDAR CON MALAS COMPAÑÍAS...
¡...NI A SU PADRE DICIÉNDOLE QUE NO HICIERA CASO A TODOS LOS QUE ANDABAN RONDANDO POR AHÍ ASEGURANDO QUE SE LO IBAN A LLEVAR PARA QUE JUGARA PROFESIONALMENTE AQUÍ, ALLÍ Y MÁS ALLÁ!
NI AQUELLA VEZ QUE ENTRARON AQUELLOS MATONES EN EL ALMACÉN...
...Y DESPUÉS DE ESO...
...SU PADRE DECIDIENDO ACEPTAR LA PROPUESTA DE LA CIA. MANUFATORA FLUMINENSE DE TECIDOS PARA ÉL JUGAR EN EL EQUIPO DE LA FÁBRICA...
...Y APROVECHANDO PARA MUDARSE CON TODA LA FAMILIA A NITERÓI...
...Y SU PRIMER PARTIDO EN EL CAMPEONATO NITEROIENSE...
...Y HACIENDO AMIGOS CON LA GENTE DEL BARRIO...

...Y LOS CHICOS MONTANDO AQUEL JALEO EN CARNAVAL...
...Y LUIZ ALBERTO DESAPARECIENDO EN EL MUNDO...
...Y CIPRIANO VALENTE REUNIENDO UN MONTÓN DE PALOS Y DICIENDO QUE ERAN PARA FUNDAR UN CLUB EN LA ORILLA DE LA PLAYA...
...Y EL EQUIPO SIN PODER...
...RECOBRAR EL ALIENTO...
...Y NOEL PONIÉNDOLE NOMBRE AL CLUB: "UCT"...
UCT
¡..."UNIÓN CONTRA EL TRABAJO"!
Y RUBENS EL PAVO REAL EMPEZANDO A GANAR...
...Y ÉL...
...ÉL, CON EL CUERPO ARDIENDO POR PRIMERA VEZ...
...EN EL 203 DE LA CALLE PIRES, DONDE TODA LA PANDA IBA EN CUANTO TENÍAN DINERO...

*FLUMINENSE FOOTBALL CLUB: UNO DE LOS CUATRO GRANDES CLUBS DE LA CIUDAD DE RÍO DE JANEIRO.
**GETÚLIO DORNELLES VARGAS (1882-1954); PRESIDENTE Y DICTADOR DE BRASIL DE 1930 A 1945 Y DE 1951 A 1954. SU SUICIDIO EL 24 DE AGOSTO LANZÓ A LA ENTONCES CAPITAL DE BRASIL, RÍO DE JANEIRO, A UNA INTENSA CONFLAGRACIÓN POLÍTICO-SOCIAL.
*** "¡VARGAS SE SUICIDA!" / "EL PRESIDENTE CUMPLIÓ SU PROMESA" / "¡SOLO MUERTO SALDRÉ DEL CATETE!".

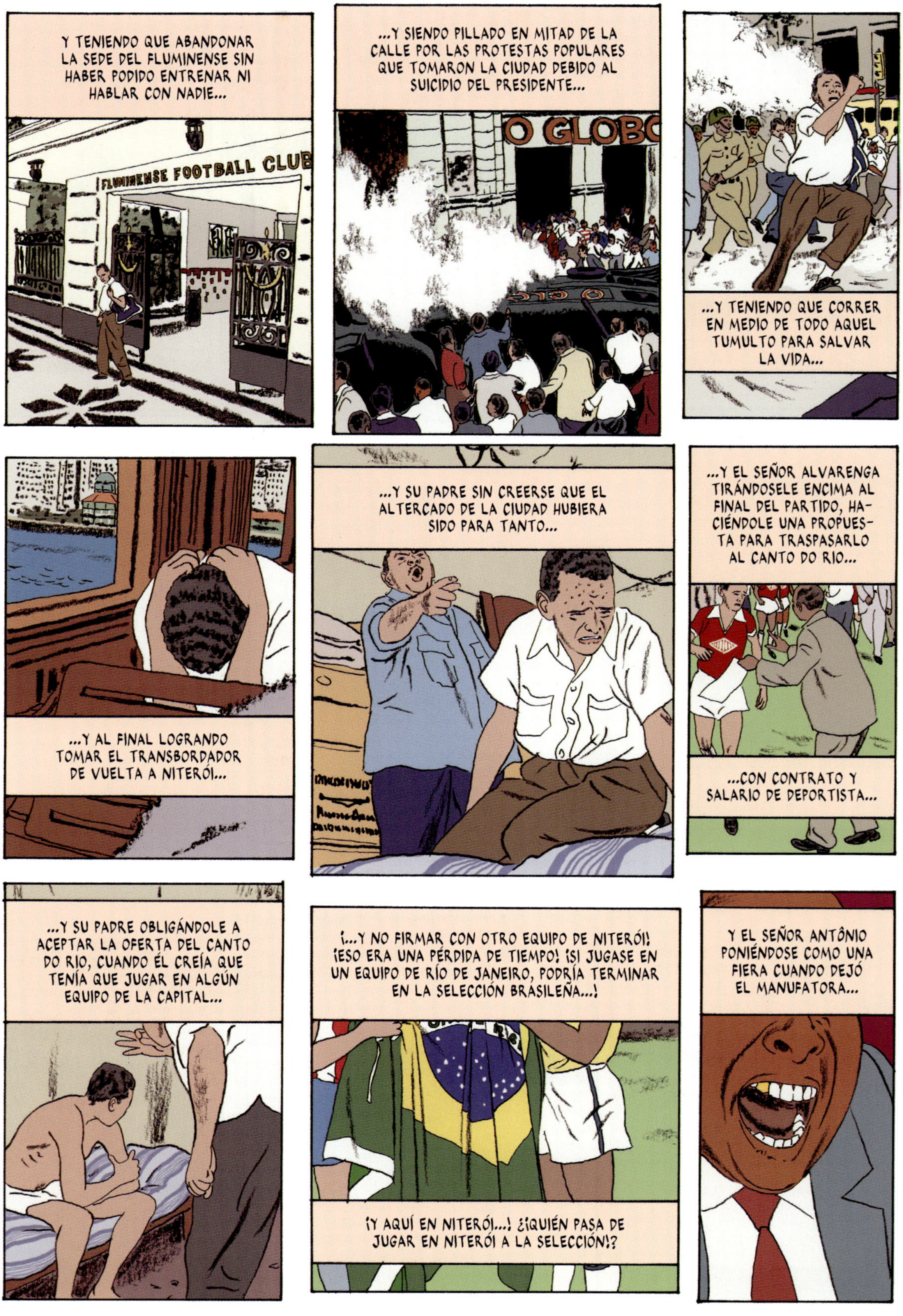
Y TENIENDO QUE ABANDONAR LA SEDE DEL FLUMINENSE SIN HABER PODIDO ENTRENAR NI HABLAR CON NADIE...
FLUMINENSE FOOTBALL CLUB
...Y SIENDO PILLADO EN MITAD DE LA CALLE POR LAS PROTESTAS POPULARES QUE TOMARON LA CIUDAD DEBIDO AL SUICIDIO DEL PRESIDENTE...
O GLOBO
...Y TENIENDO QUE CORRER EN MEDIO DE TODO AQUEL TUMULTO PARA SALVAR LA VIDA...
...Y AL FINAL LOGRANDO TOMAR EL TRANSBORDADOR DE VUELTA A NITERÓI...
...Y SU PADRE SIN CREERSE QUE EL ALTERCADO DE LA CIUDAD HUBIERA SIDO PARA TANTO...
...Y EL SEÑOR ALVARENGA TIRÁNDOSELE ENCIMA AL FINAL DEL PARTIDO, HACIÉNDOLE UNA PROPUESTA PARA TRASPASARLO AL CANTO DO RIO...
...CON CONTRATO Y SALARIO DE DEPORTISTA...
...Y SU PADRE OBLIGÁNDOLE A ACEPTAR LA OFERTA DEL CANTO DO RIO, CUANDO ÉL CREÍA QUE TENÍA QUE JUGAR EN ALGÚN EQUIPO DE LA CAPITAL...
¡...Y NO FIRMAR CON OTRO EQUIPO DE NITERÓI! ¡ESO ERA UNA PÉRDIDA DE TIEMPO! ¡SI JUGASE EN UN EQUIPO DE RÍO DE JANEIRO, PODRÍA TERMINAR EN LA SELECCIÓN BRASILEÑA...!
¡Y AQUÍ EN NITERÓI...! ¿¡QUIÉN PASA DE JUGAR EN NITERÓI A LA SELECCIÓN!?
Y EL SEÑOR ANTÔNIO PONIÉNDOSE COMO UNA FIERA CUANDO DEJÓ EL MANUFATORA...

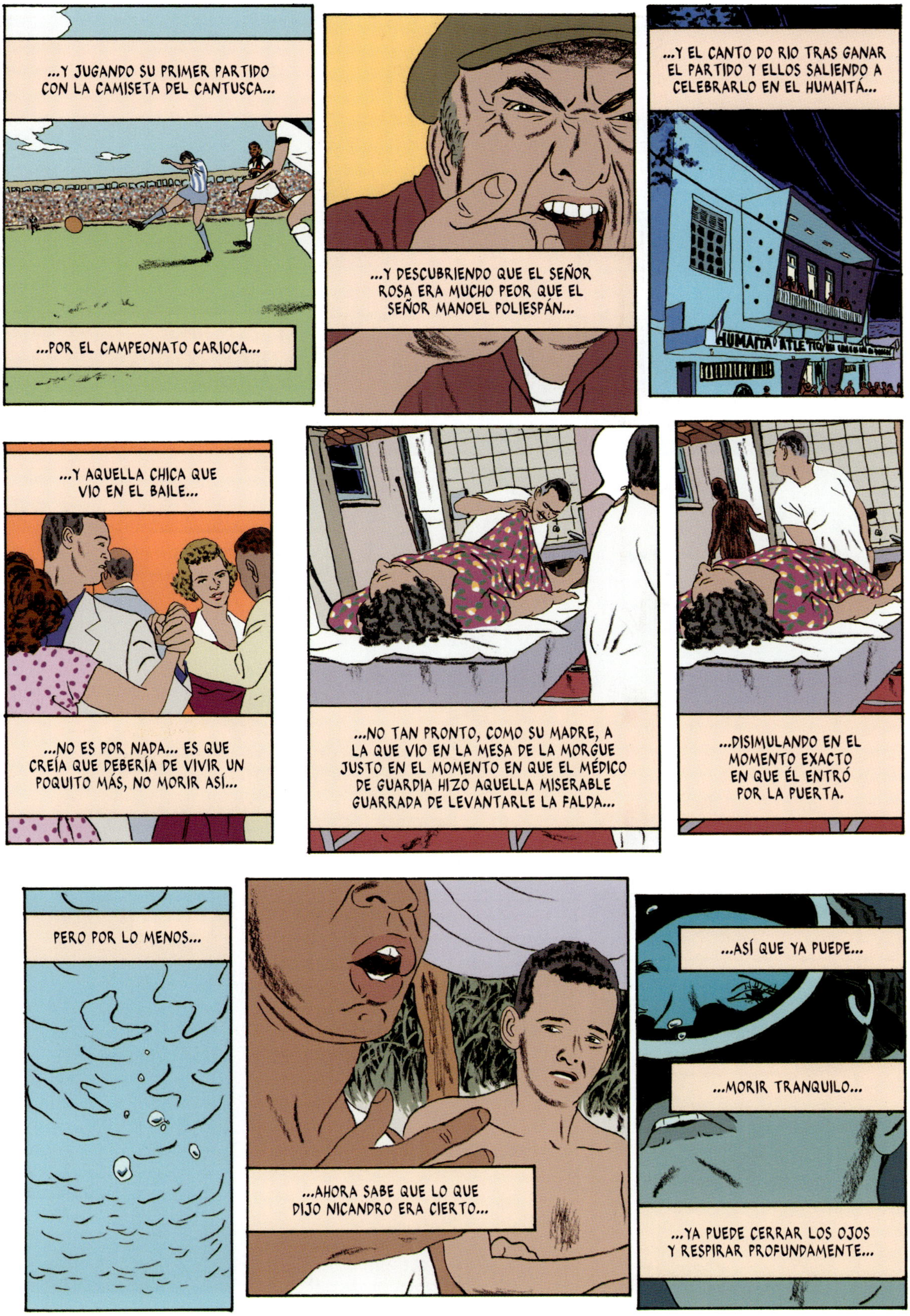
...Y JUGANDO SU PRIMER PARTIDO CON LA CAMISETA DEL CANTUSCA...
...POR EL CAMPEONATO CARIOCA...
...Y DESCUBRIENDO QUE EL SEÑOR ROSA ERA MUCHO PEOR QUE EL SEÑOR MANOEL POLIESPÁN...
...Y EL CANTO DO RIO TRAS GANAR EL PARTIDO Y ELLOS SALIENDO A CELEBRARLO EN EL HUMAITÁ...
HUMAITA ATLETICO
...Y AQUELLA CHICA QUE VIO EN EL BAILE...
...NO ES POR NADA... ES QUE CREÍA QUE DEBERÍA DE VIVIR UN POQUITO MÁS, NO MORIR ASÍ...
...NO TAN PRONTO, COMO SU MADRE, A LA QUE VIO EN LA MESA DE LA MORGUE JUSTO EN EL MOMENTO EN QUE EL MÉDICO DE GUARDIA HIZO AQUELLA MISERABLE GUARRADA DE LEVANTARLE LA FALDA...
...DISIMULANDO EN EL MOMENTO EXACTO EN QUE ÉL ENTRÓ POR LA PUERTA.
PERO POR LO MENOS...
...AHORA SABE QUE LO QUE DIJO NICANDRO ERA CIERTO...
...ASÍ QUE YA PUEDE...
...MORIR TRANQUILO...
...YA PUEDE CERRAR LOS OJOS Y RESPIRAR PROFUNDAMENTE...

YA PUEDE...
...DESPEDIRSE...
...DE LOS SEGUIDORES...
MUCHAS GRACIAS POR TODO, AMIGOS.
SOLO QUIERE...
...DISCULPARSE...
...EN CASO DE QUE HAYA HECHO ALGO... EN CASO DE QUE HAYA OFENDIDO A ALGUIEN...
QUÉ MIEDO...
...DE LA...
...OS...

...CURIDAD...

WAAAAAH!

*MARUÍ GRANDE, LOCALIDAD DE BARRETO.

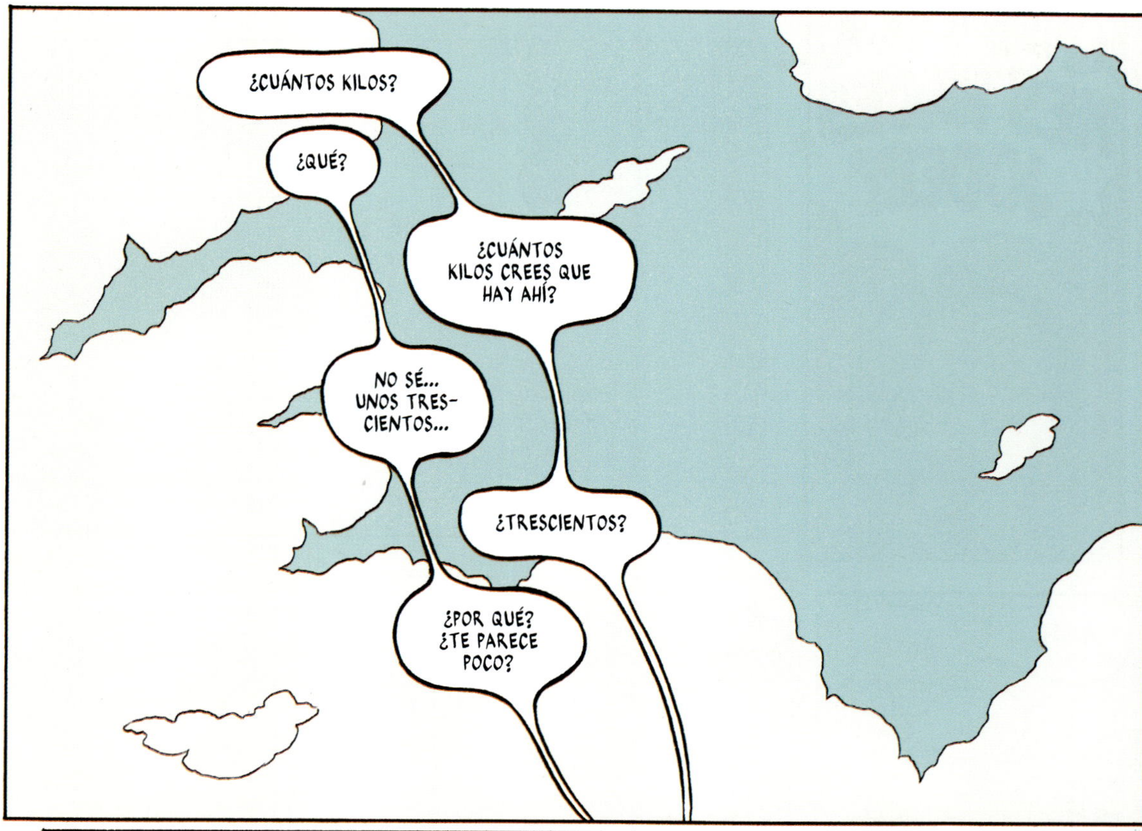
¿CUÁNTOS KILOS?
¿QUÉ?
¿CUÁNTOS KILOS CREES QUE HAY AHÍ?
NO SÉ... UNOS TRES-CIENTOS...
¿TRESCIENTOS?
¿POR QUÉ? ¿TE PARECE POCO?

¡QUÉ EXAGERADO ERES, COLEGA!
DEBE DE ANDAR POR AHÍ... MÁS O MENOS...
¡HAY MÁS PECES FUERA DEL AGUA QUE DENTRO, CHAVAL!
¿Y QUÉ...?
PUES QUE CUANDO LA OFERTA ES MUCHA EL PRECIO CAE, CHAVAL...

¿DE QUÉ COÑO HABLAS, CORCOVAS?
HABLO DE QUE CUANDO HAY MUCHA OFERTA EL PRECIO SE DESPLOMA...
VALE, ¡CORTA EL ROLLO! TE ENROLLAS MÁS QUE UNA PERSIANA.
¿ME VES GASTAR SALIVA DE ESA FORMA CUANDO REMO?
¡QUÉ GILIPOLLAS ERES, MACHO!
SI LLEGAMOS CON TODA ESTA MERCANCÍA, VAN A TENER QUE BAJAR EL PRECIO AL POR MAYOR...
¡...PORQUE LA OFERTA VA A SER MAYOR QUE LA DEMANDA!
¿Y QUÉ?
¡PUES QUE VAMOS A PERDER UN MONTÓN DE DINERO!
¿QUÉ COÑO VAS A ENTENDER TÚ DE VENDER AL POR MAYOR, CORCOVAS? ¡PUEDE QUE ENTIENDAS DE LO QUE ES TENER EL MAYOR REUMATISMO DEL MUNDO, ESO SÍ!
CUANDO LA OFERTA ES MAYOR QUE LA DEMANDA, EL PRECIO CAE, IGNORANT...
¡MIRA, DELFINES!

¡EY, HÉLCIO! ¿ME OYES O QUÉ?
¿HAS VISTO LOS DELFINES?
PERO QUÉ DELFINES NI QUÉ LECHES, ¡ESTOY HABLANDO CONTIGO!
¿¡HAS VISTO CÓMO SALTAN!?
¡QUE SÍ! QUE YA LOS HE VISTO. ¡NI QUE NO HUBIERAS VISTO UN DELFÍN EN TU VIDA!
¡A LA HORA DE LA VERDAD, SIEMPRE ESCURRES EL BULTO!
¿QUÉ PASA, CORCOVAS? ¡JODER! ¡QUÉ PESADO ERES! ¡UN COÑAZO!
¿QUÉ NARICES QUIERES?
¡DIGO QUE, SI HAY MÁS PESCADO QUE DEMANDA, TENDREMOS QUE BAJAR EL PRECIO EN PAQUETÁ!

¿Y QUÉ QUIERES QUE HAGA YO? ¿QUÉ TIRE LA MITAD POR LA BORDA? ¡YA QUE LOS HEMOS PILLADO, TENDREMOS QUE VENDERLOS, INÚTIL!
¿NO PODRÍAS HABER PENSADO EN ESO ANTES?
¡QUIEN REMA CON EL BARCO MÁS PESADO SOY YO! ¿¡SABES LO QUE ES REMAR CON CIEN KILOS ENCIMA!?
¡CÁLLATE DE UNA PUTA VEZ, CORCOVAS! ¡QUÉ PESADO ERES! ¡EL QUE HA ESTADO A PUNTO DE MORIR PARA LLENAR EL BARCO HE SIDO YO!
¡Y TÚ, AHÍ, TAN TRANQUI-LO, ALARGANDO EL BRAZO Y YA ESTÁ!
ALARGANDO EL BRAZO Y YA ESTÁ... ¡QUE YO SEPA, CASI LA PALMAS PORQUE TE HAS ENCAPRICHADO DE UN PEZ, CHAVAL! NI QUE FUERA UNA SIRENA DE VERDAD.
¡NO ME RAYES Y REMA, VENGA!
¡QUE A ESTE PASO NO VAMOS A LLEGAR HASTA MAÑANA POR LA MAÑANA!
SI EL BARCO VA CARGADO HASTA ARRIBA, NO HA SIDO GRACIAS A TI PRECISAMENTE, ¿ENTIENDES?
¡COMO EL PRECIO CAIGA AL POR MAYOR, SERÁ PORQUE ME LO CURRÉ YO!
PERO ¿DE QUÉ COÑO TE QUEJAS ENTONCES, CORCOVAS?
¿QUÉ ES LO QUE QUIERES?
¿QUIERES QUE ME HAGA CARGO OTRA VEZ DEL BARCO?
¡DAME LOS REMOS, JODER! ¡PÁSAMELOS!
¡SI LO LLEGO A SABER, NO TE DIGO NADA Y VENGO CON MITUCA!

¡CUIDADO! ¡VAS A VOLCAR EL BARCO!
¡Y UNA MIERDA VOY A VOLCAR!
¡CÁMBIAME EL SITIO, ANDA!
¡SIÉNTATE DE UNA VEZ! ¡LO QUE QUIERO...!
¡...VER ES QUÉ VAMOS A HACER PARA SUBIR EL PRECIO!
¡DEVUEL-VE UNOS CUANTOS AL MAR!
¡JODER, QUÉ BURRO ERES! MADRE MÍA, EL QUE HA NACIDO PARA SER DEFENSA NO VA A LLEGAR...
¡...A DELANTERO CENTRO EN LA VIDA!
NO ME FASTIDIES, CORCOVAS, ¡NO ME FASTIDIES! ¡HAZTE A UN LADO!
¿¡CÓMO VAMOS A RENUNCIAR A TODO ESTO CON LO QUE NOS HA COSTADO PESCARLO, ATONTAO!?
¿Y QUÉ QUIERES QUE HAGA?
¡AH! ¡HAZME UN FAVOR!
ES LO QUE HAY...

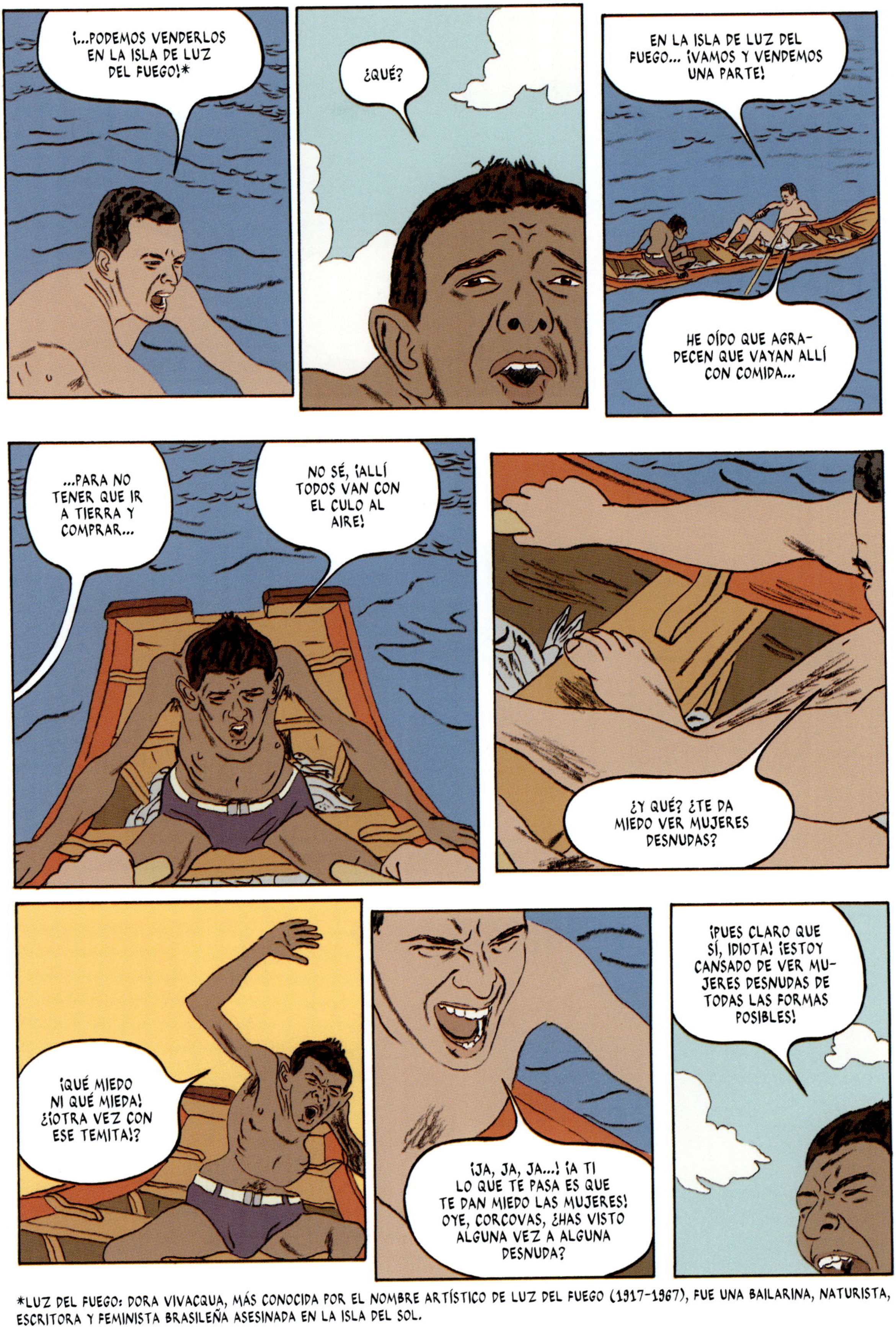

*LUZ DEL FUEGO: DORA VIVACQUA, MÁS CONOCIDA POR EL NOMBRE ARTÍSTICO DE LUZ DEL FUEGO (1917-1967), FUE UNA BAILARINA, NATURISTA, ESCRITORA Y FEMINISTA BRASILEÑA ASESINADA EN LA ISLA DEL SOL.

¡LO DUDO MUCHO!
¡DÚDALO LO QUE QUIERAS...! ESTOY CANSADO DE VERLAS, ¡HE VISTO TODO TIPO DE MUJERES DESNUDAS, CHAVAL!
¡LO QUE PASA ES QUE POR ALLÍ TAMBIÉN ANDAN EXPRESIDIARIOS!
¡JA, JA, JA, JA, JA, JA!
¡JA, JA, JA! ¡YA VEO! ¡A TI LO QUE TE VAN SON LOS CARDOS BORRIQUEROS!
CUANDO TIENES QUE ENFRENTARTE A UNA BUENA LOBA SALES CORRIENDO, ¿NO?
¿¡QUÉ VES NI QUÉ NO VES!? ALLÍ NO SOLO HAY TÍAS BUENAS, HE OÍDO QUE VAN AQUELLOS...
¡JA, JA, JA!
¿NO TIENES HUEVOS, CORCOVAS?
¿AH, SÍ? ¡AHORA TE ENSEÑO SI TENGO HUEVOS O NO! ¡AVERIGÜÉMOSLO, ENTONCES...!
¿VAMOS?
NO TE CAGARÁS VIVO, ¿NO?
RELÁJATE, VAMOS A VER QUIÉN SE CAGA ENCIMA AL FINAL...
JA, JA, JA, JA, JA... ¡ERES UN CAGADO, CORCOVAS!
¡NO SIRVES NI PARA BESAR!
¡DÉJAME EN PAZ! LAS GUAPAS SE ME TIRAN ENCIMA SIN PARAR: ¡DE CINCO EN CINCO Y DE DIEZ EN DIEZ!
¿QUÉ BESAR NI BESAR? ¡YO METO...!

¡...LA PIJA, CHAVAL!
¡LA PIJA DEL CORCOVAS ES HACIA DENTRO!
¿POR QUÉ? ¿ES QUE QUIERES VERLA? ¿QUIERES VERLA?
¡JA, JA, JA! ¡NO HAY NADA QUE VER!
¿¡Y TÚ QUÉ SABES!? ¿¡ES QUE ME HAS ESTADO ESPIANDO!?
¡HARÍA FALTA UN MICROSCOPIO PARA VER ALGO AHÍ DENTRO DE LOS PANTALONES!
¡ASÍ QUE ME HAS ESTADO MIRANDO, ¿EH?!

VENGA..., YA CASI ESTAMOS...
¿VES A ALGUIEN?

ESTÁ TODO DESIERTO...
CREO QUE NO LES GUSTA QUE VENGA NADIE DE FUERA...

¡HÉLCIO! ¡HÉLCIO! ¡HÉLCIO!
EH...
B-BUENOS DÍAS... TENEMOS VARIOS KILOS DE PESCADO PARA VENDER...
¿Q-QUIERE ALGUNO?

¿QUÉ TENÉIS?
¿QUÉ PASA? ¿ALGÚN CURIOSO?
CARAPEBA, LUBINA, COROCORA...
¿TENÉIS MÚJOL?
SÍ, DE LOS PEQUEÑOS.
¡PSSSU! ¡NOEL!
DICEN QUE TIENEN MÚJOL, ¿QUIERES MÚJOL?
PREGUNTA SI TIENEN OTRA COSA. HARINA...
¡NOEL!
¿TENÉIS HARINA?

QUIERO DAR UNA FIESTA Y NO TENGO...
¡NOEL!
¿¡QUÉ!?
...HARINA, SALCHICHAS, MANTECA DE CERDO... ALUBIAS, ¿TENÉIS ALUBIAS?
¡DISIMULA, CHAVAL! ¿NO DICES QUE YA HAS VISTO MUJERES DESNUDAS? ESTÁS AHÍ COMO UN...
YO ESTOY BIEN, COLEGA, ¡ERES TÚ EL QUE ESTÁ TODO NERVIOSO!
SOLO TENEMOS PESCADO... VAMOS...
...DE CAMINO A PAQUETÁ; HEMOS PASADO POR AQUÍ PARA VER SI ALGUIEN QUERÍA ALGO... UNA CARAPEBA, UN...
TENGO UN MONTÓN DE GENTE A LA QUE ALIMENTAR...
PERO PESCADO TENEMOS DE SOBRA...
¿Y NO QUIERE UN POCO MÁS PARA ECHARNOS UNA MANO?
NO SÉ... CRISTIANO, VEN UN MOMENTO...
¿DE DÓNDE HA SALIDO TANTO PESCADO SI NO VEO NI CAÑA NI NASA ALGUNA?

HABÍA UN TIPO PESCANDO CON DINAMITA HACE UN MO-MENTO...
Y ESTO ES LO QUE HA SOBRADO, ¡PENSAMOS VENDERLO EN PAQUETÁ!

DAME MEDIA DOCENA DE CARAPEBAS...
¡AHORA MISMITO!
DÉJEME QUE DÉ LA VUELTA... ¡NOEL, ÉCHAME UNA MANO...!
¡ESPERA...! ¡MÉTETE ASÍ MISMO, DE CULO!

¡UN MOMENTO, JOVEN! PARA SUBIR AQUÍ TIENES QUE QUITARTE LA ROPA, ¿DE ACUERDO?
¿QUÉ? ¿CÓMO DICE?
ESTE ES UN LUGAR DE LIBERTAD Y NATURALEZA, VIVIMOS SEGÚN LA NATURA-LEZA.
PARA SUBIR AQUÍ TENÉIS QUE DES-NUDAROS, ¿VALE?

PERO ¿QUÉ COÑO DICE DE REFRIGERAR LA RETAGUARDIA?
¡Y YO QUÉ SÉ! ¡ESTOY MÁS PERDIDO QUE UN CIEGO EN UN TIROTEO!
¡YO NO ENSEÑO MI CHORRA A NADIE! ELLOS QUE ENSEÑEN LO QUE QUIERAN...
¿QUÉ QUIERES QUE HAGA? ¿QUÉ CULPA TENGO YO?
CRISTIANO...
¿HM?
¿SABES ALGO DEL TEMA?
SÁCATE EL BAÑADOR Y LO HACEMOS RAPIDITO, ¿NO QUIERES QUE EL PRECIO AL POR MAYOR SUBA?
AHHH... OSTRAS...
...PERO NO QUIERO HACERLO, HÉLCIO. NO DEJAS DE METERME EN LÍOS...
¡VAMOS, VAMOS, SÁCATELO...! HAZLO DE GOLPE, CORCOVAS.
ENSEGUIDA VAMOS; ESTAMOS EN ELLO...
HMPF... MIRA QUE ALGO ME DECÍA...
...QUE PASARA DE TI...

YA VAMOS, MIREN...
MIREN... SUPERFRESQUITOS, ¡RECIÉN PESCADOS!
AQUÍ... ¿ASÍ ESTÁ BIEN?
MUY PEQUEÑOS, ¿NO?
¿PODEMOS PONERLOS EN HIELO, COMISARIO?
TENDREMOS QUE MANDAR TRAER MÁS HIELO, ENTONCES...
...CON EL QUE HAY SOLO TENEMOS PARA UN PAR DE DÍAS.
¿VAIS A PAQUETÁ?
SÍ, SEÑORA.
EH, A VER, TÚ... ¿DE QUÉ VAS? ¿A QUÉ TE DEDICAS?
¿QUÉ?
¿QUE A QUÉ SE DEDICA TU PADRE?
¡NO EMPIECES CON ESO, CRISTIANO!

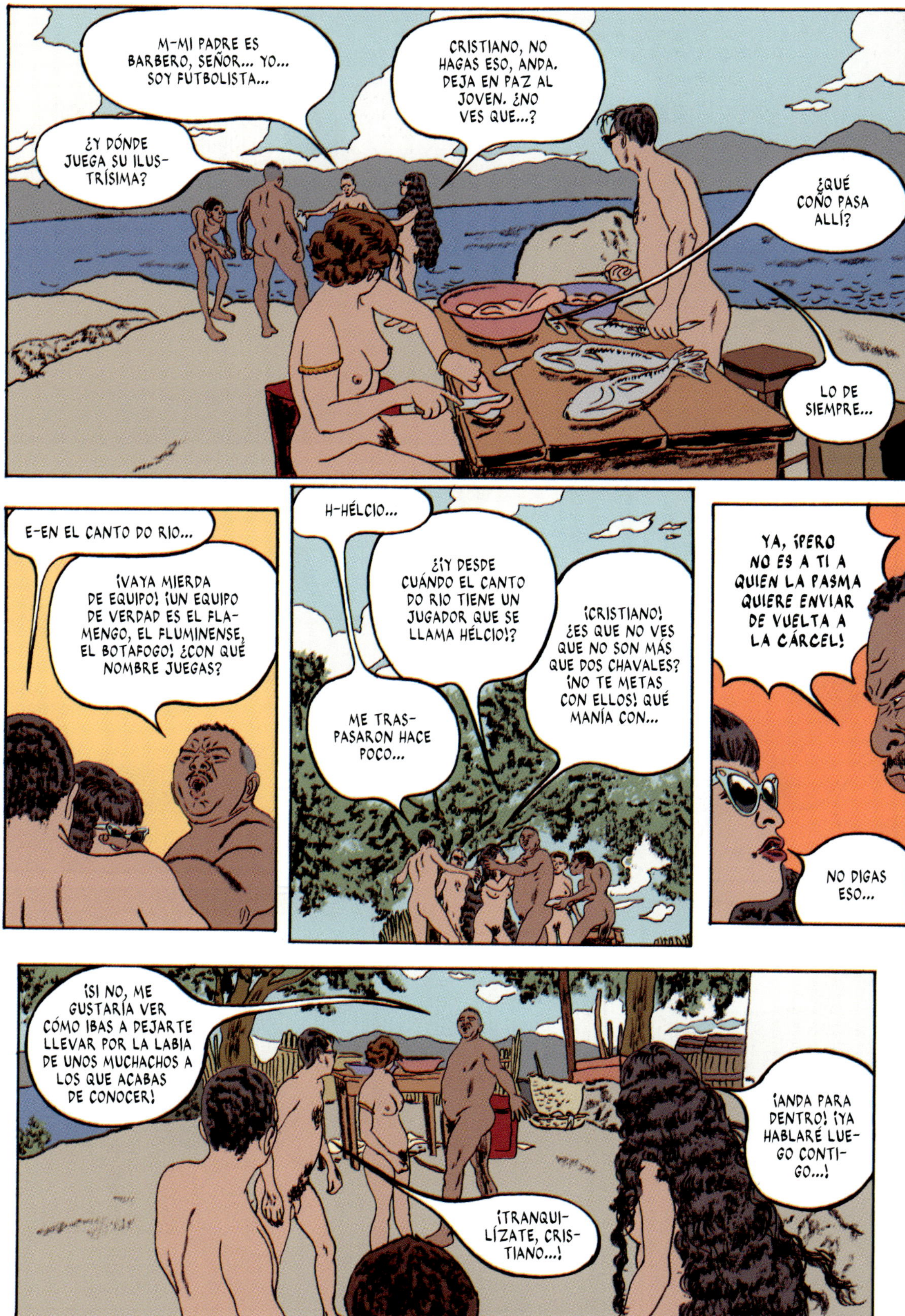
M-MI PADRE ES BARBERO, SEÑOR... YO... SOY FUTBOLISTA...
¿Y DÓNDE JUEGA SU ILUSTRÍSIMA?
CRISTIANO, NO HAGAS ESO, ANDA. DEJA EN PAZ AL JOVEN. ¿NO VES QUE...?
¿QUÉ COÑO PASA ALLÍ?
LO DE SIEMPRE...
E-EN EL CANTO DO RIO...
¡VAYA MIERDA DE EQUIPO! ¡UN EQUIPO DE VERDAD ES EL FLAMENGO, EL FLUMINENSE, EL BOTAFOGO! ¿CON QUÉ NOMBRE JUEGAS?
H-HÉLCIO...
¿¡Y DESDE CUÁNDO EL CANTO DO RIO TIENE UN JUGADOR QUE SE LLAMA HÉLCIO!?
ME TRASPASARON HACE POCO...
¡CRISTIANO! ¿ES QUE NO VES QUE NO SON MÁS QUE DOS CHAVALES? ¡NO TE METAS CON ELLOS! QUÉ MANÍA CON...
YA, ¡PERO NO ES A TI A QUIEN LA PASMA QUIERE ENVIAR DE VUELTA A LA CÁRCEL!
NO DIGAS ESO...
¡SI NO, ME GUSTARÍA VER CÓMO IBAS A DEJARTE LLEVAR POR LA LABIA DE UNOS MUCHACHOS A LOS QUE ACABAS DE CONOCER!
¡TRANQUILÍZATE, CRISTIANO...!
¡ANDA PARA DENTRO! ¡YA HABLARÉ LUEGO CONTIGO...!

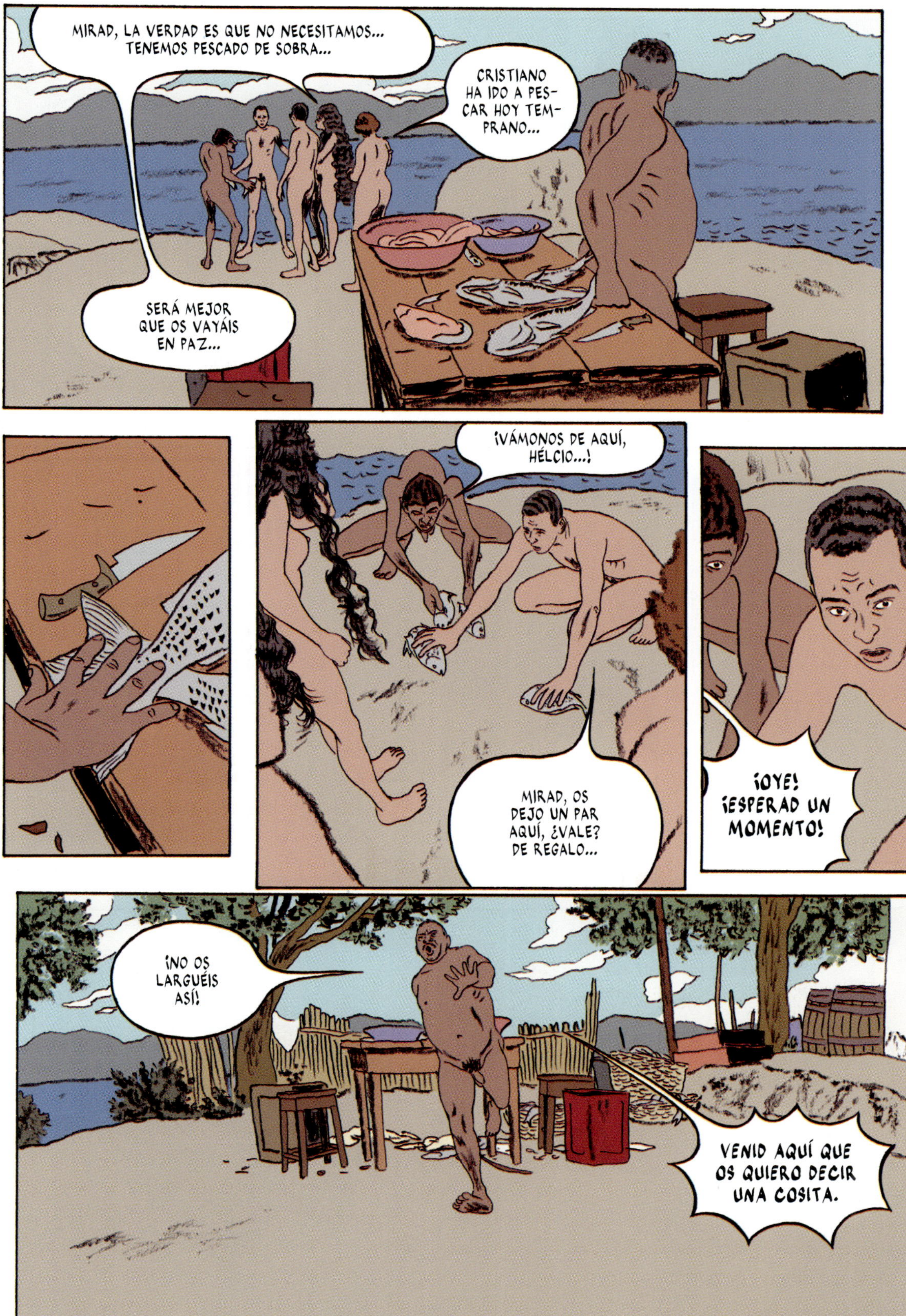
MIRAD, LA VERDAD ES QUE NO NECESITAMOS... TENEMOS PESCADO DE SOBRA...
CRISTIANO HA IDO A PESCAR HOY TEMPRANO...
SERÁ MEJOR QUE OS VAYÁIS EN PAZ...
¡VÁMONOS DE AQUÍ, HÉLCIO...!
MIRAD, OS DEJO UN PAR AQUÍ, ¿VALE? DE REGALO...
¡OYE! ¡ESPERAD UN MOMENTO!
¡NO OS LARGUÉIS ASÍ!
VENID AQUÍ QUE OS QUIERO DECIR UNA COSITA.

¡NOSOTROS YA NOS ÍBAMOS!
¡POR EL AMOR DE DIOS, CRISTIANO!
¡LLEVAN VIGILÁNDOME DESDE MUY TEMPRANO! ¡QUE LOS HE VISTO YO!
¿EN QUÉ HABÍAMOS QUEDADO?
¡TÚ TE QUEDAS AQUÍ!
¡ESPERA! ¡UN MOMENTO! QUÉ TE PASA, AMIG...
¿TIENES PRISA, LISTILLO?
¡CRISTIANO! ¡DÉJALO EN PAZ!
¡LLEVAN VIGILÁNDOME DESDE ESTA MAÑANA!
¿CREÉIS QUE NO OS HE VISTO ACERCAROS A HURTADILLAS PARA LANZAROS SOBRE MÍ?
¡CRISTIANO, SUÉLTALO! ¡AYÚDAME, COMISARIO!
¿¡SON LA PASMA HACIÉNDOSE PASAR POR GENTE DECENTE!? ¡SOIS TODOS UNOS HIJOS DE LA GRAN PUTA!

¡Y VIENEN DICIENDO QUE SON UNOS PESCADORES PARA BURLARSE DE MÍ!
¡DEJA AL CHAVAL, CRISTIANO!
¡NO ES NADA DE ESO, SEÑOR!
¿¡TE CREES QUE SOY GILIPOLLAS!?
¡CRISTIANO, PARA! POR EL AMOR DE D...
¡CRISTIANO, PIENSA EN LAS HOSTIAS DE CHIRONA!
PERO ¿QUÉ HACES?
¡AAAAHHH!
NO HAGAS NINGUNA TONT...
¡QUE TERMINA-RÁS ENTRE REJAS...!

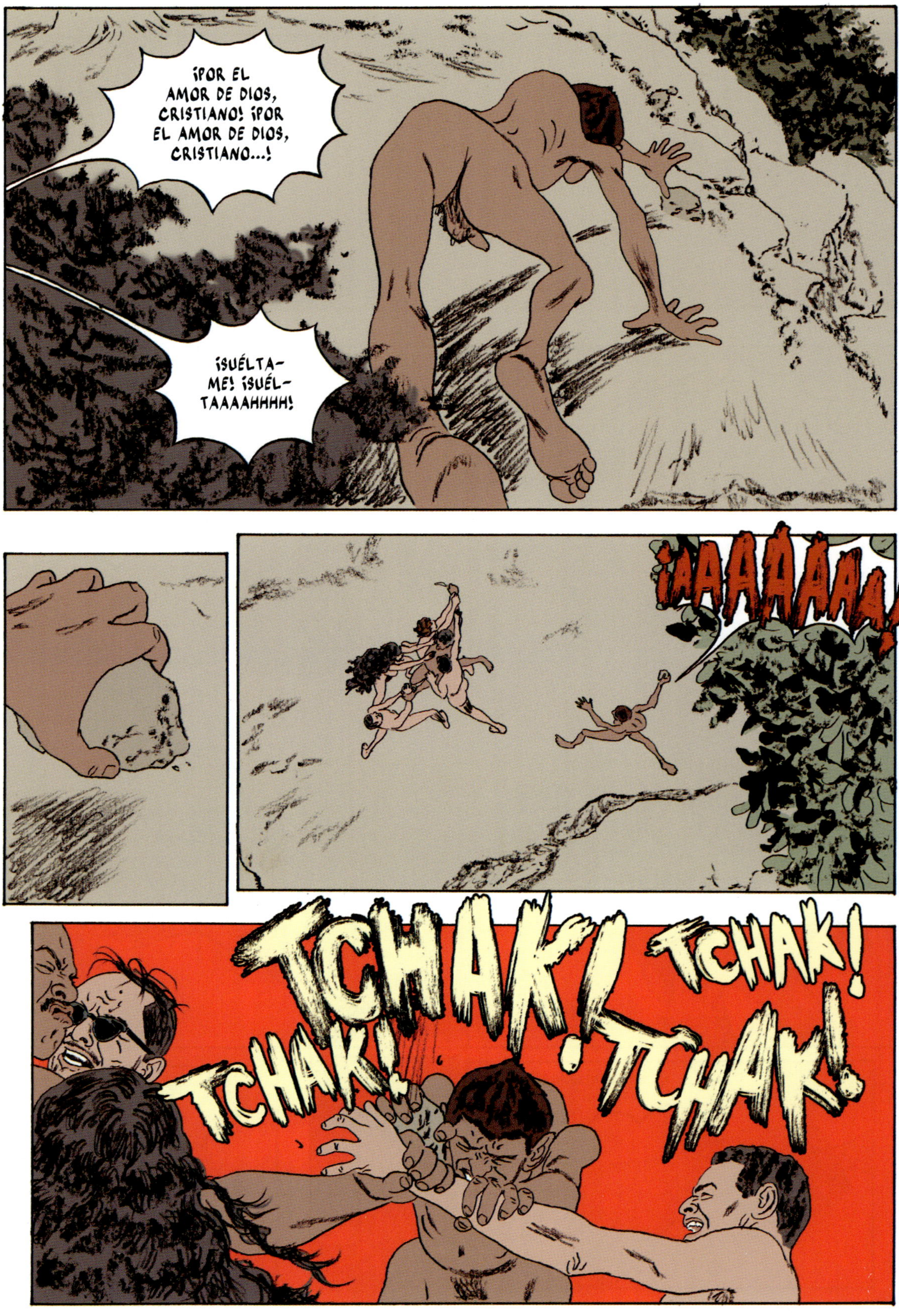
¡POR EL AMOR DE DIOS, CRISTIANO! ¡POR EL AMOR DE DIOS, CRISTIANO...!
¡SUÉLTAME! ¡SUÉLTAAAAHHHH!
¡AAAAAAA!
TCHAK! TCHAK! TCHAK! TCHAK!

TCHAK!
TCHAK!
RRRHH!
TCHAK!
TCHAK!
TCHAK!
TCHAK!
AAAAA!
OUHAHH!

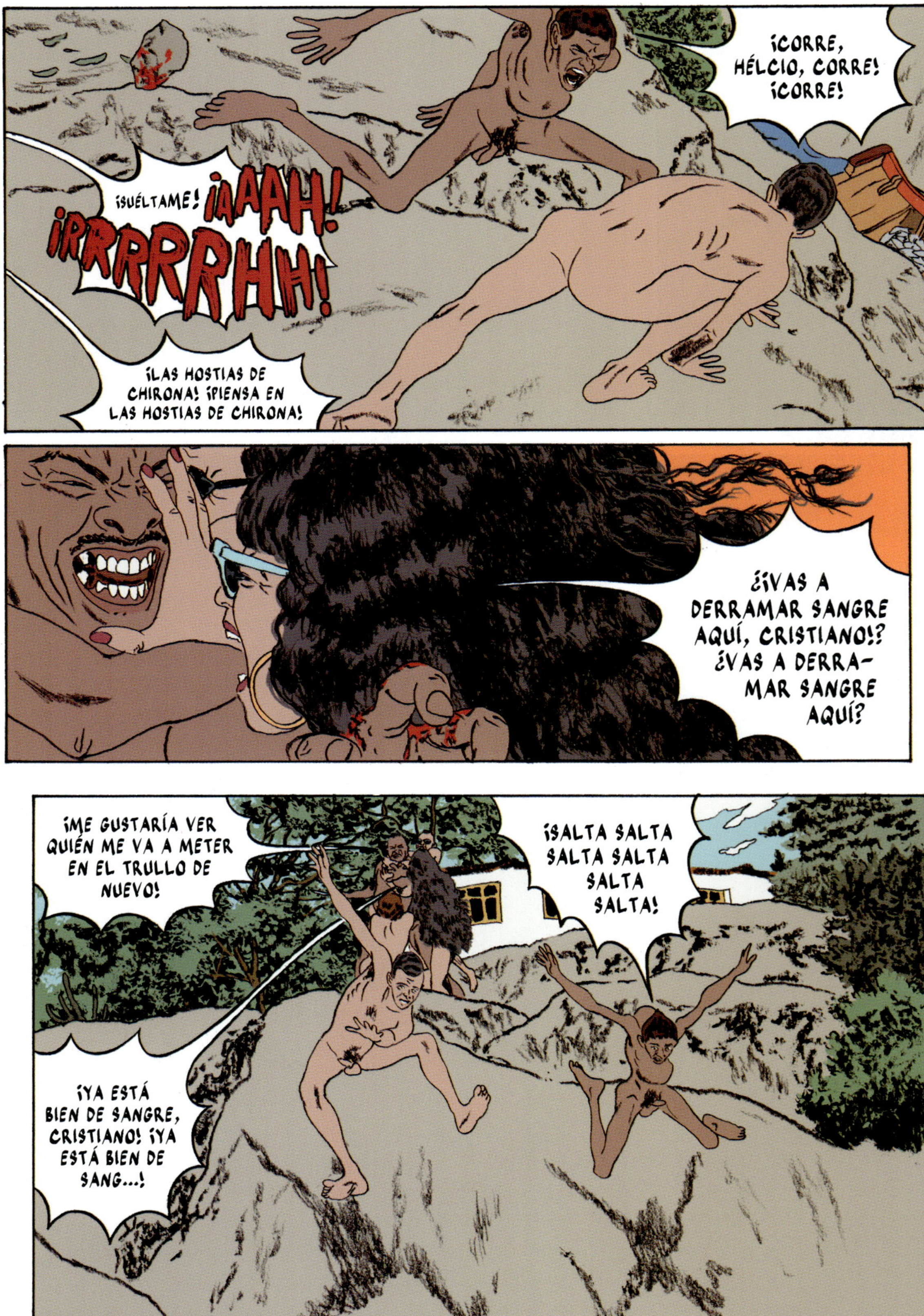
¡CORRE, HÉLCIO, CORRE! ¡CORRE!
¡SUÉLTAME!
¡AAAH! ¡RRRRRRHH!
¡LAS HOSTIAS DE CHIRONA! ¡PIENSA EN LAS HOSTIAS DE CHIRONA!
¿¡VAS A DERRAMAR SANGRE AQUÍ, CRISTIANO!? ¿VAS A DERRAMAR SANGRE AQUÍ?
¡ME GUSTARÍA VER QUIÉN ME VA A METER EN EL TRULLO DE NUEVO!
¡SALTA SALTA SALTA SALTA SALTA SALTA!
¡YA ESTÁ BIEN DE SANGRE, CRISTIANO! ¡YA ESTÁ BIEN DE SANG...!

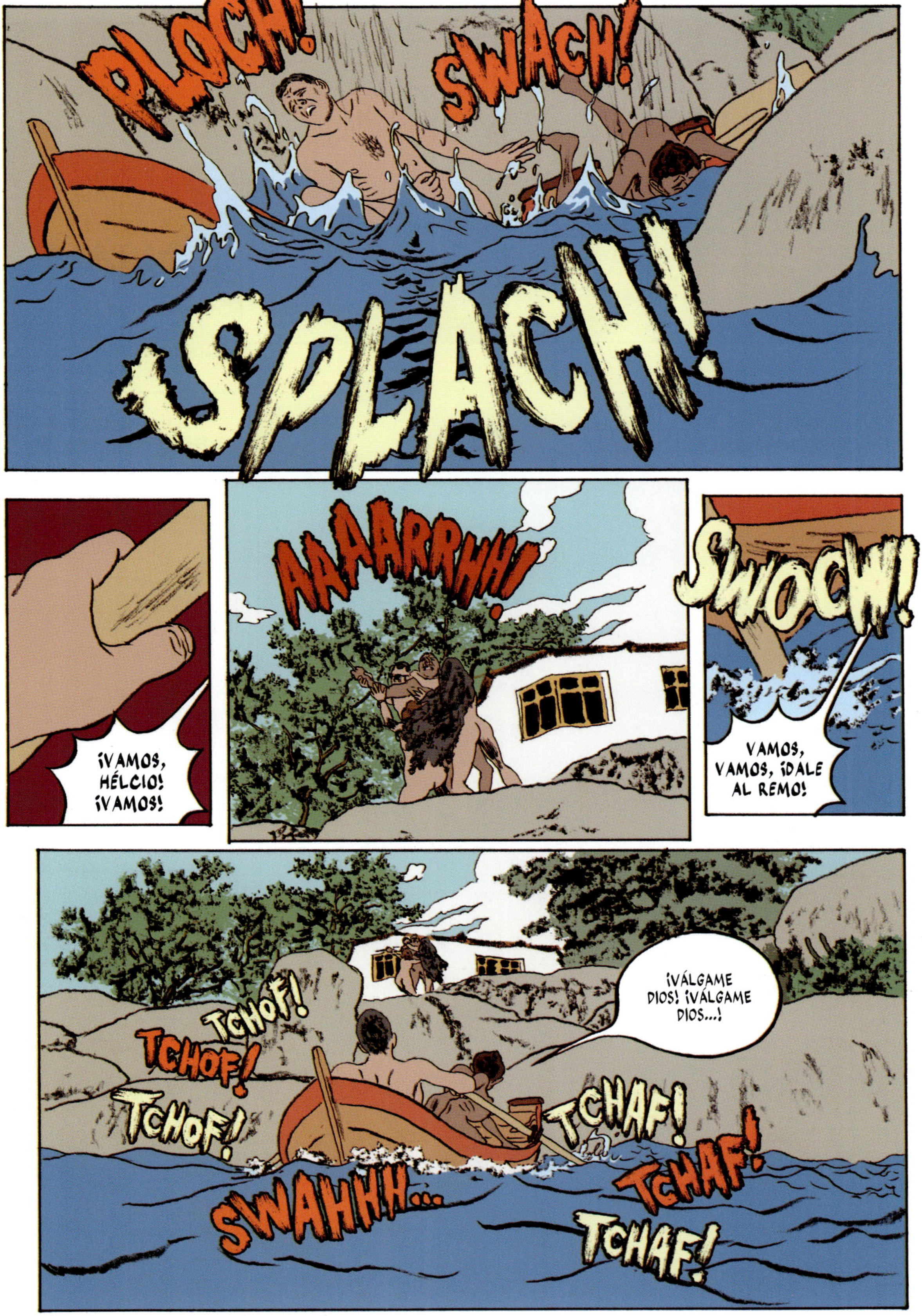
PLOCH!
SWACH!
SPLACH!
¡VAMOS, HÉLCIO! ¡VAMOS!
AAAARRRHH!
SWOCH!
VAMOS, VAMOS, ¡DALE AL REMO!
¡VÁLGAME DIOS! ¡VÁLGAME DIOS...!
TCHOF!
TCHOF!
TCHOF!
TCHAF!
TCHAF!
SWAHHH...
TCHAF!

¡VAMOS! ¡VAMOS! ¡NO PARES! ¡VENGA!
TCHOF!
TCHOF!
TCHAWF!
¡VAMOS!
¡VAMOS...!
¿DÓNDE ESTÁ MI BAÑADOR?
¿¡DÓNDE ESTÁ MI BAÑADOR!?
AH, AQUÍ ESTÁ, ¡AQUÍ ESTÁ!
VIRGENCITA, SAN BENITO, SANTA BÁRBARA BENDITA... ¡AVE MARÍA!
VAMOS, NO TE PARES; NO SE TE OCURRA PARARTE...
¿ESTÁS LOCO O QUÉ? ¿CÓMO COÑO TE METES EN UN CALLEJÓN SIN SALIDA COMO ESE? ¡CASI TERMINAMOS EN EL CEMENTERIO DE VERDAD, LATERAL DE PACOTILLA!
¿Y QUÉ QUERÍAS QUE HICIERA YO? ¿NO ERAS TÚ EL QUE QUERÍAS TERMINAR CON TODO ESE MONTÓN DE PECES? LO MÁS FÁCIL ER...
OYE, NI SE TE OCURRA HACERTE EL CHULO... ¿VALE?
QUE DE NO SER POR MÍ...

...EL MENDA TE HABRÍA ABIERTO UN TAJO EN EL ESTÓMAGO Y SE TE HUBIERAN SALIDO TODAS LAS TRIPAS PARA ALEGRÍA DE LOS BUITRES, ¿ME OYES BIEN?
AHORA VAMOS A PONER RUMBO A PAQUETÁ, NOS VAMOS DIRECTOS, ¿VALE? NO VAMOS A TOMAR NI UNA PEQUEÑA CURVA, NI UN PEQUEÑO DESVÍO, ¿VALE?
VAMOS DIRECTAMENTE HASTA ALLÍ, NEGRO SOBRE BLANCO, COMO TIENE QUE SER, ¿LO ESTÁS ENTENDIENDO?
VALE, CORCOVAS, DE ACUERDO...
Y NADA DE MÁS IDEAS BRILLANTES NI DE HABLAR CON GENTE RARA...
¡VALE, CORCOVAS! ¡BASTA YA! ¡TIENES RAZÓN! YA TE HE DICHO QUE VALE, ¡DÉJALO YA!
PERO VALE DE VERDAD, ¿ME OYES O QUÉ?
HHH...
HHH...
HHH...

HHH...
HHH...
HHH...
NOEL...
¿QUÉ?
¿ME DEVUELVES MI BAÑADOR?

JAJAJA...
JAJAJA...
JAJAJA JAJA...
JAJAJAJAJAJAJA...
¡CÁLLATE DE UNA PUTA VEZ!

¿LE APETECE UNA CARAPEBA, SEÑORA?
¡HÉLCIO...!
¿NO? MUCHAS GRACIAS...
DÉJALO, HÉLCIO, NO VAMOS A VENDER MÁS...
¿NO VES QUE EL MERCADILLO SE HA TERMINADO YA? HEMOS LLEGADO TARDÍSIMO...
LA GENTE ESTÁ RECOGIENDO SUS PUESTOS...
TOMA, CÓMETE EL BOCATA Y NO SE HABLE MÁS DEL TEMA...
¿CUÁNTO HEMOS SACADO?
UN MOMENTITO, DÉJAME VER...
UNO, DOS, TRES... CINCO...
DOSCIENTOS Y UN POCO DE CALDERILLA...
¿SOLO?
¿QUÉ ESPERABAS? ¡CON LA HORA A LA QUE HEMOS LLEGADO, CHAVAL...!
PERO ¿SOLO ESO? HAY QUÉ JODERSE...

AHORA YA DA IGUAL, VÁMONOS, DEJA LO QUE SOBRA POR SI A ALGUIEN LE INTERESA...
TOTAL, NO NOS HEMOS COMIDO NI UNA ROSCA...
EL TEMA ESTÁ EN QUE TENEMOS QUE SALIR PITANDO, CHAVAL...
¿SABES QUÉ HORA ES?
¿TIENE HORA, SEÑOR?
LAS CUATRO MENOS DIEZ.
MUCHAS GRACIAS.
¿¡LAS CUATRO MENOS DIEZ!? ¿¡ESO HA DICHO!? ¿¡LAS CUATRO MENOS DIEZ!?
¿QUÉ QUERÍAS?
¡FUISTE TÚ EL QUE QUISO PARAR A ENSE-ÑAR LA COLA A LA VEDETE, COLEGA!
¡POR EL DINERO NO HA VALIDO LA PENA!
¡DEJA DE QUEJARTE, COLEGA! SUJETA AHÍ Y VAMOS AL AGUA. ¡VENGA! ¡VAMOS!

¿ADÓNDE VAIS?
A NITERÓI.
¿AHORA?
SÍ, ¡TENEMOS QUE DEVOLVER EL BARCO!
NO SOIS PESCADORES, ¿VERDAD QUE NO?
EH... NO, NO LO SOMOS. ¿POR QUÉ?
PORQUE SE ACERCA UNA SUPERTORMENTA... Y NO VA A TARDAR MUCHO...
¡MIRAD! ¿NO LA VEIS?
OÍD UNA COSITA...
...SI SALÍS AHORA...
...OS VA A PILLAR LA TORMENTA A MITAD DE CAMINO, ¿SÍ?
EH... SI NO HAY NI UNA NUBE...

*LA ISLA DE ITAPACIS Y LA ISLA COMPRIDA FORMAN PARTE DEL ARCHIPIÉLAGO DE PAQUETÁ.

NO PERDÁIS EL TIEMPO, ¿DE ACUERDO? EN CUANTO EMPIECE A LLOVER OS VAIS A LA PRIMERA ISLA QUE OS ENCONTRÉIS, ¿ENTENDIDO?
TENED MUCHO CUIDADO, ¿VALE? NO HAGÁIS NINGUNA TONTERÍA.
¡NO SE PREOCUPE, SEÑOR! ¡TENDREMOS CUIDADO! NO VA A PASAR NADA.
¿CREES QUE LO QUE DICE ESE HOMBRE ES CIERTO O TE PARECE UN DISPARATE?
EXAGERA, HAZME CASO.
¡GRACIAS, AMIGO! ¡LO TENDREMOS EN CUENTA!
¡CORCOVAS SE HA VUELTO INTRÉPIDO! ¿A QUE SÍ, CORCOVAS?
¡NOS SOBRA VALOR, COLEGA!
CORCOVAS SE CREE MUY MACHO...
A VER LO MACHITO QUE ERES TÚ CUANDO LLEGUES TARDE A LA CONCENTRACIÓN...
¡NO ME VENGAS CON GILIPOLLECES, CORCOVAS! ¡SI YO DIGO QUE HAY TIEMPO ES PORQUE HAY...!
YA SABES LO QUE DICEN...
...QUE HASTA QUE EL ÁRBITRO NO PITA, EL PARTIDO NO SE TERMINA.

¿LO ENTIENDES, ZÉ AMÉRICO?
SÍ, SEÑOR ROSA.
CUANTO MÁS LES DICES...
...A LOS CHICOS QUE SE PONGAN LAS PILAS EN DEFENSA...
...MÁS PATADAS HACIA DELANTE A LO LOCO, O SEA...
...NO HAY QUIEN AGUANTE ALGO ASÍ...
¿LO ENTIENDES, ZÉ AMÉRICO?
SÍ, SEÑOR ROSA...
PUES ES LO QUE YO TE DIGO...
...NO SE PUEDE JUGAR SIEMPRE POR LA DERECHA... O SEA...
...EL MEDIOCENTRO TIENE QUE VENIRSE MÁS AQUÍ, ASÍ... ¿ENTIENDES?
SÍ, SEÑOR ROSA...
QUÉ CURIOSO...

...PARECE QUE SE ACERCA UNA TORMENTA ENORME POR ALLÍ, MIRA.
CHAF!
CHAHH...
TCHAF!
ESTA VEZ, SÍ...
...A PESAR DE QUE EL CANTUSCA SE VA A ALOJAR EN UN HOTEL...

*EL ESTADIO SÃO JANUÁRIO, SEDE DEL CLUBE DE REGATAS VASCO DA GAMA, SE ENCUENTRA EN LA CALLE DEL MISMO NOMBRE, EN LA CIUDAD DE RÍO DE JANEIRO. PARA JUGAR CONTRA EQUIPOS DE LA VECINA CIUDAD DE NITERÓI, LOS EQUIPOS DE RÍO CRUZABAN LA BAHÍA DE GUANABARA, POR LO GENERAL HORAS ANTES DEL ENCUENTRO, A TRAVÉS DEL SERVICIO DE FERRIS QUE CONECTA AMBAS CIUDADES.

**ITABORAÍ: MUNICIPIO DE LA REGIÓN METROPOLITANA DEL ESTADO DE RÍO DE JANEIRO.

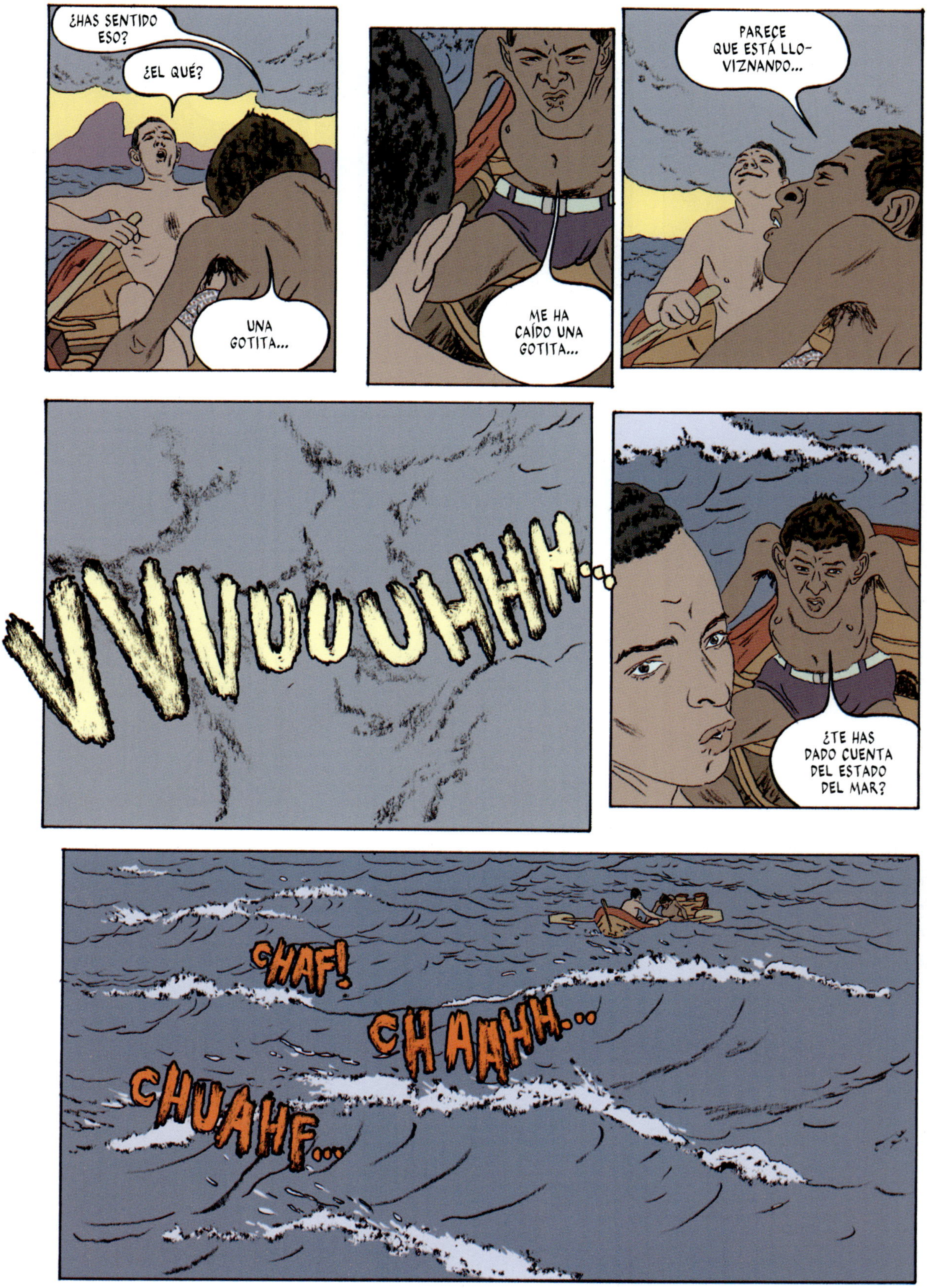
¿HAS SENTIDO ESO?
¿EL QUÉ?
UNA GOTITA...
ME HA CAÍDO UNA GOTITA...
PARECE QUE ESTÁ LLO-VIZNANDO...
VVVUUUHHH...
¿TE HAS DADO CUENTA DEL ESTADO DEL MAR?
CHAF!
CHAAHH...
CHUAHF...

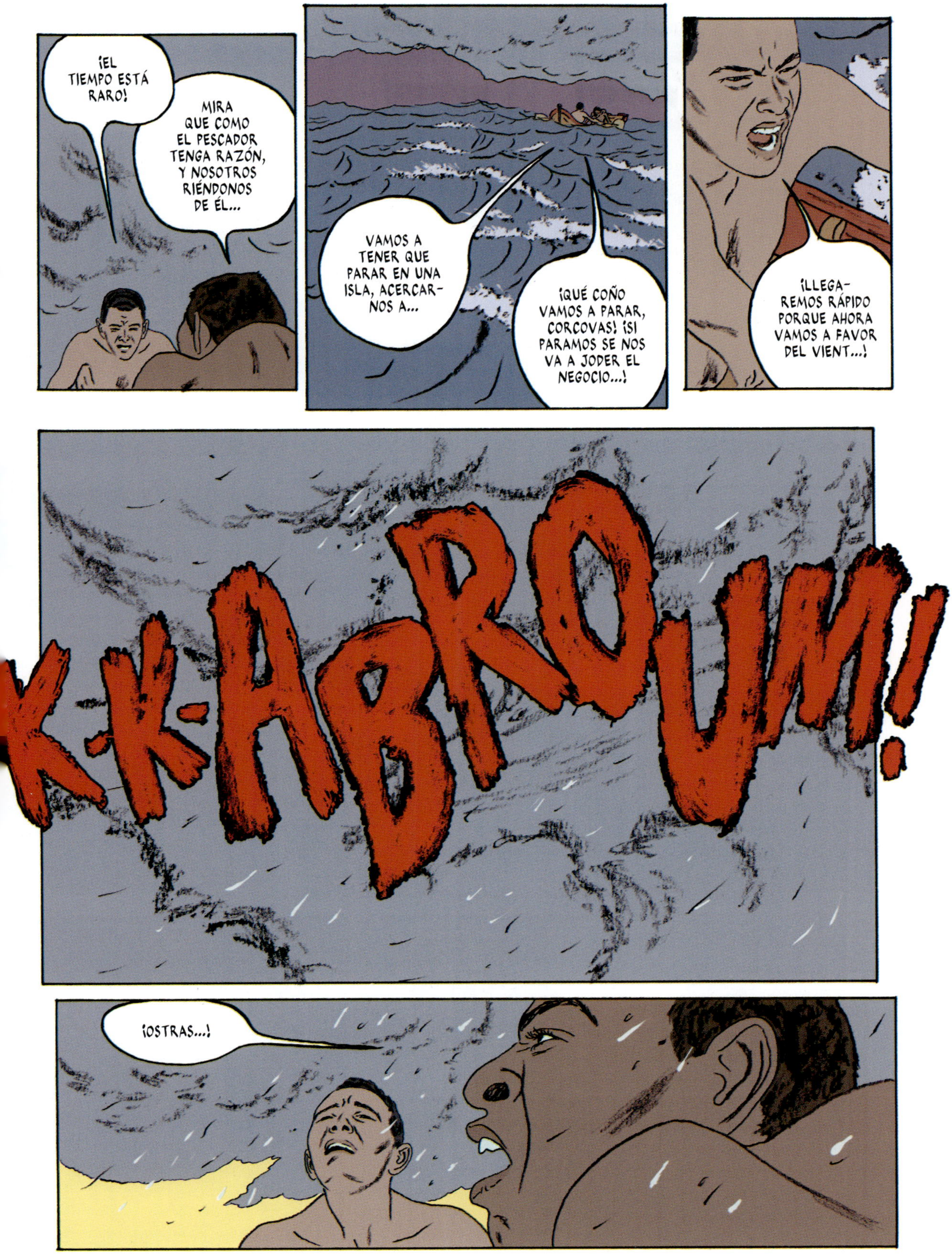
¡EL TIEMPO ESTÁ RARO!
MIRA QUE COMO EL PESCADOR TENGA RAZÓN, Y NOSOTROS RIÉNDONOS DE ÉL...
VAMOS A TENER QUE PARAR EN UNA ISLA, ACERCARNOS A...
¡QUÉ COÑO VAMOS A PARAR, CORCOVAS! ¡SI PARAMOS SE NOS VA A JODER EL NEGOCIO...!
¡LLEGAREMOS RÁPIDO PORQUE AHORA VAMOS A FAVOR DEL VIENT...!
K-K-ABROUM!!
¡OSTRAS...!

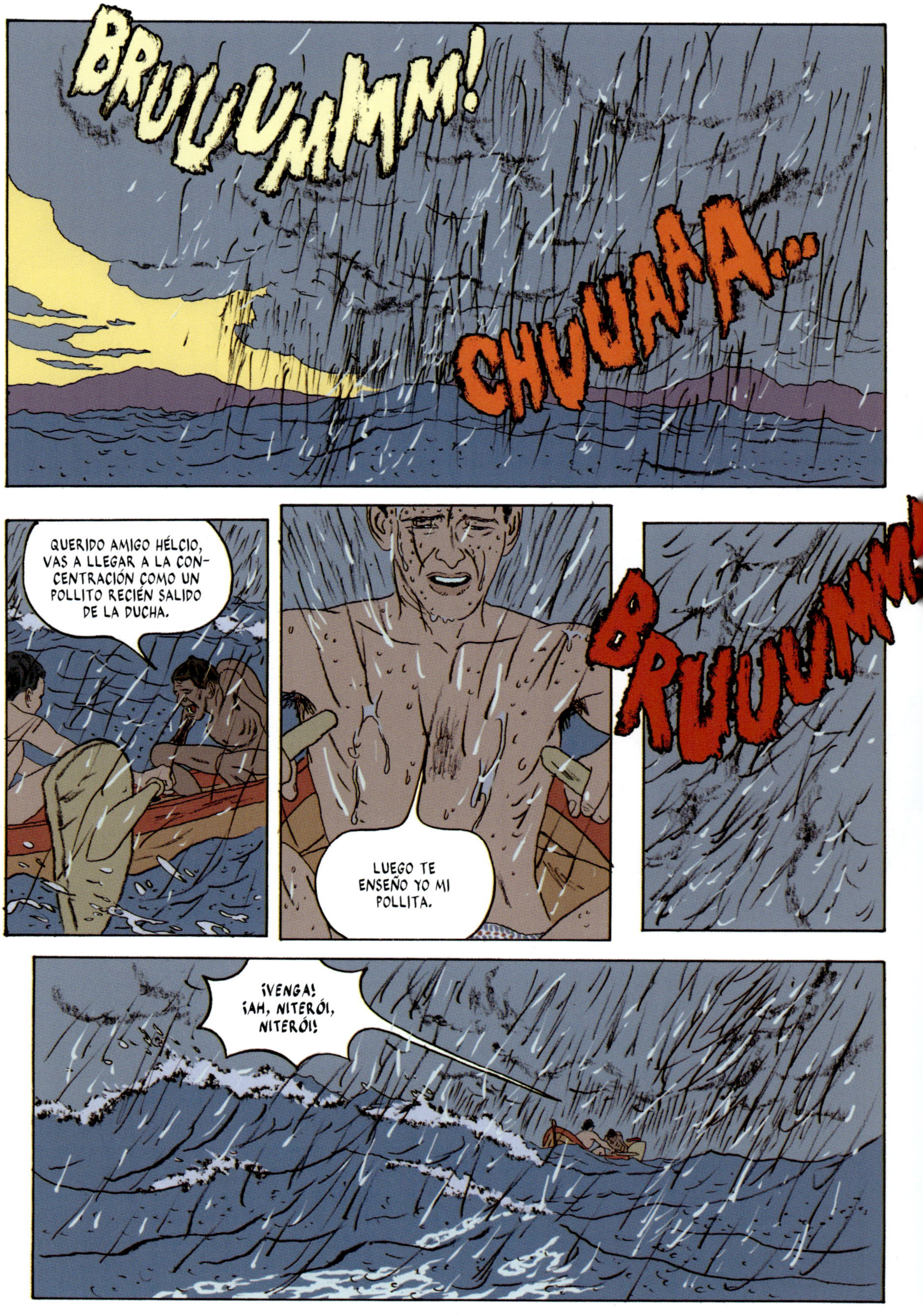
BRUUUMMM!
CHUUAAA...
QUERIDO AMIGO HÉLCIO, VAS A LLEGAR A LA CONCENTRACIÓN COMO UN POLLITO RECIÉN SALIDO DE LA DUCHA.
LUEGO TE ENSEÑO YO MI POLLITA.
BRUUUMM
¡VENGA! ¡AH, NITERÓI, NITERÓI!

CÉU AZUL
BARBEARIA
CÉU AZUL
BARBEARIA
¡BUENAS NOCHES, SEÑOR ALÍCIO!
PARECE QUE SAN PEDRO HA DECIDIDO HACER LIMPIEZA OTRA VEZ, ¡FÍJESE!
BUENAS NOCHES, MÁRIO, PÍLLATE UNA SILLA, ANDA...
BUENAS NOCHES, DOÑA DELI, ¡HOLA, PEPE CALLOS!
BUENAS NOCHES...
¿HAS TRAÍDO EL TRAJE DE BUZO, MÁRIO?

BRUUMM!
¡MADRE MÍA, ESTÁN CAYENDO RAYOS COMO SI LOS LANZARA EL DIABLO!
¡AL DIABLO NI MENCIONARLO!
¿QUÉ QUIERES QUE HAGA, CORCOVAS? ¡ESTO NO ES LLUVIA, ESTO ES EL FIN DEL MUNDO!
¡TENEMOS QUE ENCONTRAR LA FORMA DE SALIR DEL AGUA! ¡ES MUY PELIGROSO ESTAR AQUÍ!
¿¡QUÉ!?
¡QUE TENEMOS QUE SALIR DEL AGUA...!
¡POR LOS RAYOS!
¡SON MUY PELIGROSOS EN MEDIO DEL AGUA! ¡ESTAMOS MUY DESPROTEGIDOS!
¿ESTÁN CAYENDO EN EL AGUA?
¿¡QUÉ!?
¿LOS RAYOS ESTÁN CAYENDO EN EL AGUA?
¡DE MOMENTO SOLO LOS HE VISTO CAER EN TIERRA...!
MIRA EL LADO POSITIVO, AL MENOS...

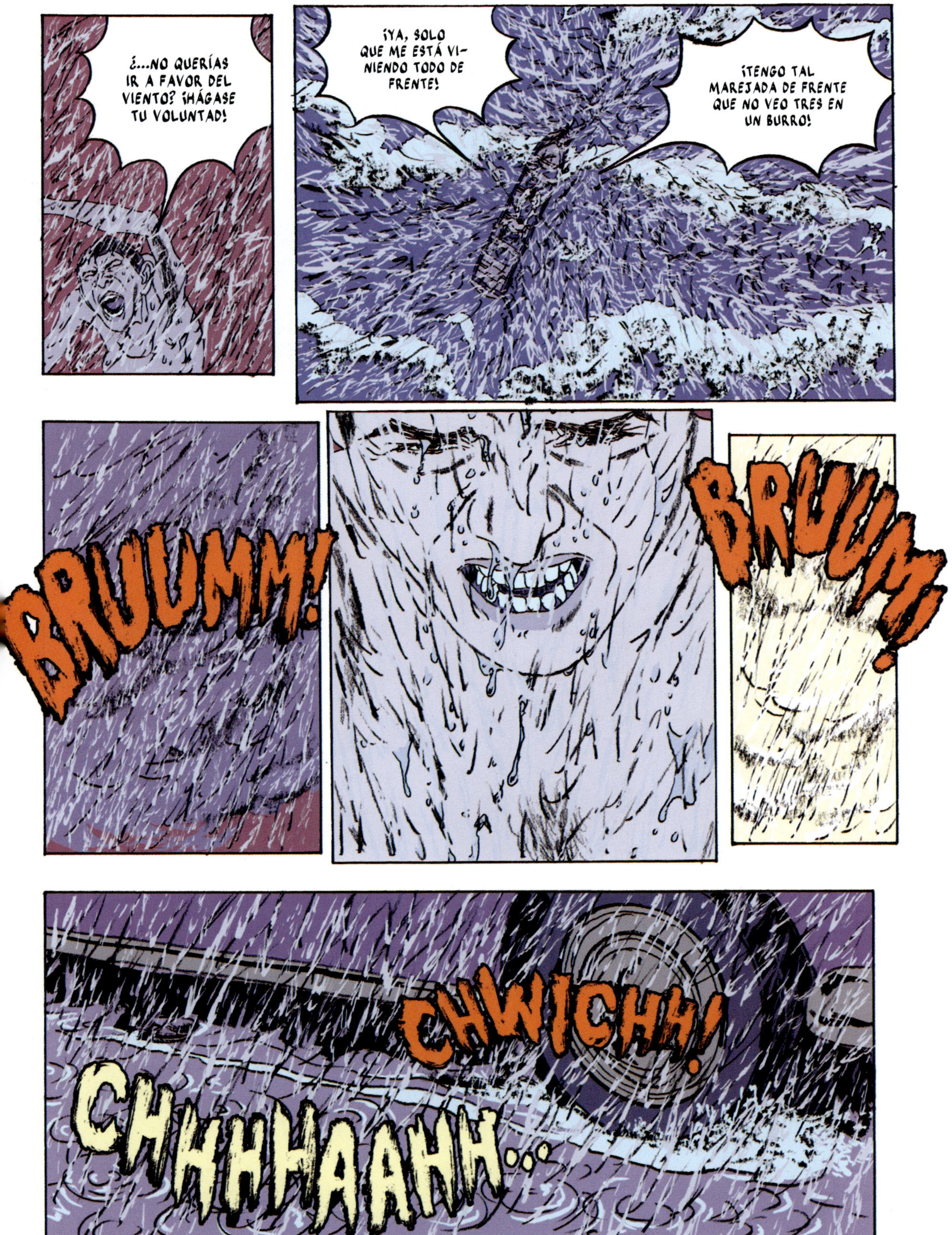
¿...NO QUERÍAS IR A FAVOR DEL VIENTO? ¡HÁGASE TU VOLUNTAD!
¡YA, SOLO QUE ME ESTÁ VINIENDO TODO DE FRENTE!
¡TENGO TAL MAREJADA DE FRENTE QUE NO VEO TRES EN UN BURRO!
BRUUMM!
BRUUM!
CHWICHH!
CHHHAAHH...

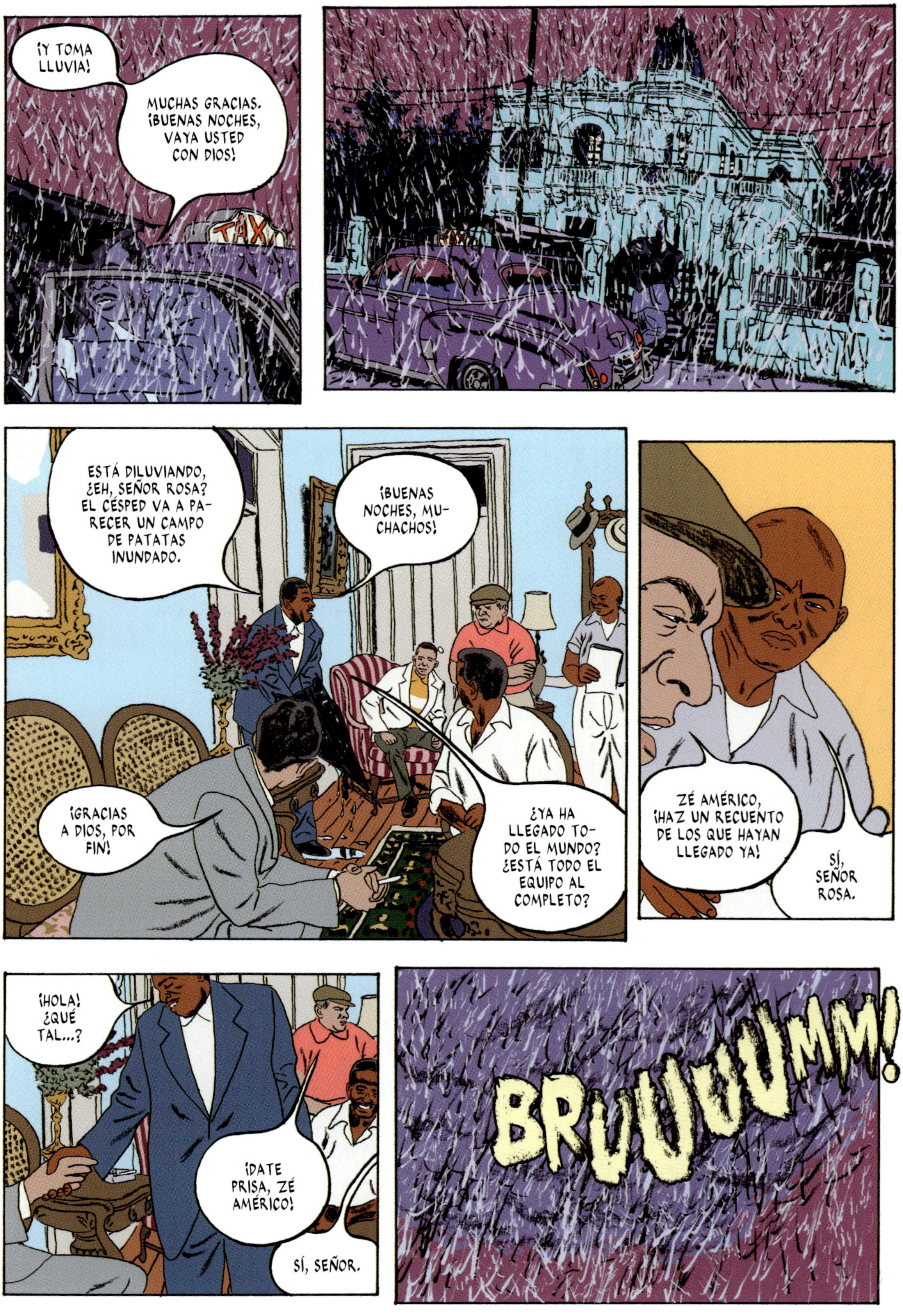
¡Y TOMA LLUVIA!
MUCHAS GRACIAS. ¡BUENAS NOCHES, VAYA USTED CON DIOS!
TAXI
ESTÁ DILUVIANDO, ¿EH, SEÑOR ROSA? EL CÉSPED VA A PARECER UN CAMPO DE PATATAS INUNDADO.
¡BUENAS NOCHES, MUCHACHOS!
¡GRACIAS A DIOS, POR FIN!
¿YA HA LLEGADO TODO EL MUNDO? ¿ESTÁ TODO EL EQUIPO AL COMPLETO?
ZÉ AMÉRICO, ¡HAZ UN RECUENTO DE LOS QUE HAYAN LLEGADO YA!
SÍ, SEÑOR ROSA.
¡HOLA! ¿QUÉ TAL...?
¡DATE PRISA, ZÉ AMÉRICO!
SÍ, SEÑOR.
BRUUUUMM!

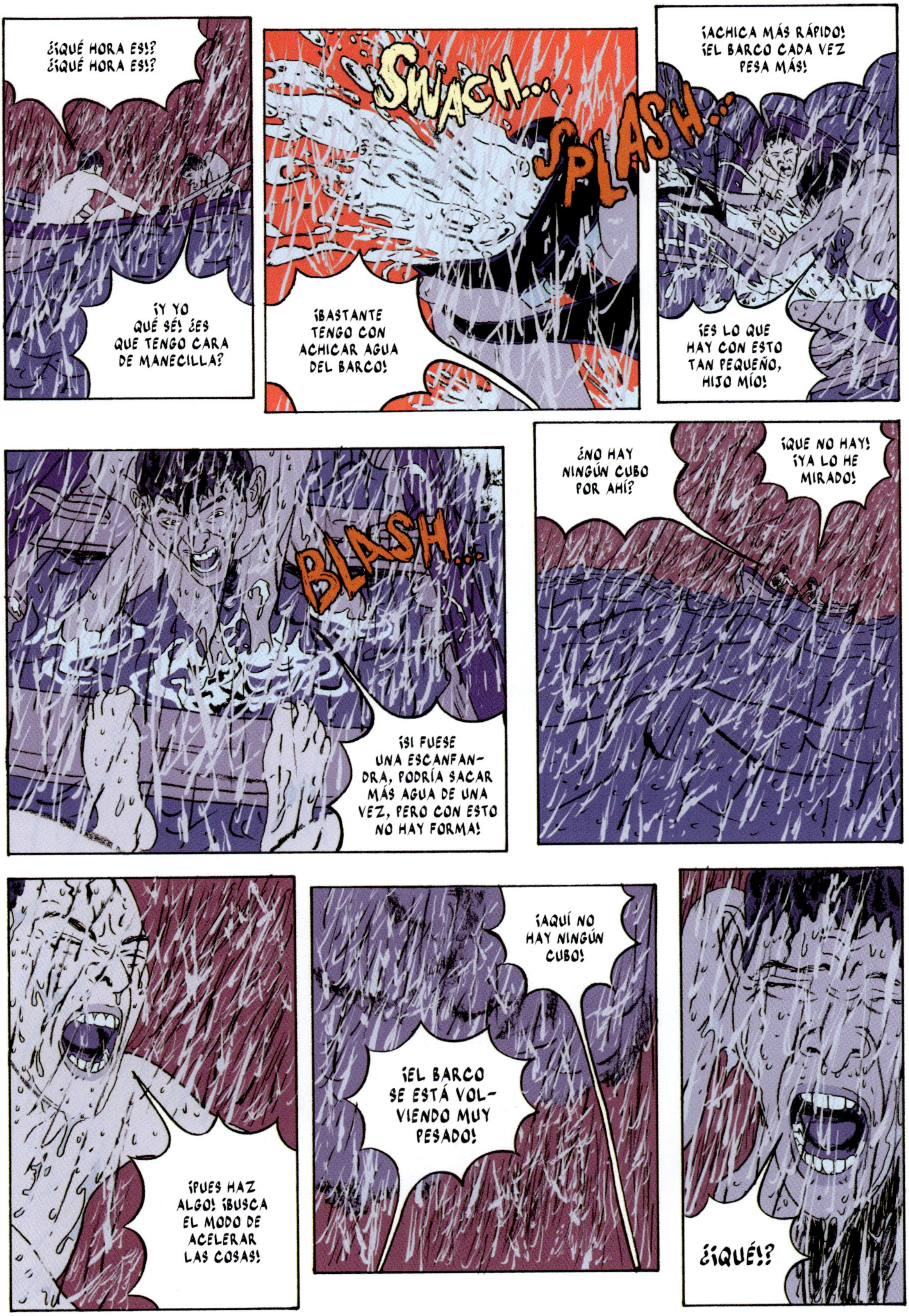
¿¡QUÉ HORA ES!? ¿¡QUÉ HORA ES!?
¡Y YO QUÉ SÉ! ¿ES QUE TENGO CARA DE MANECILLA?
SWACH...
¡BASTANTE TENGO CON ACHICAR AGUA DEL BARCO!
SPLASH...
¡ACHICA MÁS RÁPIDO! ¡EL BARCO CADA VEZ PESA MÁS!
¡ES LO QUE HAY CON ESTO TAN PEQUEÑO, HIJO MÍO!
BLASH...
¡SI FUESE UNA ESCANFANDRA, PODRÍA SACAR MÁS AGUA DE UNA VEZ, PERO CON ESTO NO HAY FORMA!
¿NO HAY NINGÚN CUBO POR AHÍ?
¡QUE NO HAY! ¡YA LO HE MIRADO!
¡PUES HAZ ALGO! ¡BUSCA EL MODO DE ACELERAR LAS COSAS!
¡AQUÍ NO HAY NINGÚN CUBO!
¡EL BARCO SE ESTÁ VOLVIENDO MUY PESADO!
¿¡QUÉ!?

¡EL BARCO PESA UN MONTÓN!
¡ESTOY SACANDO AGUA! ¡ESTOY SA-CANDO!
¡UY!
"CORCOVAS, ¿QUÉ COÑO HA PASADO, CORCOVAS?"
"¡SE ME HA ESCURRIDO, CHAVAL!"
"CORCOVAS, PERO... ¡QUÉ BURRO ERES, CORCOVAS!"
"¿Y QUÉ QUIERES QUE HAGA? ¡SE ME ESTABA ESCURRIENDO COMO SI FUERA UNA PASTILLA DE JABÓN!"
"Y AHORA, ¿QUÉ LE DIGO YO A CÉLIO CELINO?"
"¿¡QUÉ!?"

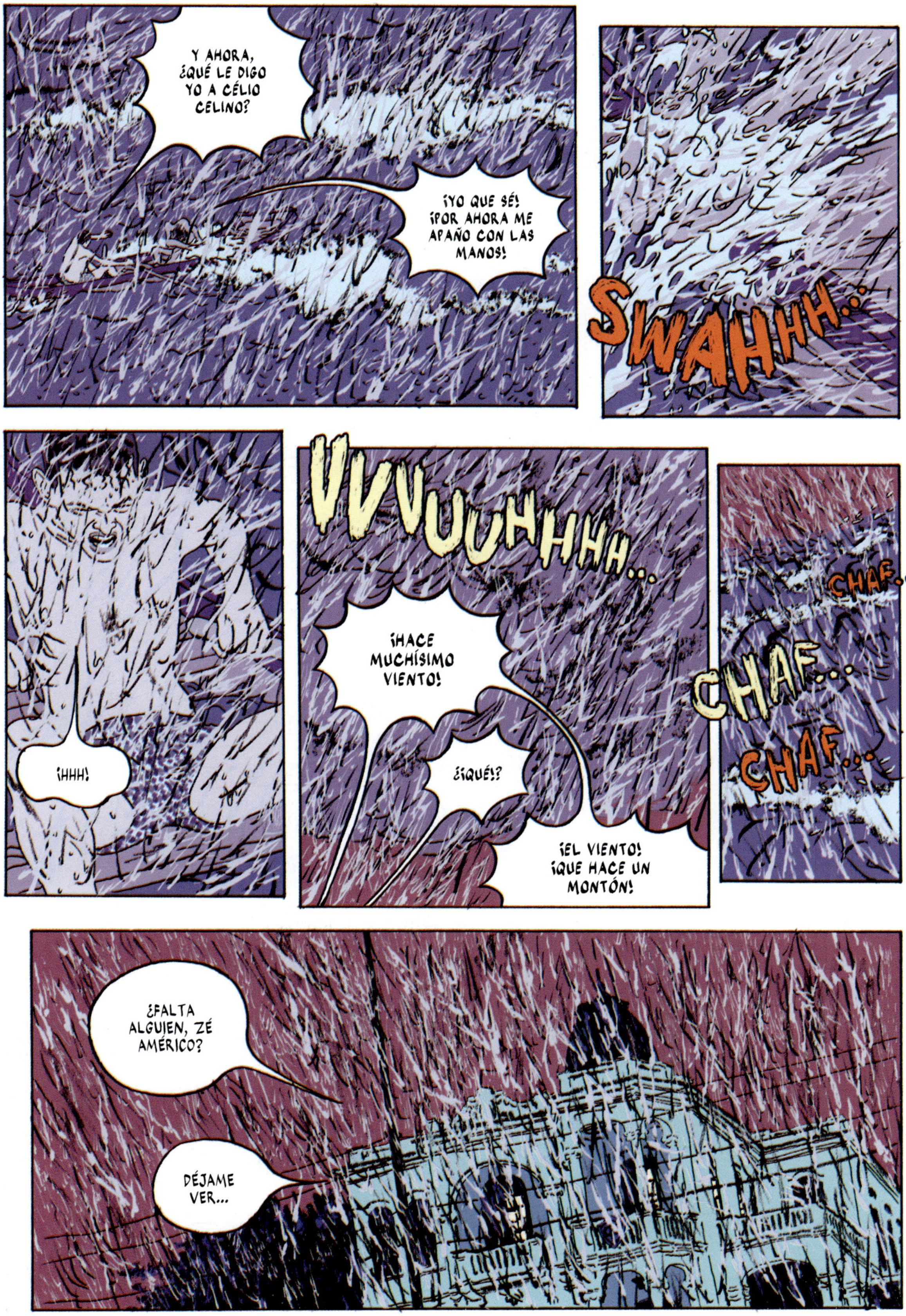
Y AHORA, ¿QUÉ LE DIGO YO A CÉLIO CELINO?
¡YO QUE SÉ! ¡POR AHORA ME APAÑO CON LAS MANOS!
SWAHHH...
¡HHH!
VVVUUHHHH...
¡HACE MUCHÍSIMO VIENTO!
¿¡QUÉ!?
¡EL VIENTO! ¡QUE HACE UN MONTÓN!
CHAF...
CHAF...
CHAF...
¿FALTA ALGUIEN, ZÉ AMÉRICO?
DÉJAME VER...

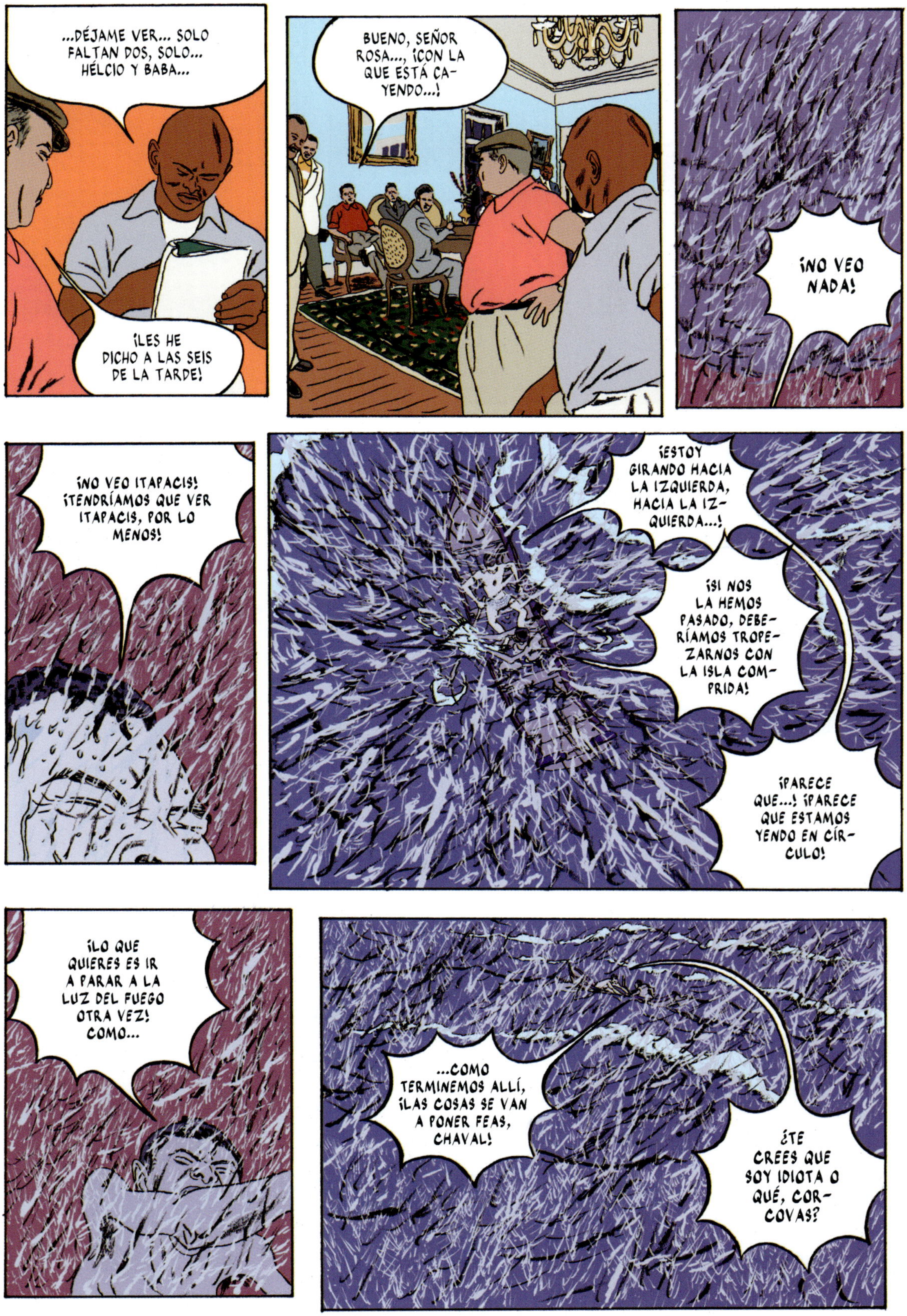
...DÉJAME VER... SOLO FALTAN DOS, SOLO... HÉLCIO Y BABA...
¡LES HE DICHO A LAS SEIS DE LA TARDE!
BUENO, SEÑOR ROSA..., ¡CON LA QUE ESTÁ CAYENDO...!
¡NO VEO NADA!
¡NO VEO ITAPACIS! ¡TENDRÍAMOS QUE VER ITAPACIS, POR LO MENOS!
¡ESTOY GIRANDO HACIA LA IZQUIERDA, HACIA LA IZQUIERDA...!
¡SI NOS LA HEMOS PASADO, DEBERÍAMOS TROPEZARNOS CON LA ISLA COMPRIDA!
¡PARECE QUE...! ¡PARECE QUE ESTAMOS YENDO EN CÍRCULO!
¡LO QUE QUIERES ES IR A PARAR A LA LUZ DEL FUEGO OTRA VEZ! COMO...
...COMO TERMINEMOS ALLÍ, ¡LAS COSAS SE VAN A PONER FEAS, CHAVAL!
¿TE CREES QUE SOY IDIOTA O QUÉ, CORCOVAS?

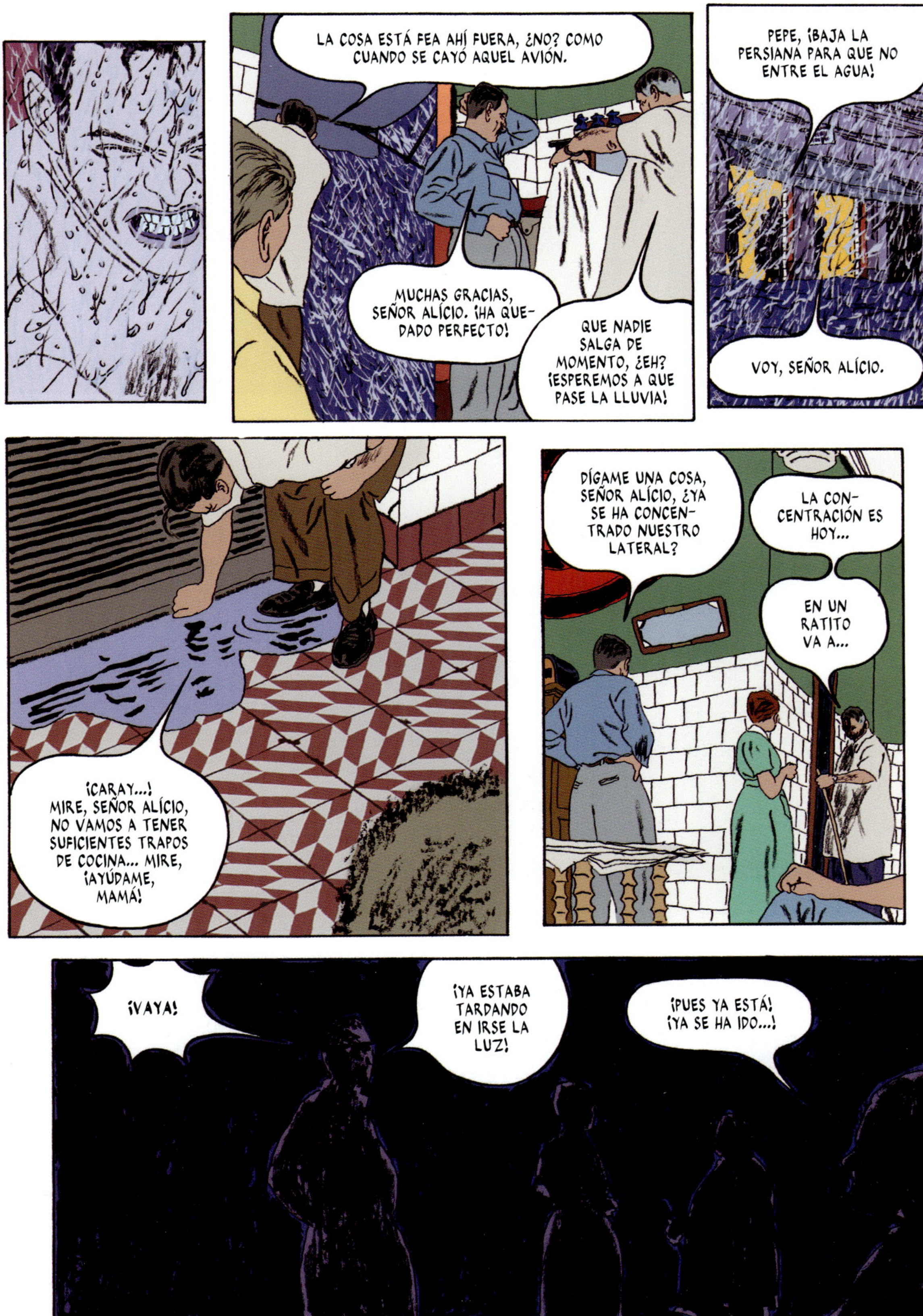

LA COSA ESTÁ FEA AHÍ FUERA, ¿NO? COMO CUANDO SE CAYÓ AQUEL AVIÓN.
MUCHAS GRACIAS, SEÑOR ALÍCIO. ¡HA QUEDADO PERFECTO!
QUE NADIE SALGA DE MOMENTO, ¿EH? ¡ESPEREMOS A QUE PASE LA LLUVIA!
PEPE, ¡BAJA LA PERSIANA PARA QUE NO ENTRE EL AGUA!
VOY, SEÑOR ALÍCIO.
¡CARAY...! MIRE, SEÑOR ALÍCIO, NO VAMOS A TENER SUFICIENTES TRAPOS DE COCINA... MIRE, ¡AYÚDAME, MAMÁ!
DÍGAME UNA COSA, SEÑOR ALÍCIO, ¿YA SE HA CONCENTRADO NUESTRO LATERAL?
LA CONCENTRACIÓN ES HOY...
EN UN RATITO VA A...
¡VAYA!
¡YA ESTABA TARDANDO EN IRSE LA LUZ!
¡PUES YA ESTÁ! ¡YA SE HA IDO...!

PUEDES TACHAR A OTRO, ZÉ AMÉRICO...
¿QUIÉN ES AQUELLA ALMA QUE VIENE POR ALLÍ? ¿ES HÉLCIO?
NO LO SÉ, SEÑOR ROSA, SE PARECE A...
¡HOLA, BABA!
¡HOLA, CHICOS! ¡PARECE EL FIN DEL MUNDO LO QUE ESTÁ CAYENDO AHÍ AFUERA...!
NO, SI AL FINAL SE ACABARÁ EL AGUA DEL MUNDO...
PUES EN CASA NOS VENDRÁ BIEN PORQUE TENEMOS UN PROBLEMA CON EL DEPÓSITO DE AGUA.
¡TACHA A BABA DE LA LISTA, ZÉ AMÉRICO!
SÍ, SEÑOR ROSA. ¡SOLO FALTA HÉLCIO...!
¿ESTÁS SEGURO DEL CAMINO?
¿¡QUÉ!?
¡EL CAMINO!

¿DÓNDE ESTÁ LA ISLA COMPRIDA? ¡HACE TIEMPO QUE DEBERÍAMOS VERLA!
¿DÓNDE ESTÁ LA ISLA COMPRIDA?

¡DEBERÍA HABER APA-RECIDO JUSTO ENFRENT...!
CHUAAAAAA!
BROUUMM!

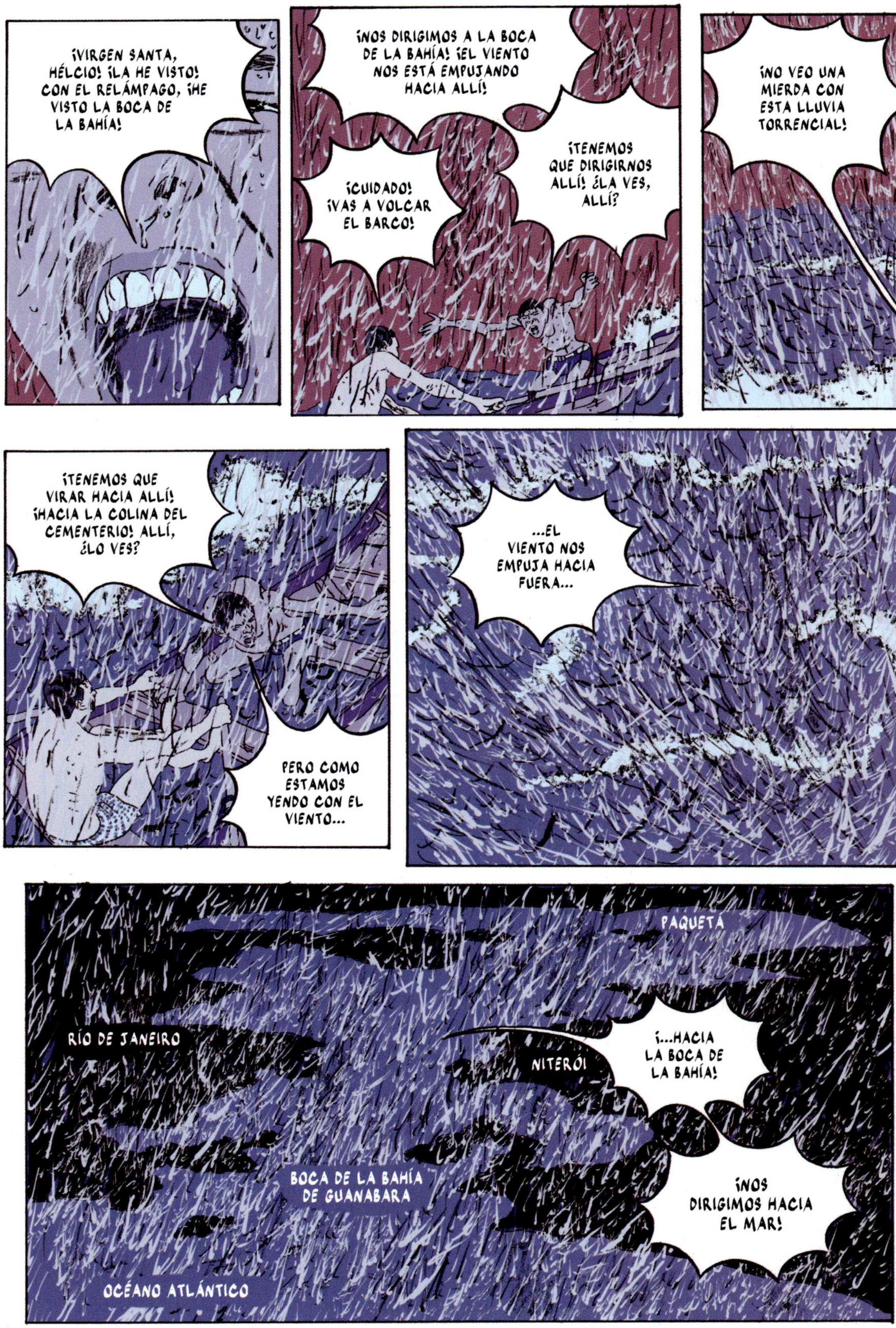
¡VIRGEN SANTA, HÉLCIO! ¡LA HE VISTO! CON EL RELÁMPAGO, ¡HE VISTO LA BOCA DE LA BAHÍA!
¡NOS DIRIGIMOS A LA BOCA DE LA BAHÍA! ¡EL VIENTO NOS ESTÁ EMPUJANDO HACIA ALLÍ!
¡CUIDADO! ¡VAS A VOLCAR EL BARCO!
¡TENEMOS QUE DIRIGIRNOS ALLÍ! ¿LA VES, ALLÍ?
¡NO VEO UNA MIERDA CON ESTA LLUVIA TORRENCIAL!
¡TENEMOS QUE VIRAR HACIA ALLÍ! ¡HACIA LA COLINA DEL CEMENTERIO! ALLÍ, ¿LO VES?
PERO COMO ESTAMOS YENDO CON EL VIENTO...
...EL VIENTO NOS EMPUJA HACIA FUERA...
PAQUETÁ
RÍO DE JANEIRO
NITERÓI
¡...HACIA LA BOCA DE LA BAHÍA!
BOCA DE LA BAHÍA DE GUANABARA
¡NOS DIRIGIMOS HACIA EL MAR!
OCÉANO ATLÁNTICO

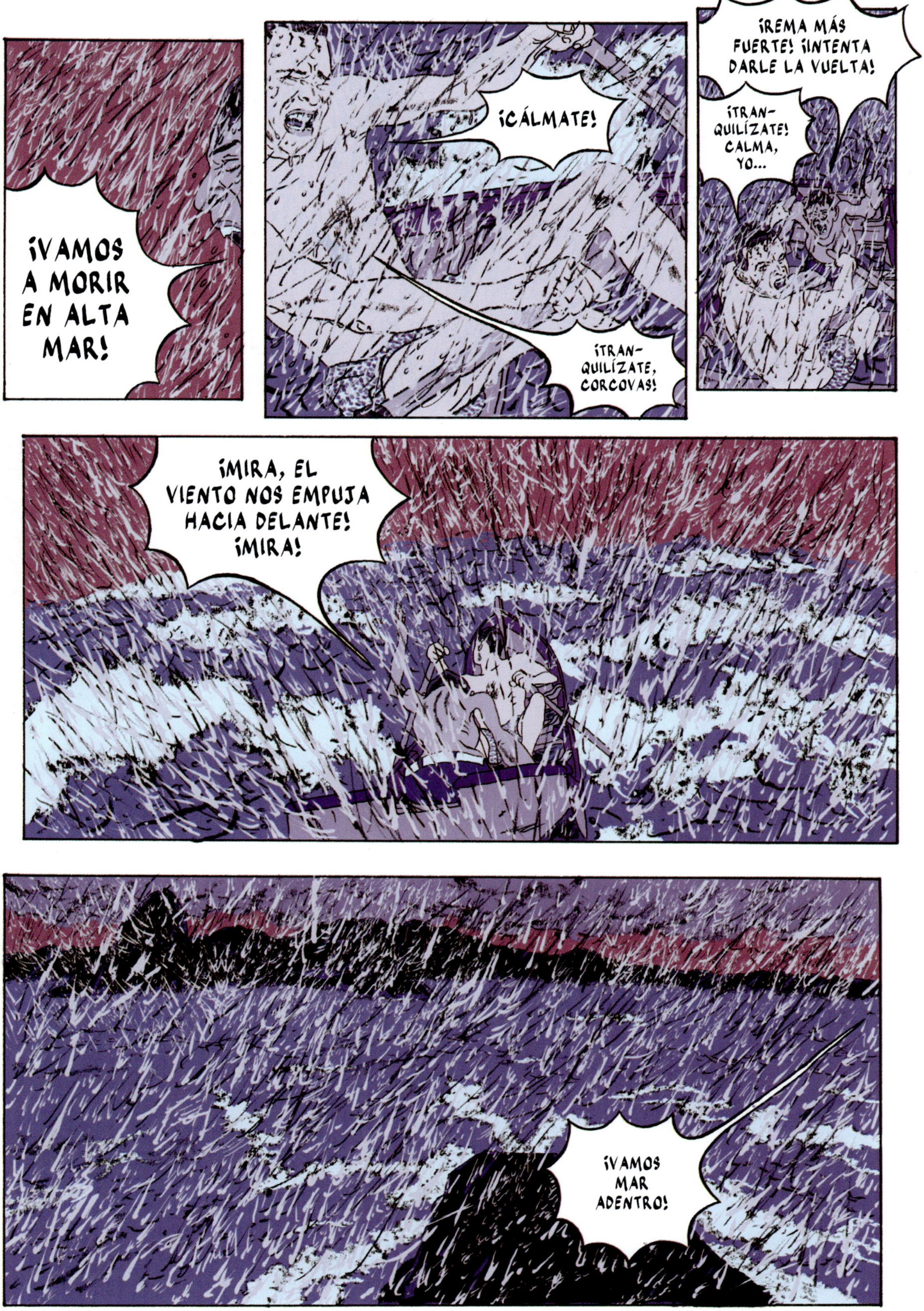
¡VAMOS A MORIR EN ALTA MAR!
¡CÁLMATE!
¡TRANQUILÍZATE, CORCOVAS!
¡REMA MÁS FUERTE! ¡INTENTA DARLE LA VUELTA!
¡TRANQUILÍZATE! CALMA, YO...
¡MIRA, EL VIENTO NOS EMPUJA HACIA DELANTE! ¡MIRA!
¡VAMOS MAR ADENTRO!

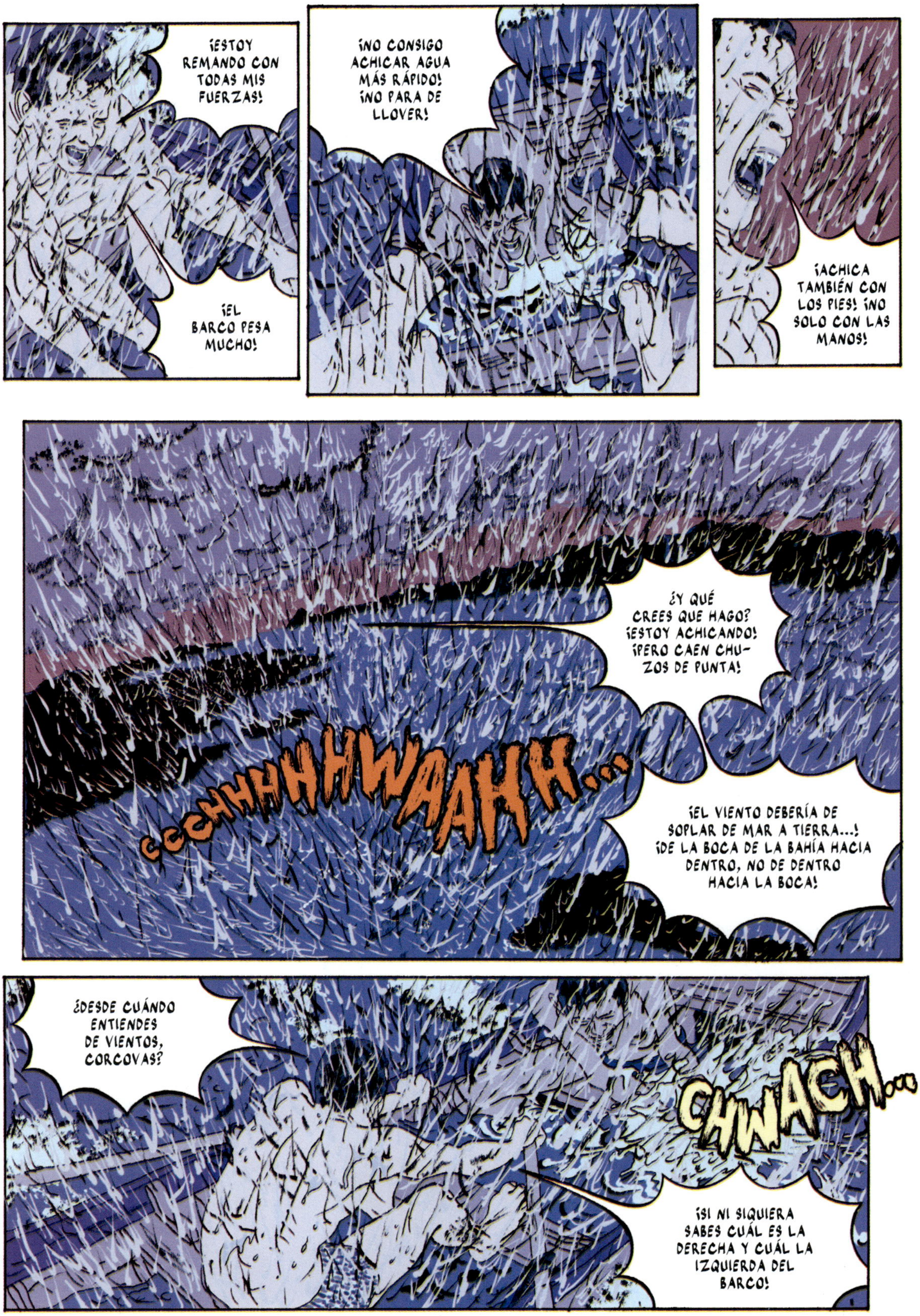
¡ESTOY REMANDO CON TODAS MIS FUERZAS!
¡EL BARCO PESA MUCHO!
¡NO CONSIGO ACHICAR AGUA MÁS RÁPIDO! ¡NO PARA DE LLOVER!
¡ACHICA TAMBIÉN CON LOS PIES! ¡NO SOLO CON LAS MANOS!
¿Y QUÉ CREES QUE HAGO? ¡ESTOY ACHICANDO! ¡PERO CAEN CHUZOS DE PUNTA!
CCCHHHHHWAAHH...
¡EL VIENTO DEBERÍA DE SOPLAR DE MAR A TIERRA...! ¡DE LA BOCA DE LA BAHÍA HACIA DENTRO, NO DE DENTRO HACIA LA BOCA!
¿DESDE CUÁNDO ENTIENDES DE VIENTOS, CORCOVAS?
CHWACH...
¡SI NI SIQUIERA SABES CUÁL ES LA DERECHA Y CUÁL LA IZQUIERDA DEL BARCO!

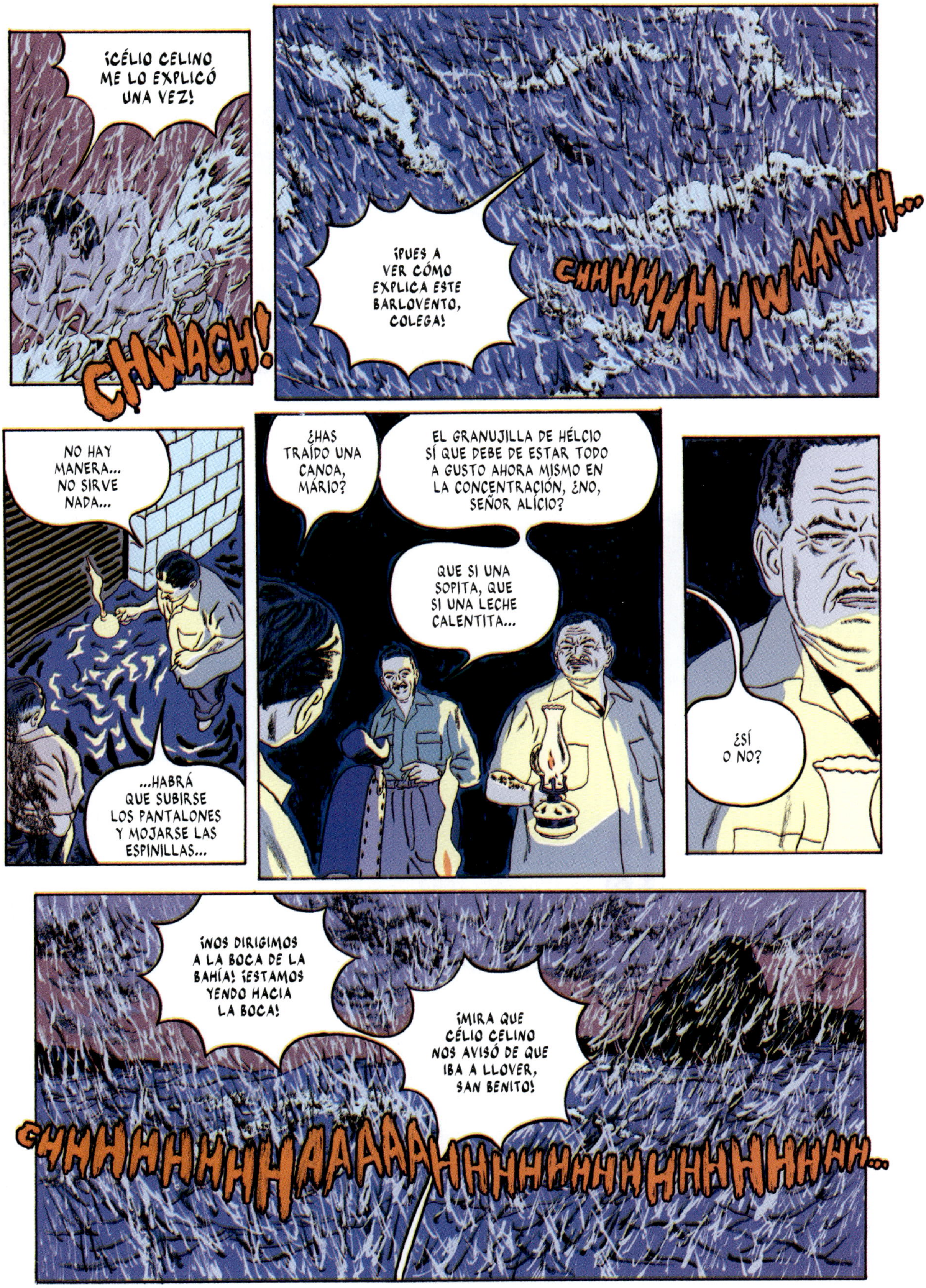
¡CÉLIO CELINO ME LO EXPLICÓ UNA VEZ!
CHWACH!
¡PUES A VER CÓMO EXPLICA ESTE BARLOVENTO, COLEGA!
CHHHHHHHHWAAHHH...
NO HAY MANERA... NO SIRVE NADA...
...HABRÁ QUE SUBIRSE LOS PANTALONES Y MOJARSE LAS ESPINILLAS...
¿HAS TRAÍDO UNA CANOA, MÁRIO?
EL GRANUJILLA DE HÉLCIO SÍ QUE DEBE DE ESTAR TODO A GUSTO AHORA MISMO EN LA CONCENTRACIÓN, ¿NO, SEÑOR ALÍCIO?
QUE SI UNA SOPITA, QUE SI UNA LECHE CALENTITA...
¿SÍ O NO?
¡NOS DIRIGIMOS A LA BOCA DE LA BAHÍA! ¡ESTAMOS YENDO HACIA LA BOCA!
¡MIRA QUE CÉLIO CELINO NOS AVISÓ DE QUE IBA A LLOVER, SAN BENITO!
GHHHHHHHAAAAAHHHHHHHHHHHHHHHHH...

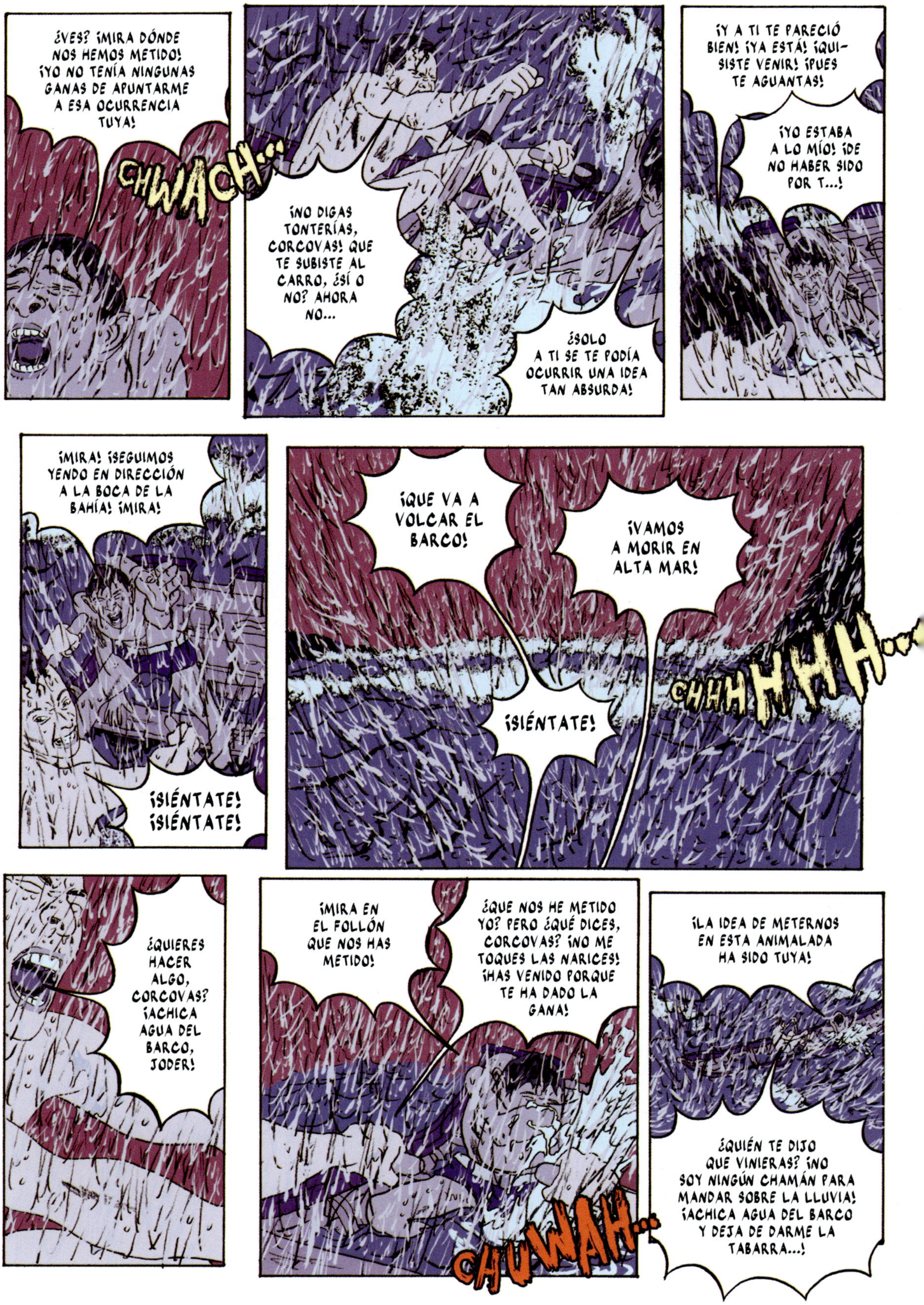
¿VES? ¡MIRA DÓNDE NOS HEMOS METIDO! ¡YO NO TENÍA NINGUNAS GANAS DE APUNTARME A ESA OCURRENCIA TUYA!
CHWACH...
¡NO DIGAS TONTERÍAS, CORCOVAS! QUE TE SUBISTE AL CARRO, ¿SÍ O NO? AHORA NO...
¿SOLO A TI SE TE PODÍA OCURRIR UNA IDEA TAN ABSURDA!
¡Y A TI TE PARECIÓ BIEN! ¡YA ESTÁ! ¡QUISISTE VENIR! ¡PUES TE AGUANTAS!
¡YO ESTABA A LO MÍO! ¡DE NO HABER SIDO POR T...!
¡MIRA! ¡SEGUIMOS YENDO EN DIRECCIÓN A LA BOCA DE LA BAHÍA! ¡MIRA!
¡SIÉNTATE! ¡SIÉNTATE!
¡QUE VA A VOLCAR EL BARCO!
¡VAMOS A MORIR EN ALTA MAR!
¡SIÉNTATE!
CHHHHHH...
¿QUIERES HACER ALGO, CORCOVAS? ¡ACHICA AGUA DEL BARCO, JODER!
¡MIRA EN EL FOLLÓN QUE NOS HAS METIDO!
¿QUE NOS HE METIDO YO? PERO ¿QUÉ DICES, CORCOVAS? ¡NO ME TOQUES LAS NARICES! ¡HAS VENIDO PORQUE TE HA DADO LA GANA!
CHUWAH...
¡LA IDEA DE METERNOS EN ESTA ANIMALADA HA SIDO TUYA!
¿QUIÉN TE DIJO QUE VINIERAS? ¡NO SOY NINGÚN CHAMÁN PARA MANDAR SOBRE LA LLUVIA! ¡ACHICA AGUA DEL BARCO Y DEJA DE DARME LA TABARRA...!

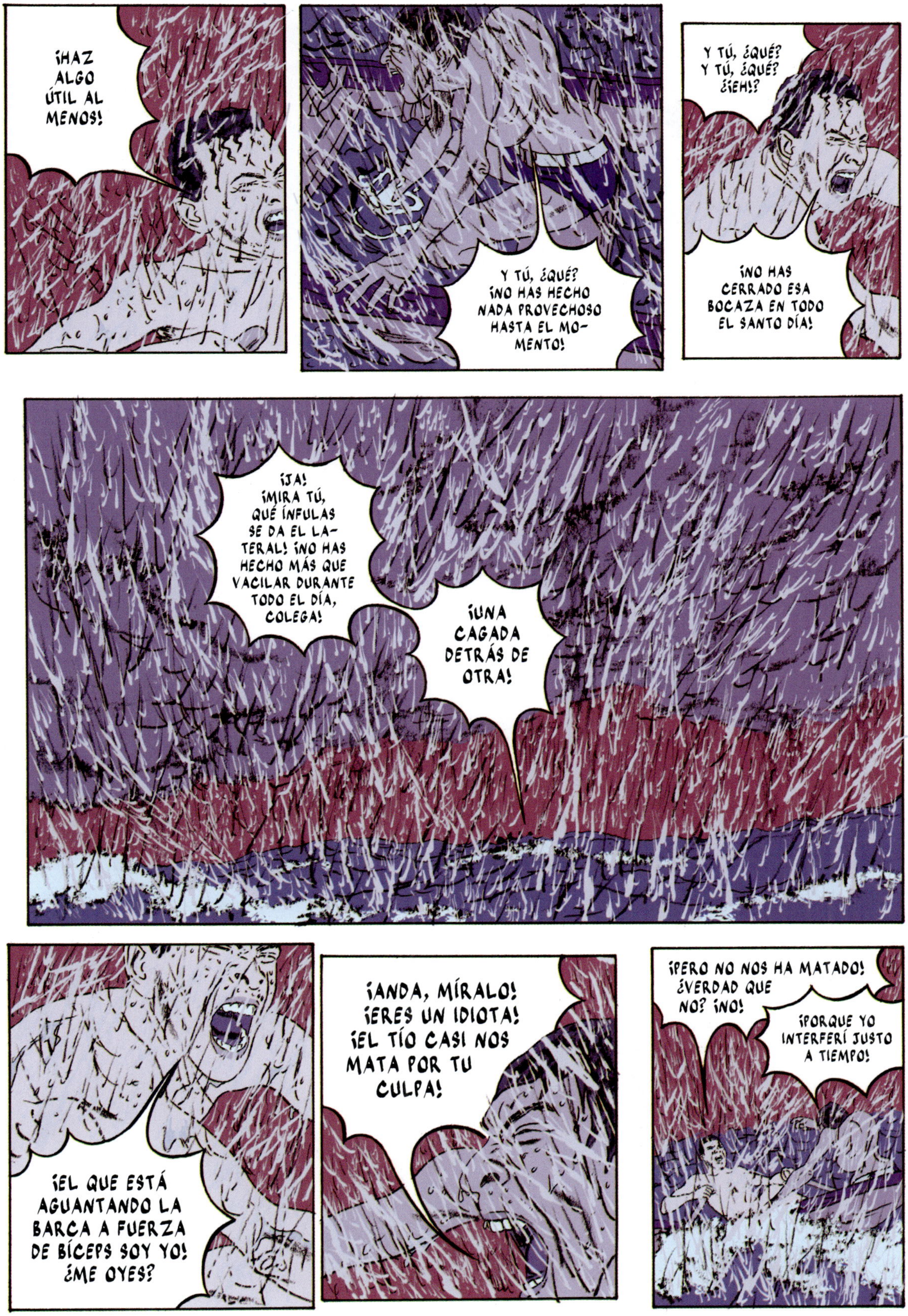
¡HAZ ALGO ÚTIL AL MENOS!
Y TÚ, ¿QUÉ? ¡NO HAS HECHO NADA PROVECHOSO HASTA EL MOMENTO!
Y TÚ, ¿QUÉ? Y TÚ, ¿QUÉ? ¿¡EH!?
¡NO HAS CERRADO ESA BOCAZA EN TODO EL SANTO DÍA!
¡JA! ¡MIRA TÚ, QUÉ ÍNFULAS SE DA EL LATERAL! ¡NO HAS HECHO MÁS QUE VACILAR DURANTE TODO EL DÍA, COLEGA!
¡UNA CAGADA DETRÁS DE OTRA!
¡EL QUE ESTÁ AGUANTANDO LA BARCA A FUERZA DE BÍCEPS SOY YO! ¿ME OYES?
¡ANDA, MÍRALO! ¡ERES UN IDIOTA! ¡EL TÍO CASI NOS MATA POR TU CULPA!
¡PERO NO NOS HA MATADO! ¿VERDAD QUE NO? ¡NO!
¡PORQUE YO INTERFERÍ JUSTO A TIEMPO!

¿QUÉ MIERDAS DICES, CORCOVAS? ¡NI SE TE OCURRA DÁRTELAS DE NADA DELANTE DE MÍ, TULLIDO!
¡QUE SOY YO EL QUE HA REMADO A LA IDA Y EL QUE REMA A LA VUELTA!
¡DE NO SER POR MÍ HACE TIEMPO QUE ESTARÍAS FLOTANDO CON LA BARRIGA LLENA DE GUSANOS EN ESA BAHÍA COMO UN PEZ GLOBO!
¡ERES UN PUTO JOROBADO DE MIERDA QUE NI LOS BRAZOS TE DAN PARA NADAR!
¡DE NO SER POR MÍ, TE HABRÍAS IDO AL GARETE, PEDAZO DE JOROBADO! ¿¡ME OYES BIEN!?

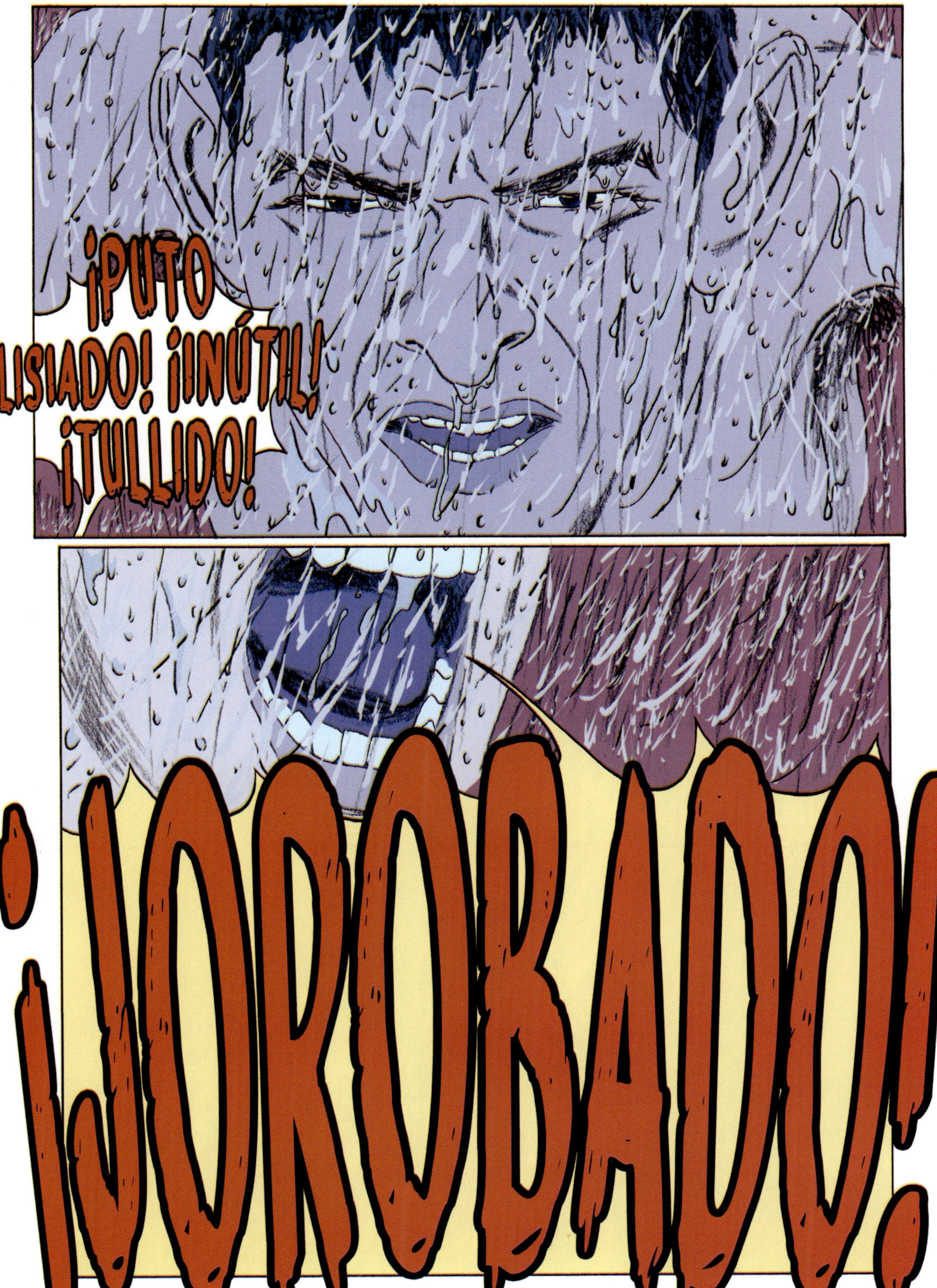
¡PUTO LISIADO! ¡INÚTIL! ¡TULLIDO!
¡JOROBADO!

BRUUUMM!

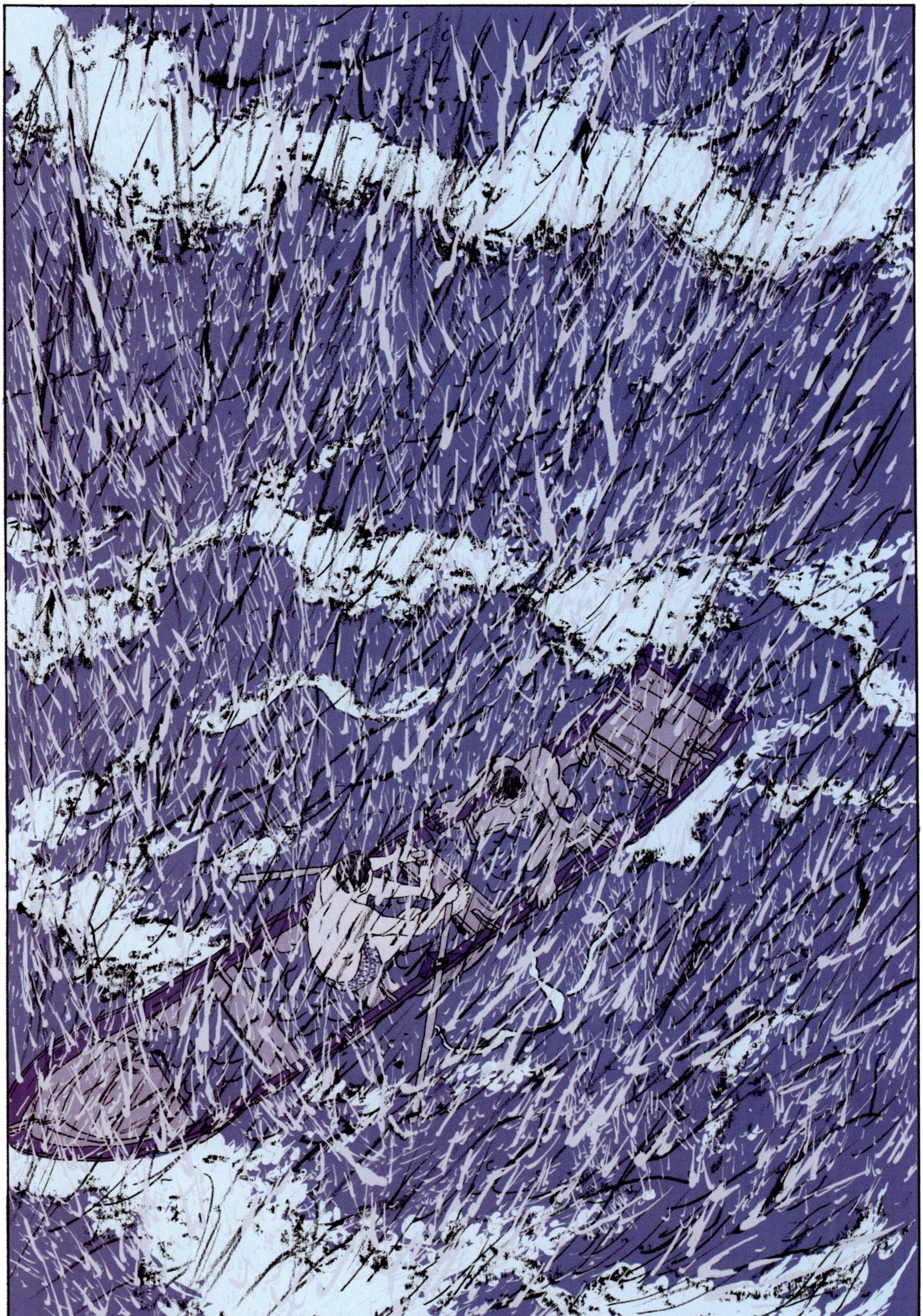

Y AHORA, ¡HAZ EL FAVOR DE ACHICAR AGUA PARA QUE EL BARCO NO PESE MÁS AÚN!
¡DEMUESTRA QUE SIRVES PARA ALGO!
¡IGNORANTE!
¡BURRO!
PERO ¿CON EL DILUVIO QUE ESTÁ CAYENDO...?
¡SI HUBIERA LLEGADO A SU HORA NADA DE ESTO HABRÍA PASADO, ZÉ AMÉRICO...!
SÍ, PERO, SEÑOR ROSA, VERÁ...

¡NI VERÁ NI VERÓ, ZÉ AMÉRICO! ¡YA HE DICHO MÁS DE MIL VECES QUE EL CHAVAL ES DEMASIADO JOVEN PARA JUGAR EN EL PRIMER EQUIPO!
SÍ, YA LO SÉ, PERO...
"PERO, PERO", ¡Y UNA MIERDA!
¡NO ME VENGAS A DEFENDERLO, AHORA!
ME APUESTO ALGO A QUE HA ESTADO DE FIESTA HASTA LAS TANTAS...
¿NO SERÍA MEJOR QUE NOS PASÁRAMOS POR LA BARBERÍA DE SU PADRE...?
"...EL VASCO PROMETE AL MENOS UNA NOVEDAD EN DEFENSA, YA QUE EL ATAQUE CUENTA CON LOS MEJOR..."
O GLOBO
¿QUÉ MIERDA ES ESTA, SEÑOR AMÁSIO? ¿QUIÉN HA DEJADO ENTRAR UN PERIÓDICO EN ESTA CASA SIN YO SABERLO? ¿¡QUÉ MIERDA ES ESTA!?
N-NO, PERO, SEÑOR ROS...
ZÉ AMÉRICO, ¿HAS SIDO TÚ?
¡POR EL AMOR DE DIOS! ¡CLARO QUE NO, SEÑOR ROSA!
¡ESTOY HARTO DE DECIR QUE UNA CONCENTRACIÓN NO ES LUGAR PARA LEER EL PERIÓDICO!
¡Y EN CUANTO PASE ESTA LLUVIA, NOS VAMOS A BUSCAR A ESE SINVERGÜENZA A SU CASA! ¿ME OYES, ZÉ AMÉRICO?
...Y BENDITO ES EL FRUTO DE TU VIENTRE, JESÚS...
...SANTA MARÍA, MADRE DE DIOS...

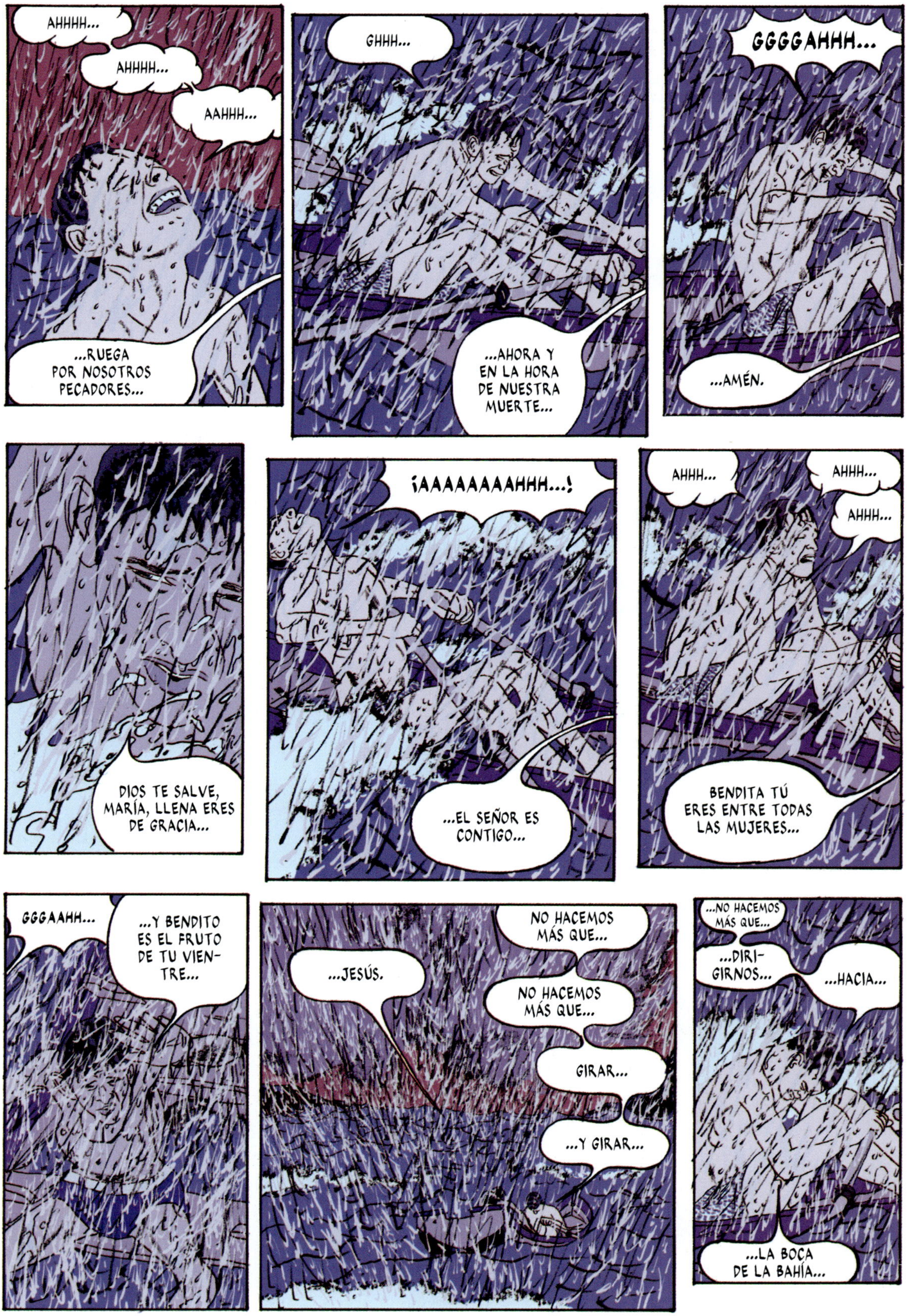
AHHHH...
AHHHH...
AAHHH...
...RUEGA POR NOSOTROS PECADORES...
GHHH...
...AHORA Y EN LA HORA DE NUESTRA MUERTE...
GGGGAHHH...
...AMÉN.
DIOS TE SALVE, MARÍA, LLENA ERES DE GRACIA...
¡AAAAAAAAHHH...!
...EL SEÑOR ES CONTIGO...
AHHH...
AHHH...
AHHH...
BENDITA TÚ ERES ENTRE TODAS LAS MUJERES...
GGGAAHH...
...Y BENDITO ES EL FRUTO DE TU VIEN-TRE...
...JESÚS.
NO HACEMOS MÁS QUE...
NO HACEMOS MÁS QUE...
GIRAR...
...Y GIRAR...
...NO HACEMOS MÁS QUE...
...DIRI-GIRNOS...
...HACIA...
...LA BOCA DE LA BAHÍA...

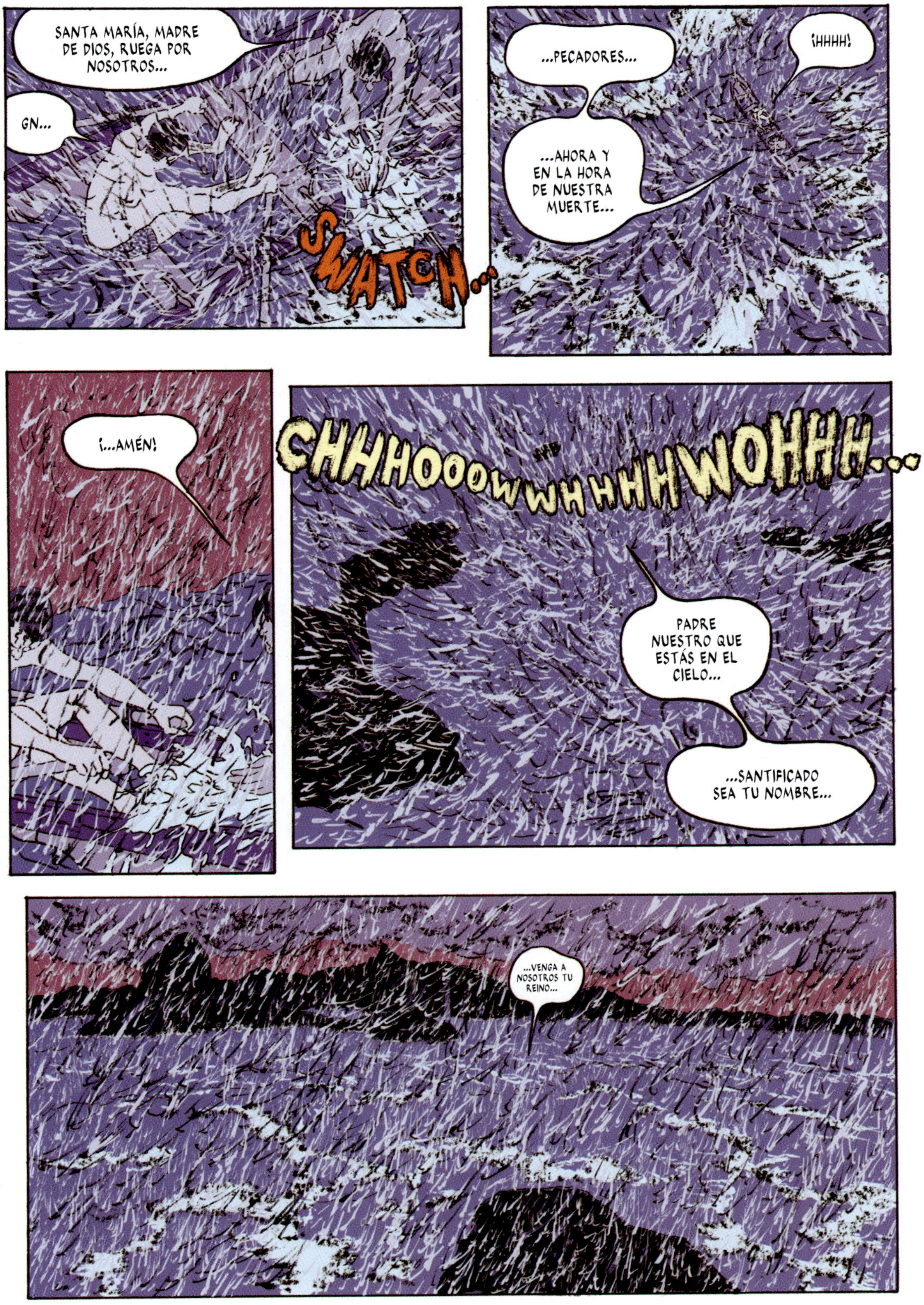
SANTA MARÍA, MADRE DE DIOS, RUEGA POR NOSOTROS...
GN...
SWATCH...
...PECADORES...
...AHORA Y EN LA HORA DE NUESTRA MUERTE...
¡HHHH!
¡...AMÉN!
CHHHOOOOWWHHHHWOHHH...
PADRE NUESTRO QUE ESTÁS EN EL CIELO...
...SANTIFICADO SEA TU NOMBRE...
...VENGA A NOSOTROS TU REINO...

...NUESTRO PAN DE CADA DÍA...
...MÁS LÍBRANOS DEL MAL...
PADRE NUESTRO QUE...

...ASÍ EN LA TIERRA COMO EN EL CIELO...
...NUESTRO PAN DE CADA DÍA...
...DÁNOSLO HOY...
...Y PERDÓNANOS NUESTROS PECADOS...
...ASÍ COMO NOSOTROS PERDONAMOS A LOS...
...QUE NOS...
...OFENDEN...
BRUUAAHH!

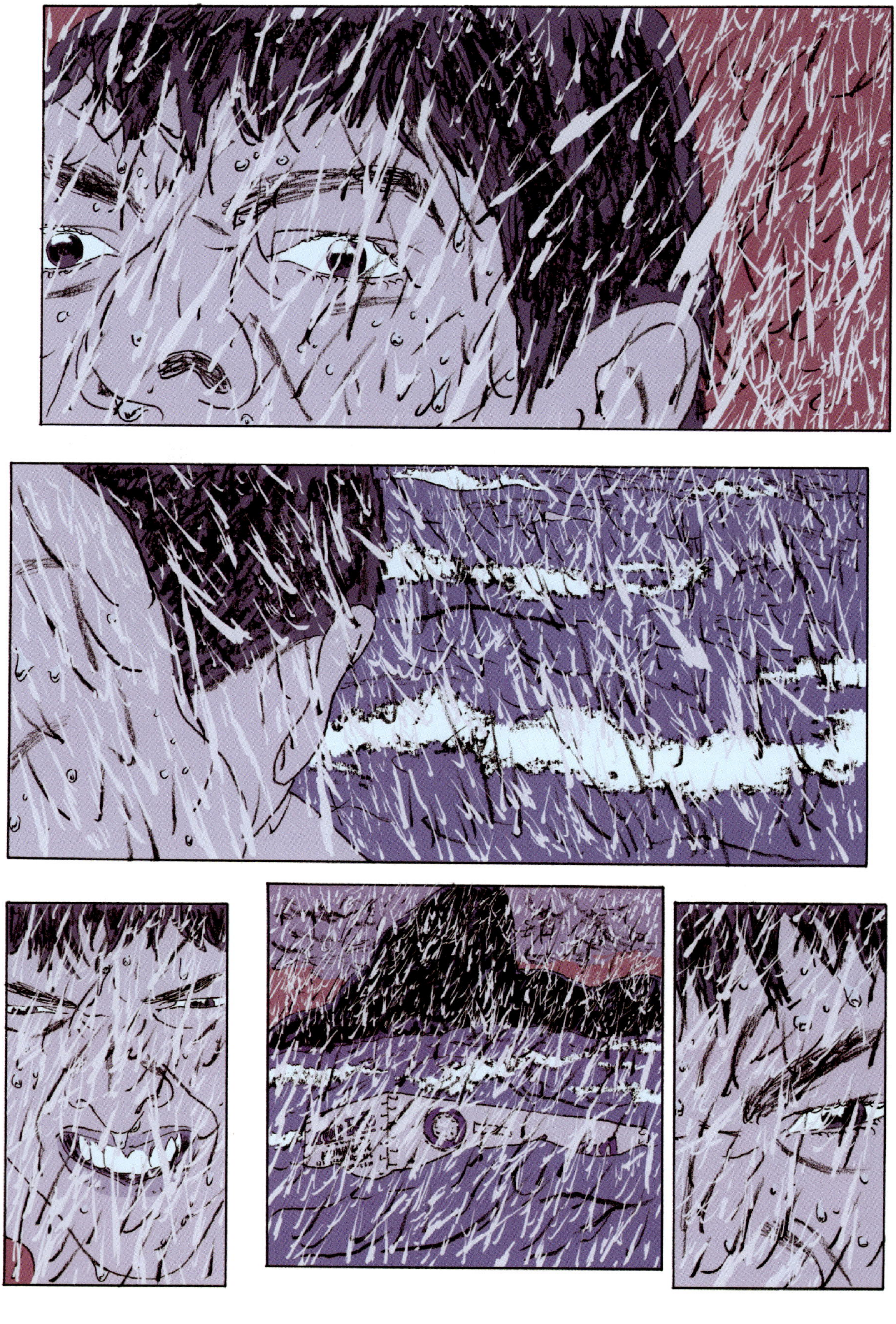

BROOAAH!
¡HÉLCIO! ¡HÉLCIO! ¡MIRA ALLÍ! ¡MIRA!
¿VES AQUELLA CAJA DE MADERA ALLÍ?
¿QUÉ CAJA DE MADERA, CORCOVAS? ¿TE HAS VUELTO LOCO?

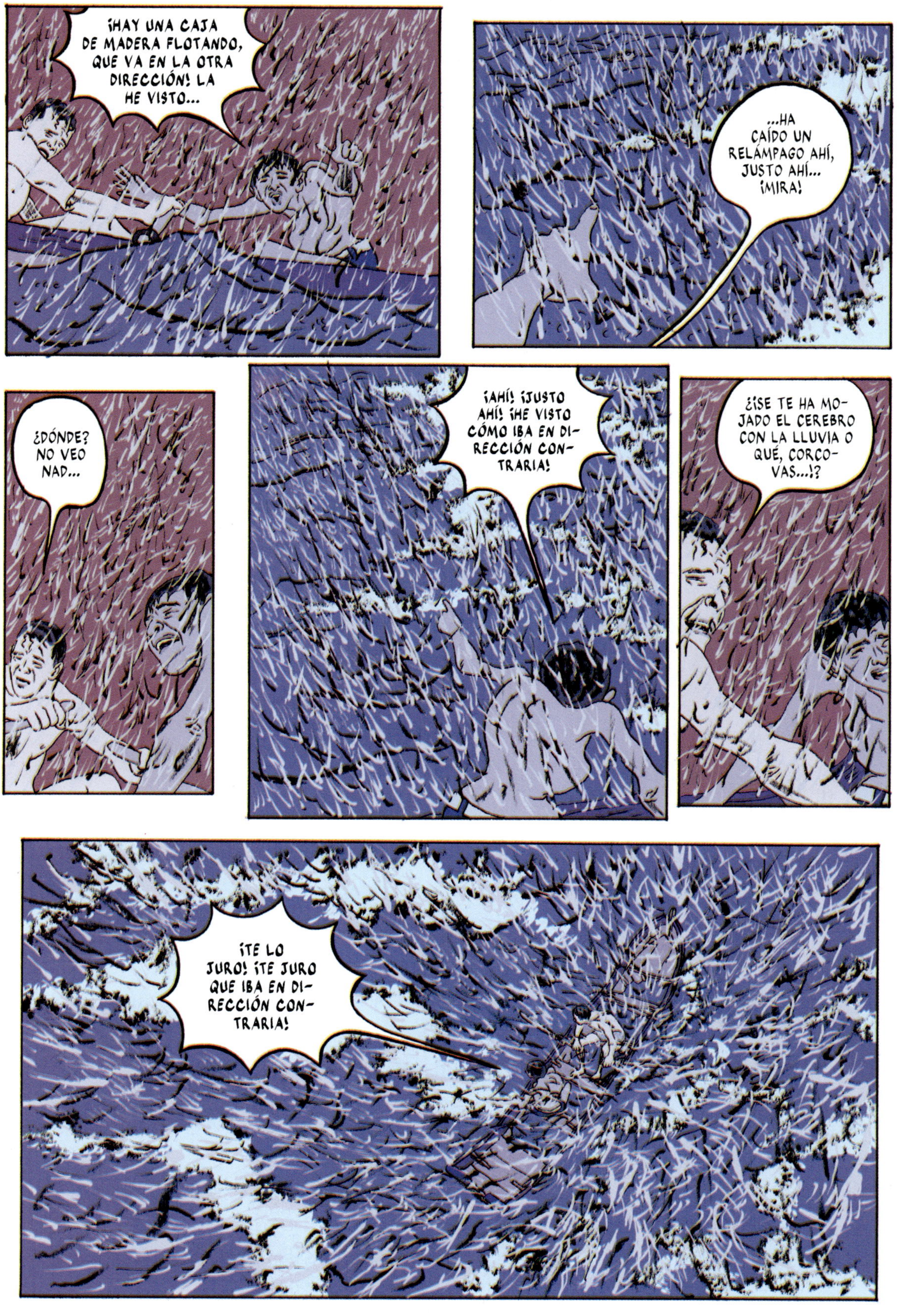
¡HAY UNA CAJA DE MADERA FLOTANDO, QUE VA EN LA OTRA DIRECCIÓN! LA HE VISTO...
...HA CAÍDO UN RELÁMPAGO AHÍ, JUSTO AHÍ... ¡MIRA!
¿DÓNDE? NO VEO NAD...
¡AHÍ! ¡JUSTO AHÍ! ¡HE VISTO CÓMO IBA EN DIRECCIÓN CONTRARIA!
¿¡SE TE HA MOJADO EL CEREBRO CON LA LLUVIA O QUÉ, CORCOVAS...!?
¡TE LO JURO! ¡TE JURO QUE IBA EN DIRECCIÓN CONTRARIA!

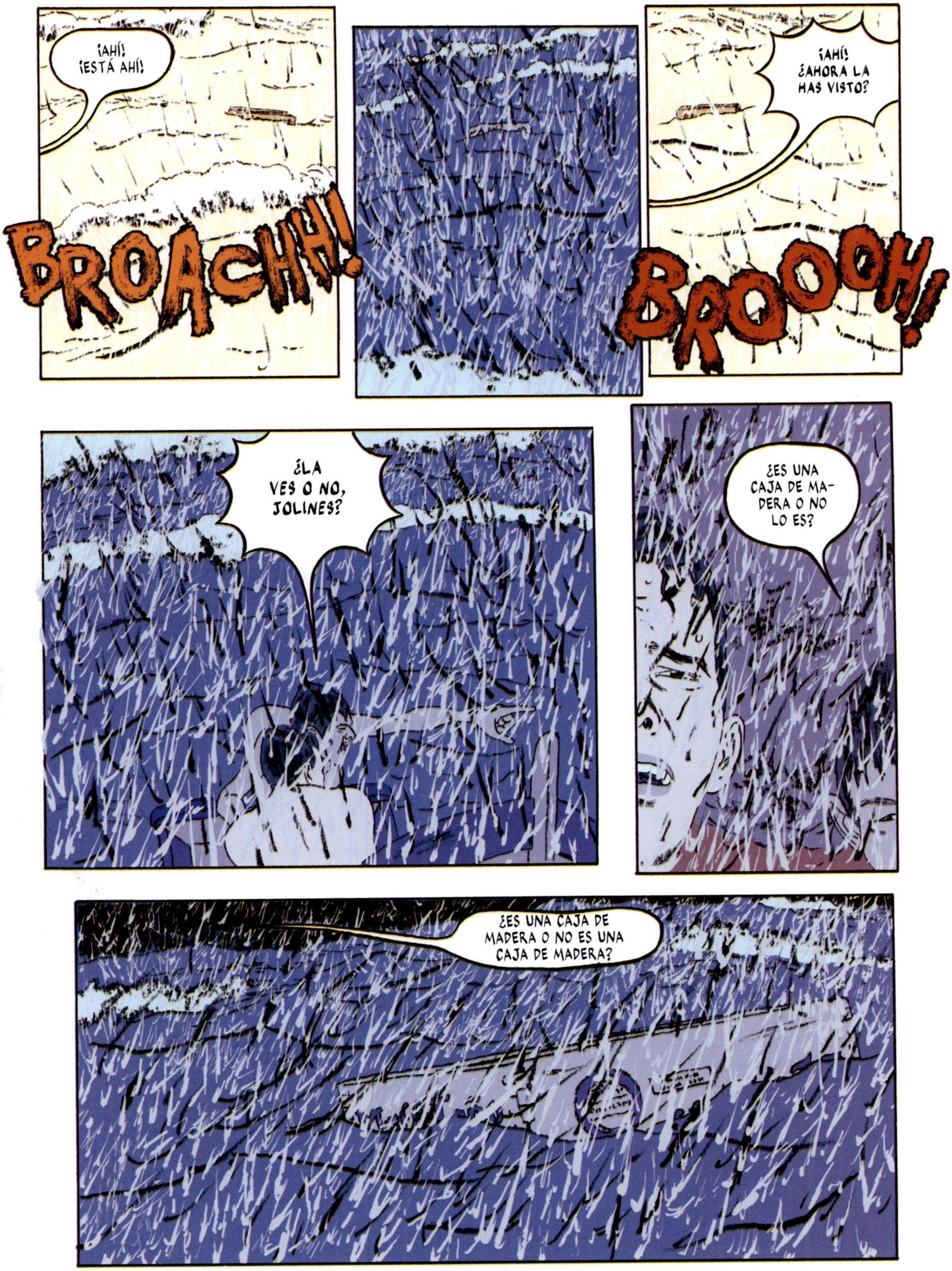
¡AHÍ! ¡ESTÁ AHÍ!
BROACHH!
¡AHÍ! ¿AHORA LA HAS VISTO?
BROOOOH!
¿LA VES O NO, JOLINES?
¿ES UNA CAJA DE MADERA O NO LO ES?
¿ES UNA CAJA DE MADERA O NO ES UNA CAJA DE MADERA?

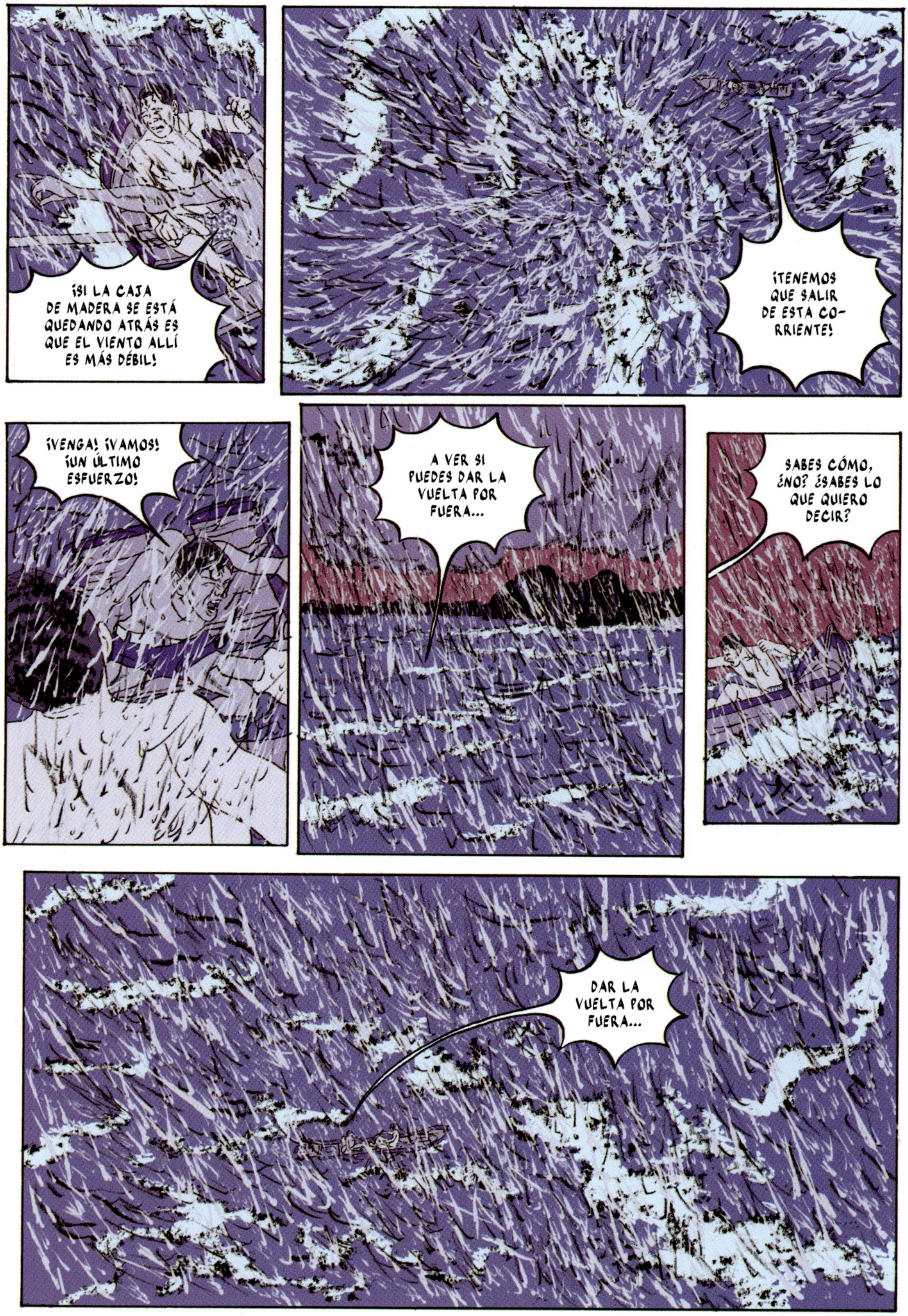
¡SI LA CAJA DE MADERA SE ESTÁ QUEDANDO ATRÁS ES QUE EL VIENTO ALLÍ ES MÁS DÉBIL!
¡TENEMOS QUE SALIR DE ESTA CO-RRIENTE!
¡VENGA! ¡VAMOS! ¡UN ÚLTIMO ESFUERZO!
A VER SI PUEDES DAR LA VUELTA POR FUERA...
SABES CÓMO, ¿NO? ¿SABES LO QUE QUIERO DECIR?
DAR LA VUELTA POR FUERA...

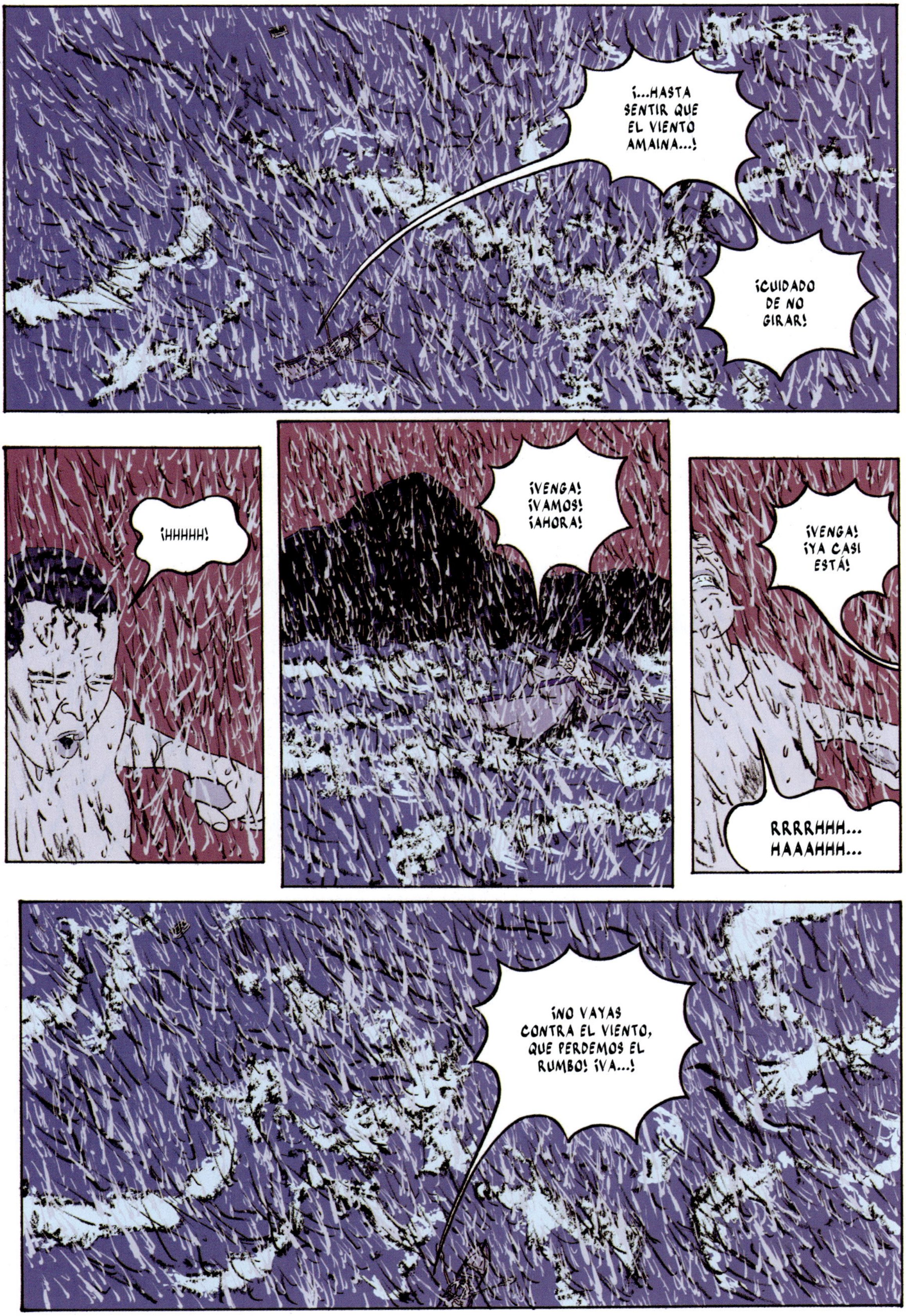
¡...HASTA SENTIR QUE EL VIENTO AMAINA...!
¡CUIDADO DE NO GIRAR!
¡HHHHH!
¡VENGA! ¡VAMOS! ¡AHORA!
¡VENGA! ¡YA CASI ESTÁ!
RRRRHHH... HAAAHHH...
¡NO VAYAS CONTRA EL VIENTO, QUE PERDEMOS EL RUMBO! ¡VA...!

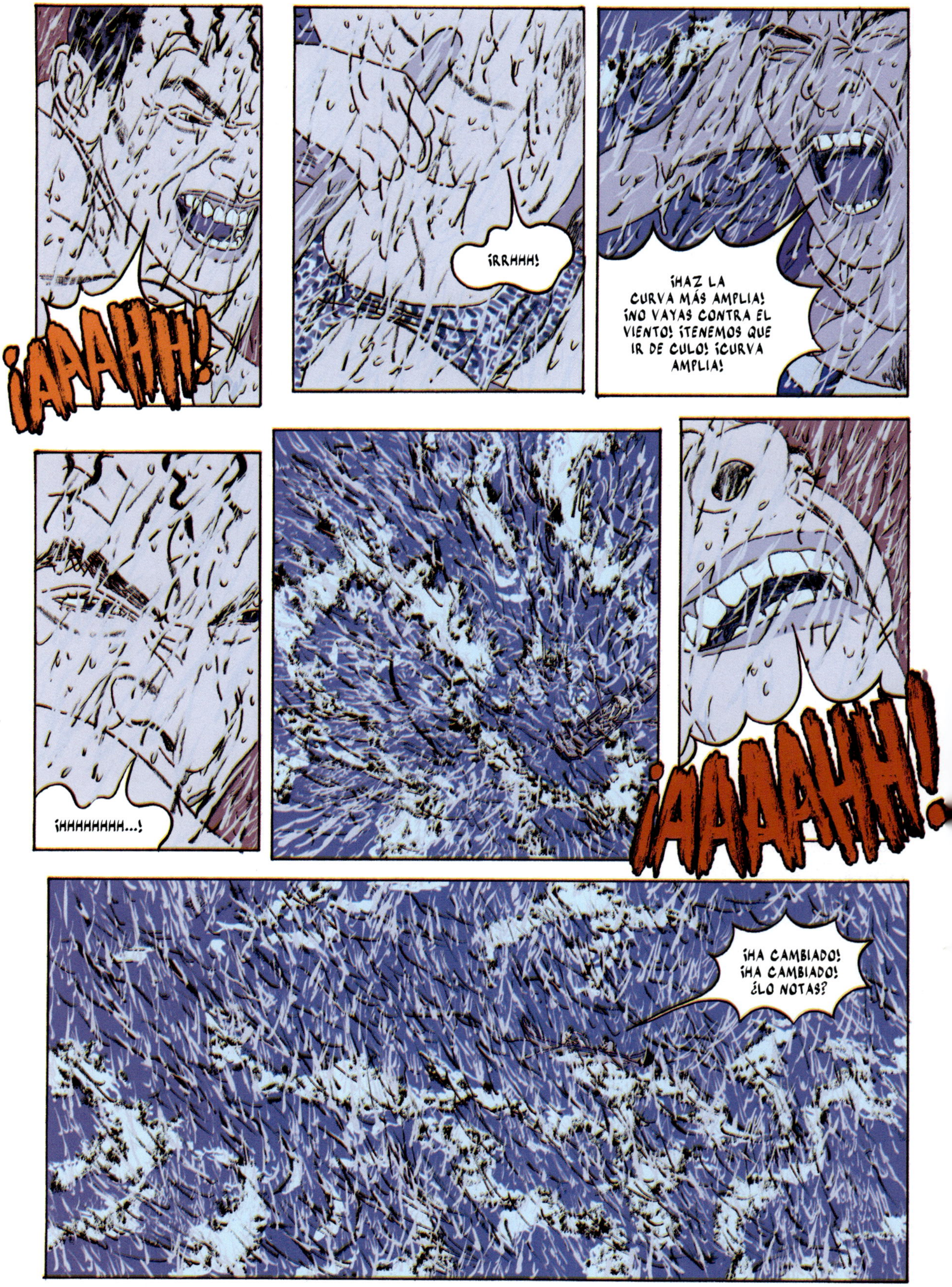
¡AAAHH!
¡RRHHH!
¡HAZ LA CURVA MÁS AMPLIA! ¡NO VAYAS CONTRA EL VIENTO! ¡TENEMOS QUE IR DE CULO! ¡CURVA AMPLIA!
¡HHHHHHHH...!
¡AAAAHH!
¡HA CAMBIADO! ¡HA CAMBIADO! ¿LO NOTAS?

¿LO NOTAS?
EL VIENTO AQUÍ HA PASADO A SER UNA BRISA.
¡PODEMOS SEGUIR ADELANTE!

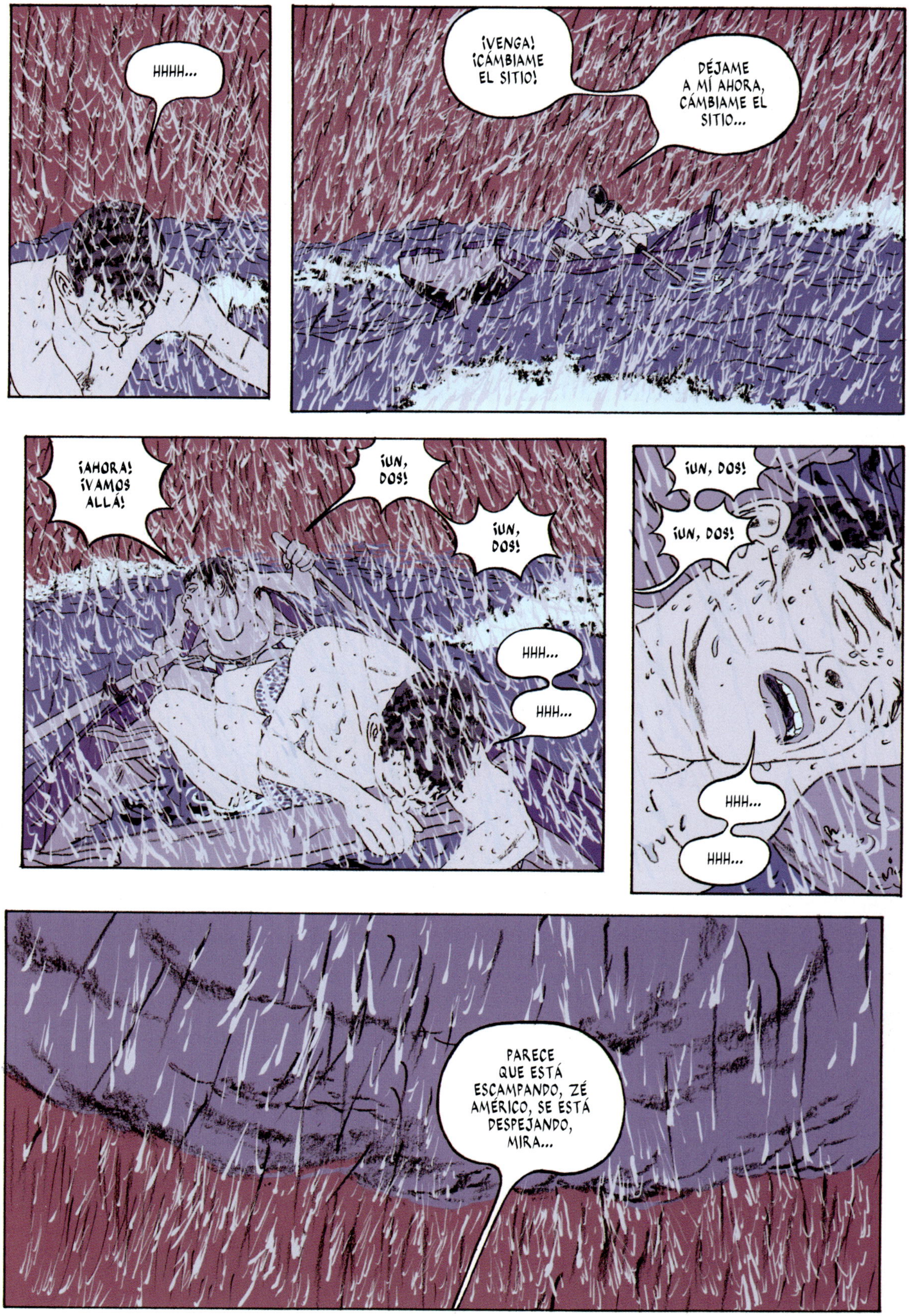
HHHH...
¡VENGA! ¡CÁMBIAME EL SITIO!
DÉJAME A MÍ AHORA, CÁMBIAME EL SITIO...
¡AHORA! ¡VAMOS ALLÁ!
¡UN, DOS!
¡UN, DOS!
HHH...
HHH...
¡UN, DOS!
¡UN, DOS!
HHH...
HHH...
PARECE QUE ESTÁ ESCAMPANDO, ZÉ AMÉRICO, SE ESTÁ DESPEJANDO, MIRA...

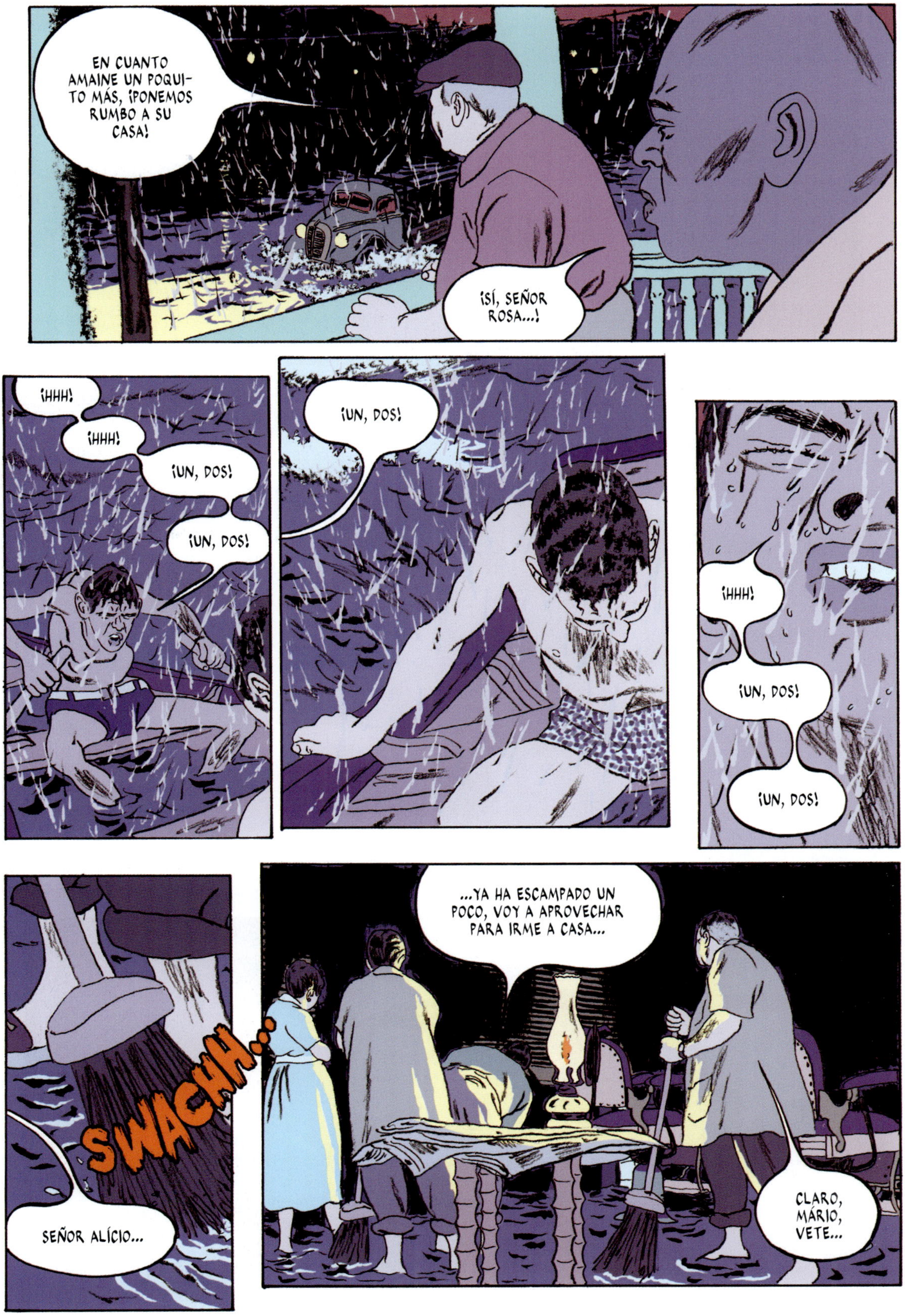
EN CUANTO AMAINE UN POQUITO MÁS, ¡PONEMOS RUMBO A SU CASA!
¡SÍ, SEÑOR ROSA...!
¡HHH!
¡HHH!
¡UN, DOS!
¡UN, DOS!
¡UN, DOS!
¡HHH!
¡UN, DOS!
¡UN, DOS!
SWACHH...
SEÑOR ALÍCIO...
...YA HA ESCAMPADO UN POCO, VOY A APROVECHAR PARA IRME A CASA...
CLARO, MÁRIO, VETE...

¡...TEN CUIDADO, NO VAYAS A METER DE CAMINO EL PIE EN UN SOCAVÓN Y TE HAGAS UN ESGUINCE...!
PERO ¿QUÉ DICE, SEÑOR ALÍCIO? NO DIGA ESO, DIOS ESTÁ CONMIGO...
¡ANDA, ZÉ AMÉRICO! ¡VAMOS TODOS! ¿DÓNDE ESTÁ VISCONDE? ¿DÓNDE ESTÁ ESE CONDUCTOR DE MEDIO PELO?
ESTÁ EN LA SALA DE ABAJO, SEÑOR ROSA.
¡VISCONDE, PREPÁRATE!
SÍ, SEÑOR ROSA, ¿QUÉ ES LO QUE...?
¡VE A POR EL COCHE QUE NOS VAMOS A BARRETO AHORA MISMO! ¿DE ACUERDO?
PERO... ¿AHORA? ¿NO ES MEJOR ESPERAR A QUE BAJE UN POCO EL AGUA, SEÑOR ROSA?
"¡EL AGUA YA HA BAJADO LO SUFICIENTE, VISCONDE!"
"¡PARA MI GUSTO, TODO ESTÁ BAJANDO DEMASIADO EN ESTE CLUB!"
SEÑOR ALÍCIO, YA HA AMAINADO UN POQUITO MÁS, YA ME VOY... CREO QUE YA SE PUEDE SALIR... NO SE PREOCUPE QUE SÉ NADAR...
¡TEN CUIDADO, ¿VALE, MÁRIO?!
NADA DE CORRER OLAS, ¿DE ACUERDO, MÁRIO?

GRACIAS POR EL CORTE DE PELO, SEÑOR ALÍCIO...
¡PEPE CALLOS! SI TE QUIERES IR TAMBIÉN, PUEDES HACERLO...
SÍ, SEÑOR ALÍCIO... ¿VA A NECESITAR ALGO DEL BAR?
¿SABES SI EL TELÉFONO DE LA CARNICERÍA FUNCIONA?
¡LO DUDO MUCHO...!
ENTONCES, SI TE DA TIEMPO, PÁSATE POR EL HUMAITÁ...
...Y PREGUNTA SI PUEDES LLAMAR AL CANTUSCA, PARA SABER SI VA TODO BIEN POR ALLÍ...
¡VÁMONOS! ¡ACELERAD TODOS!
ES QUE EL AGUA TENDRÍA QUE BAJAR UN POCO MÁS, SEÑOR ROSA...
¡PARECÉIS UN PUÑADO DE CANGREJOS ANDANDO DE LADO!
¡HALA! ¡VETE, ANDA!
BUENAS NOCHES, SEÑOR ALÍCIO; ¡CUALQUIER COSA YO LE AVISO!
¡VENGA! ¡VAMOS!
BRROOOMMM!
¿AQUELLO DE ALLÍ ES LA COLINA DEL CEMENTERIO?

¿EH?
¿LO ES?
¡NO ME PUEDO GIRAR PARA VERLA BIEN!
TÚ QUE ESTÁS DE FRENTE, ¿LA VES DESDE AHÍ?
¡SÍ!
¡SÍ QUE LO ES!
¡SÉ QUE LO ES!
SWACHHHHHHH...!
¿NO LO HABÍA DICHO? ¿SÍ O NO? ¡MIRE!
DEBERÍAMOS DE HABER ESPERADO A QUE BAJARA EL AGUA UN POCO MÁS, SEÑOR ROSA. ¡MIRE...!

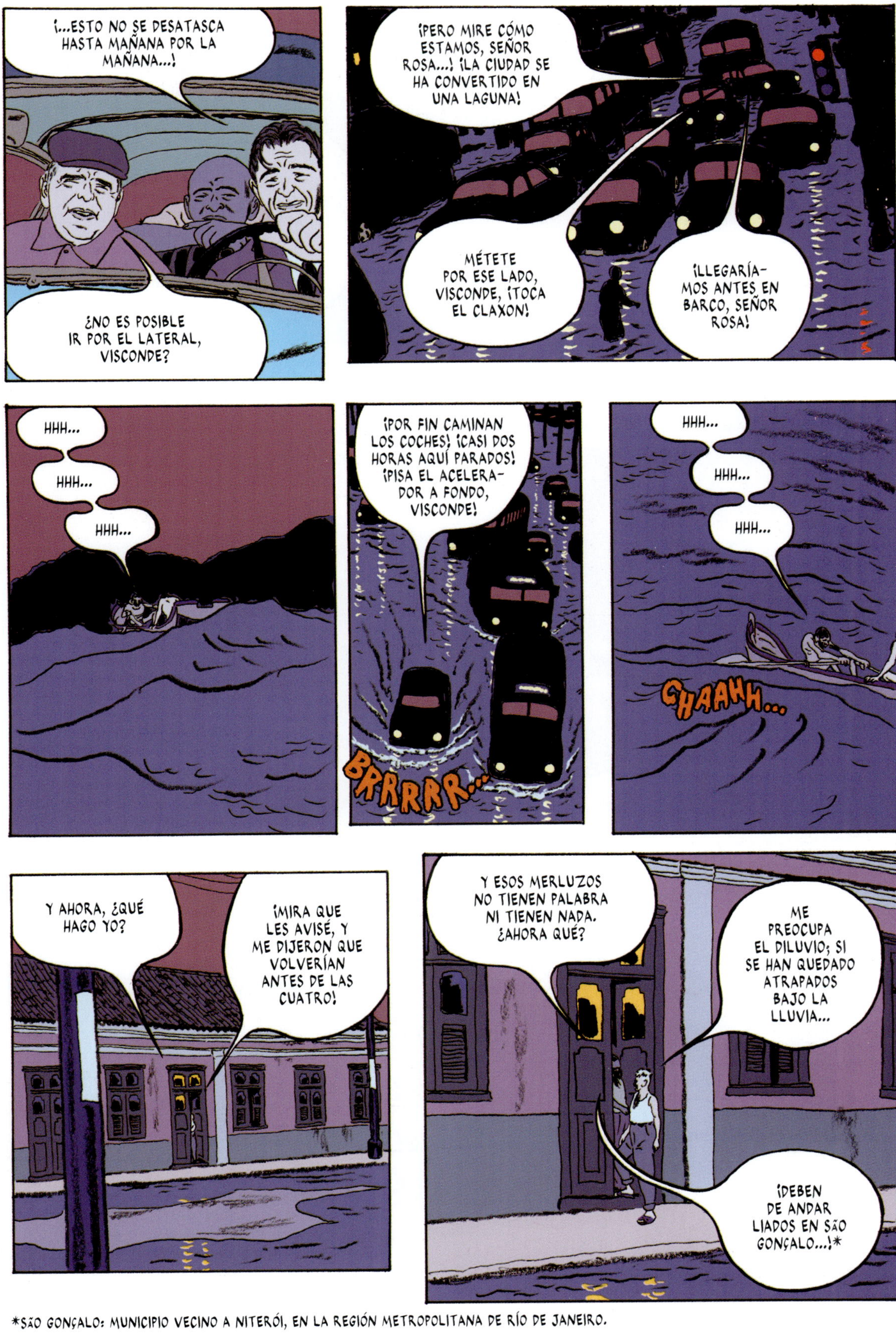

*SÃO GONÇALO: MUNICIPIO VECINO A NITERÓI, EN LA REGIÓN METROPOLITANA DE RÍO DE JANEIRO.

¡...EN ESE BAR DEL CUATRO POR CIENTO! PERO A LA PORRA MIS REDES...
¡LES AVISÉ, AÍLTON! GUARDÉ LAS REDES JUNTO CON MI REMOLQUE...
¡SEGURO QUE SE HAN MOJADO ENTERITAS...!
ESTÁN SECAS. ¡VOY A HABLAR CON SU PADRE PARA VER LO QUE ESTÁ PASANDO!
ES AHÍ, VISCONDE. PARA AHÍ, ¿LO VES?
¿AHÍ DELANTE?
SÍ. PARA AHÍ.
PAPÁ, ¿ESE COCHE NO ES DEL HOMBRE ESE DEL CANTO DO RIO?
SEGURO QUE TU HERMANO SE HA METIDO EN ALGÚN LÍO, ¡YA VERÁS!
BUENAS NOCHES, SEÑOR ALÍCIO.
BUENAS NOCHES.
PERDONE POR PRESENTARNOS ASÍ, SIN AVISAR. ¡HEMOS VENIDO A BUSCAR A NUESTRO LATERAL...!
283 46

LE HE PEDIDO A MI AYUDANTE QUE LLAME DESDE EL HUMAITÁ PARA SABER SI IBA TODO BIEN POR ALLÍ...
NADIE SABE NADA DE ÉL, SEÑOR ALÍCIO...
...HE PENSADO QUE A LO MEJOR SE HABÍA QUEDADO...
...ATRAPADO AQUÍ CON LA LLUVIA...
¿NO HA AVISADO AL CANTUSCA DE QUE IBA A LLEGAR TARDE?
NO, SEÑOR ALÍCIO... LOS CHAVALES DE ESA EDAD NO SON FÁCILES, NO... ESPEREMOS QUE NO SEA MÁS QUE ESO...
MIRA, HÉLCIO...
¡CREO QUE SE HA IDO LA LUZ...!
SE HA IDO, ¿NO?
MIRA, TODA LA COLINA ESTÁ A OSCURAS...

¿DÓNDE DICE?
NO LO SÉ, ¿ANDA DETRÁS DE ALGUNA JOVENCITA?
YA SABE CÓMO SON LAS COSAS A ESA EDAD, ¡EN CUANTO VEN UNA FALDA SE OLVIDAN DE TODO!
NO LO SÉ, QUE YO SEPA NO...
¡ESPERA UN MOMENTO! ENCIENDE LAS LUCES. ¡MIRE AHÍ! ¿ACIERTA A VER QUIÉN ES ESE TIPO?
¿ESE DE ALLÍ?
SÍ, DESPACIO, ESPERA UN MOMENTO...
...UN POCO MÁS...
¡...YO CONOZCO A ESE TIPO!
PONTE AHÍ...

¡OYE! DESPACITO, ¡CUIDADO CON LA VELOCIDAD, AMIGO!
SWEECHHHHHHH...
SWACH!
¿ESTÁS DISTRAÍDO, CÉLIO?
¡HOMBRE! ¿QUE HAY, SEÑOR ALÍCIO? JUSTO ME DIRIGÍA A HABLAR CON USTED.
AHORA NO PUEDO, ESTAMOS YENDO EN BUSCA DE HÉLCIO. ¿SABE SI PUEDE ESTAR EN CASA DEL CORCOVAS O DE ALGUIEN?
PUES JUSTAMENTE ME DIRIGÍA A SU CASA PARA VER SI ESTABA ALLÍ...
...PORQUE ESTA MAÑANA ME PIDIÓ PRESTADO EL BARCO...
...Y ME TEMO QUE HAYAN IDO POR SÃO GONÇALO...
¿QUE QUÉ?

CHAAAH...
CHUCHH...
CHAAAH...
CHUOOCH...
TCHAF...

¡AQUÍ...! JUSTO AQUÍ... LES DIJE QUE IBA A NECESITAR EL BARCO UN POCO MÁS TARDE. ¡LES DIJE: "QUE VOY A NECESITAR EL BARCO UN POCO MÁS TARDE..."!
ASÍ, ¿SIN MÁS?
¿QUÉ QUIERE DECIR?
ASÍ, ¿DE LA NADA? ¿¡LLEGAN DOS GALLITOS DE PELEA QUE SE AHOGAN EN UN VASO DE AGUA, TE PIDEN EL BARCO PRESTADO Y TÚ SE LO DEJAS!?
PUES SÍ, SEÑOR, ¡SE LO DEJÉ!
SI TE PIDIERAN UN ARMA PARA ATRACAR UN BANCO, ¿TAMBIÉN SE LA DEJARÍAS?
¿HAN DICHO ADÓNDE IBAN?
CERCA DEL BANCO DE ARENA...
¿SE LA DEJAS O NO? ¿EH?
MIRE, SEÑOR, CONOZCO A ESOS CHAVALES DE TODA LA VIDA...
DE VEZ EN CUANDO ME PIDEN EL BARCO PARA IR A ALGÚN LUGAR...
¿CON ESTE TIEMPO? ¿¡Y SI HA PASADO LO PEOR!?
ESTA MAÑANA HACÍA SOL, ¡LO HABÉIS VISTO TODOS!
ADEMÁS LES ADVERTÍ: "¡CUIDADO QUE PUEDE LLOVER POR LA TARDE!".
¿Y SI SE HAN PARADO EN ALGUNA ISLA?

¿Y QUÉ PIENSAS HACER AHORA? ¡NO SON MÁS QUE DOS CHAVALINES Y EL RESPONSABLE ERES TÚ!
¡LES AVISÉ DE QUE TENÍAN QUE VOLVER ANTES DE LAS CUATRO...!
¿¡AH, LES AVISÓ!? PERFECTO, PUES HALA, YA PUEDES IR A LAVARTE LAS MANOS, PONCIO PILATO.
¿Y AHORA QUÉ HAGO YO, ZÉ AMÉRICO?
TRANQUILÍCESE, SEÑOR ROSA...
PODEMOS HABLAR CON EL CUERPO DE BOMBEROS...
EL TIPO VA Y DEJA UN BARCO EN MANOS DE DOS POLLUELOS QUE NO SON MARINEROS NI NADA DE NADA...
...Y LES DICE: "CUALQUIER PROBLEMA, ¡VOLVED ANTES DE LAS CUATRO!".
SEÑOR, QUE ESOS MUCHACHOS HAN CRECIDO AQUÍ, EN LA PLAYA...
AQUÍ NO HAY NADIE TONTO, AQUÍ TODOS SOMOS DE...
ZÉ AMÉRICO, ¡LLAMA A LA POLICÍA! ¡LLAMA A LA POLICÍA! ¡ESTO ES UN ASESINATO!
¡SE TRATA DE UN ASESINATO, ZÉ AMÉRICO!
NO...

CHHAAHHHH...
¡SEÑOR, LE ESTOY EXPLICANDO QUE...!
...LOS DOS...
¡CÉLIO!
¡CÉLIO!
¡CÉLIO! ¡VEN!
CHUAAHH...

CÉLIO, CORRE, QUE VIENE UN BARCO POR ALLÍ, POR EL ASTILLERO...
¡...VIENE HACIA AQUÍ!
¡CORRE, ZÉ AMÉRICO! ¡VE A BUSCAR EL COCHE!
¡ENSEGUIDA, SEÑOR!
YA CASI ESTAMOS...
CASI...
CASI...
¡CORRE!
¡VENGA! ¡VAMOS! ¡VAMOS!
¡MIRA, ALLÍ!

¿¡LO VES, ALLÍ!?
¿ALGUIEN VE SI SON ELLOS?
HHHAH...
¡VAMOS, VISCONDE! ¡PISA EL ACELERADOR!
¡YA VOY, SEÑOR ROSA!
HHH...
¡AHÍ LLEGAN!
¡VA A DAR LA VUELTA!
¡VAMOS! ¡ENTRAD!
¿HÉLCIO?
¿ES HÉLCIO?

¡CUIDADO!
¡VENGA! ¡VAMOS!
CHUAAAAAAAAA...
¡AGUANTAD! ¡AGUANTAD!
¡AQUÍ! ¡AQUÍ!
¡ENTRA POR AQUÍ, VISCONDE! ¡POR AQUÍ MISMO!
¡SE VA A TERMINAR ROMPIENDO EL AMORTIGUADOR, SEÑOR ROSA!
¡ACELERA, VAMOS! ¡ME IMPORTAN UN PITO LOS AMORTIGUADORES! ¡PISA A FONDO!
VROOOUM...
CLUNG!
CHWAH!
¡VAMOS, VISCONDE! ¡VENGA! ¡VAMOS!

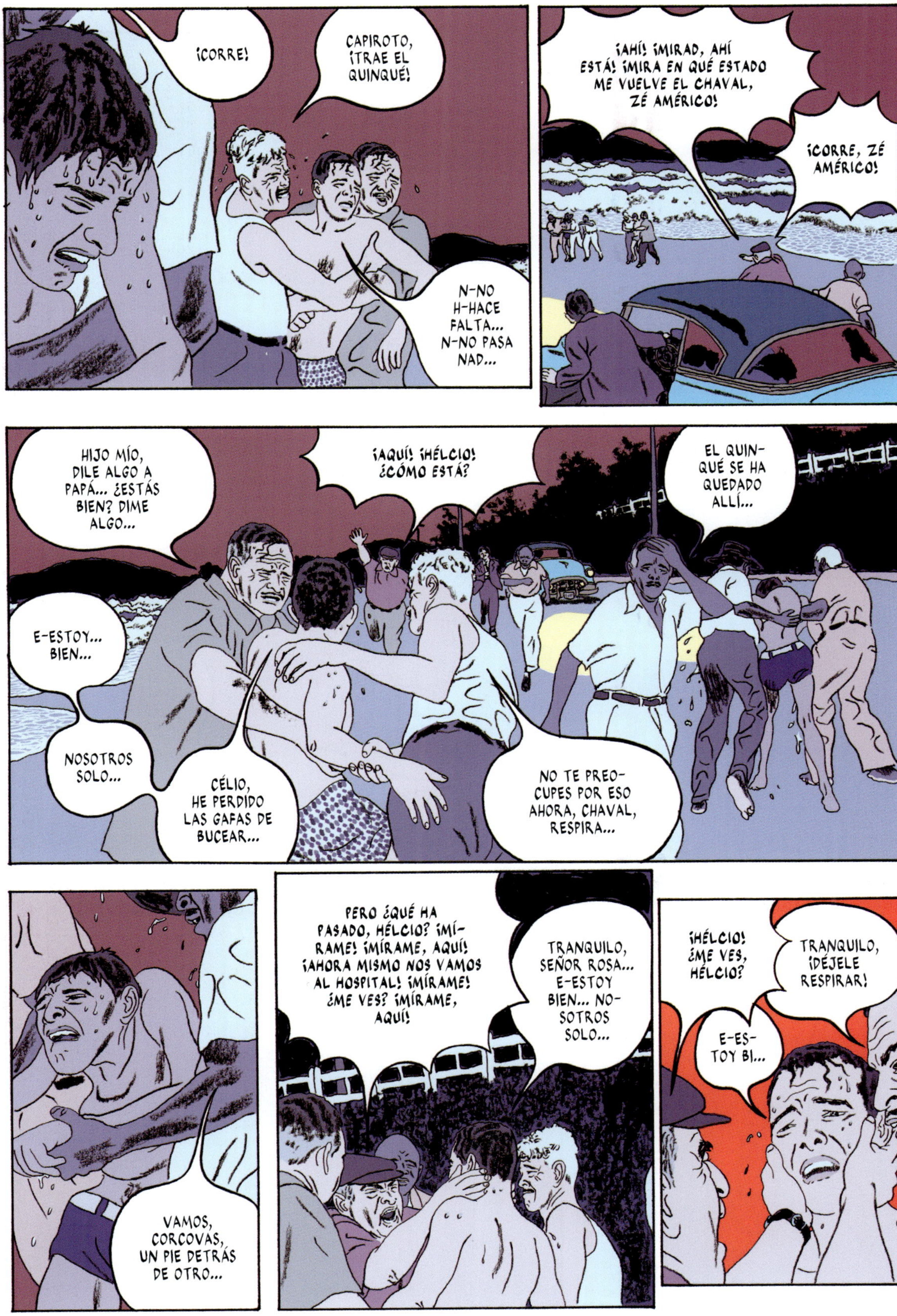
¡CORRE!
CAPIROTO, ¡TRAE EL QUINQUÉ!
N-NO H-HACE FALTA... N-NO PASA NAD...
¡AHÍ! ¡MIRAD, AHÍ ESTÁ! ¡MIRA EN QUÉ ESTADO ME VUELVE EL CHAVAL, ZÉ AMÉRICO!
¡CORRE, ZÉ AMÉRICO!
HIJO MÍO, DILE ALGO A PAPÁ... ¿ESTÁS BIEN? DIME ALGO...
¡AQUÍ! ¡HÉLCIO! ¿CÓMO ESTÁ?
EL QUINQUÉ SE HA QUEDADO ALLÍ...
E-ESTOY... BIEN...
NOSOTROS SOLO...
CÉLIO, HE PERDIDO LAS GAFAS DE BUCEAR...
NO TE PREOCUPES POR ESO AHORA, CHAVAL, RESPIRA...
VAMOS, CORCOVAS, UN PIE DETRÁS DE OTRO...
PERO ¿QUÉ HA PASADO, HÉLCIO? ¡MÍRAME! ¡MÍRAME, AQUÍ! ¡AHORA MISMO NOS VAMOS AL HOSPITAL! ¡MÍRAME! ¿ME VES? ¡MÍRAME, AQUÍ!
TRANQUILO, SEÑOR ROSA... E-ESTOY BIEN... NOSOTROS SOLO...
¡HÉLCIO! ¿ME VES, HÉLCIO?
TRANQUILO, ¡DÉJELE RESPIRAR!
E-ESTOY BI...

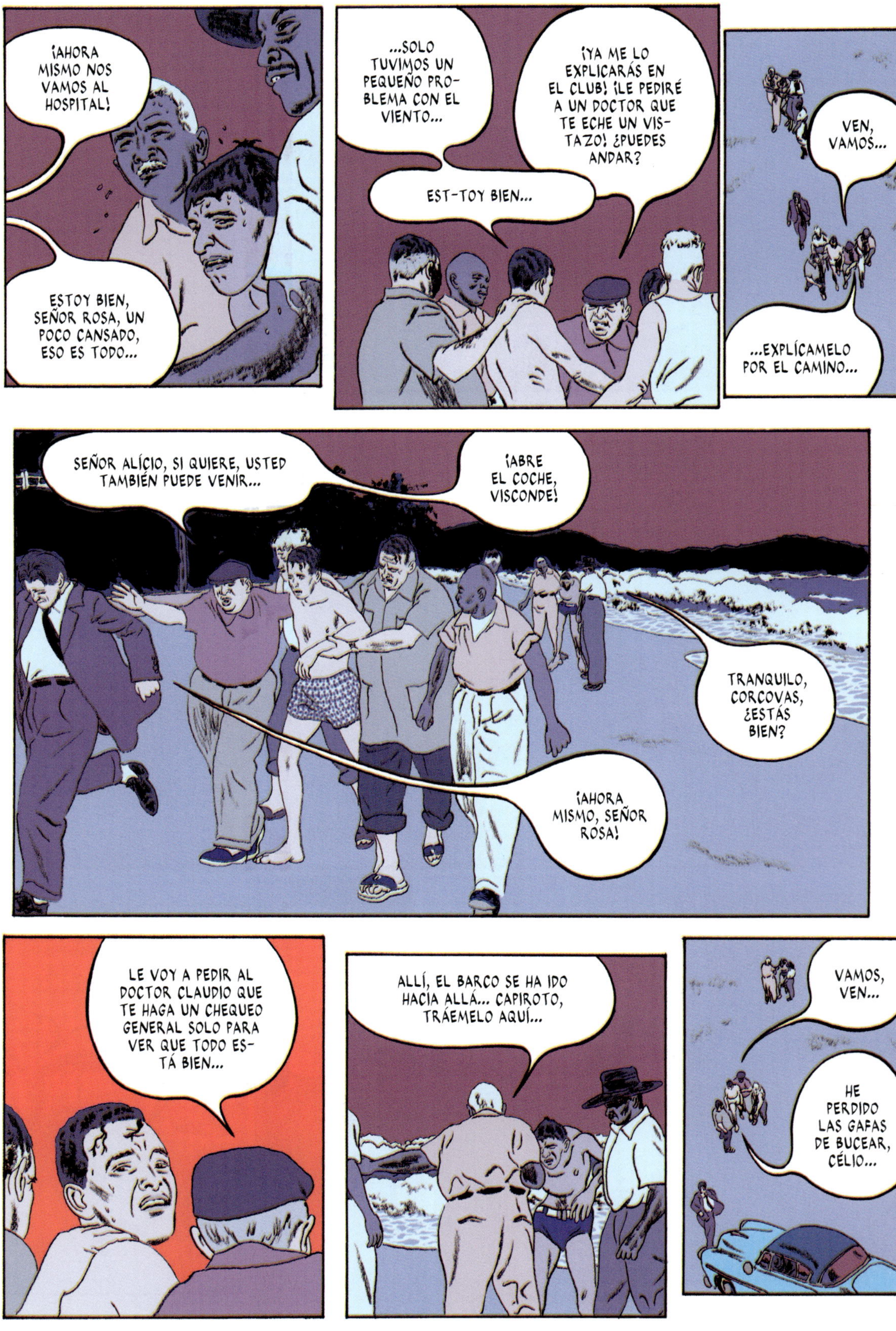
¡AHORA MISMO NOS VAMOS AL HOSPITAL!
ESTOY BIEN, SEÑOR ROSA, UN POCO CANSADO, ESO ES TODO...
...SOLO TUVIMOS UN PEQUEÑO PROBLEMA CON EL VIENTO...
¡YA ME LO EXPLICARÁS EN EL CLUB! ¡LE PEDIRÉ A UN DOCTOR QUE TE ECHE UN VISTAZO! ¿PUEDES ANDAR?
EST-TOY BIEN...
VEN, VAMOS...
...EXPLÍCAMELO POR EL CAMINO...
SEÑOR ALÍCIO, SI QUIERE, USTED TAMBIÉN PUEDE VENIR...
¡ABRE EL COCHE, VISCONDE!
TRANQUILO, CORCOVAS, ¿ESTÁS BIEN?
¡AHORA MISMO, SEÑOR ROSA!
LE VOY A PEDIR AL DOCTOR CLAUDIO QUE TE HAGA UN CHEQUEO GENERAL SOLO PARA VER QUE TODO ESTÁ BIEN...
ALLÍ, EL BARCO SE HA IDO HACIA ALLÁ... CAPIROTO, TRÁEMELO AQUÍ...
VAMOS, VEN...
HE PERDIDO LAS GAFAS DE BUCEAR, CÉLIO...

¡NO TE PREOCUPES POR ESO AHORA, SEGURO QUE ALGÚN OTRO MARINERO ITALIANO SE VOLVERÁ A OLVIDAR LAS SUYAS, YA LO VERÁS...!
VAMOS, HÉLCIO, ENTRA DESPACIO...
ESTOY BIEN, NO SE PREOCUPE...
VEN, DESPACIO...
YA ESTÁ, LISTOS, VÁMONOS EN PAZ...
POR FAVOR, SEÑOR ALÍCIO...
BLAM!
BLAM!
¡NO TE PREOCUPES POR LAS GAFAS! ¡SERÁ POR GAFAS!

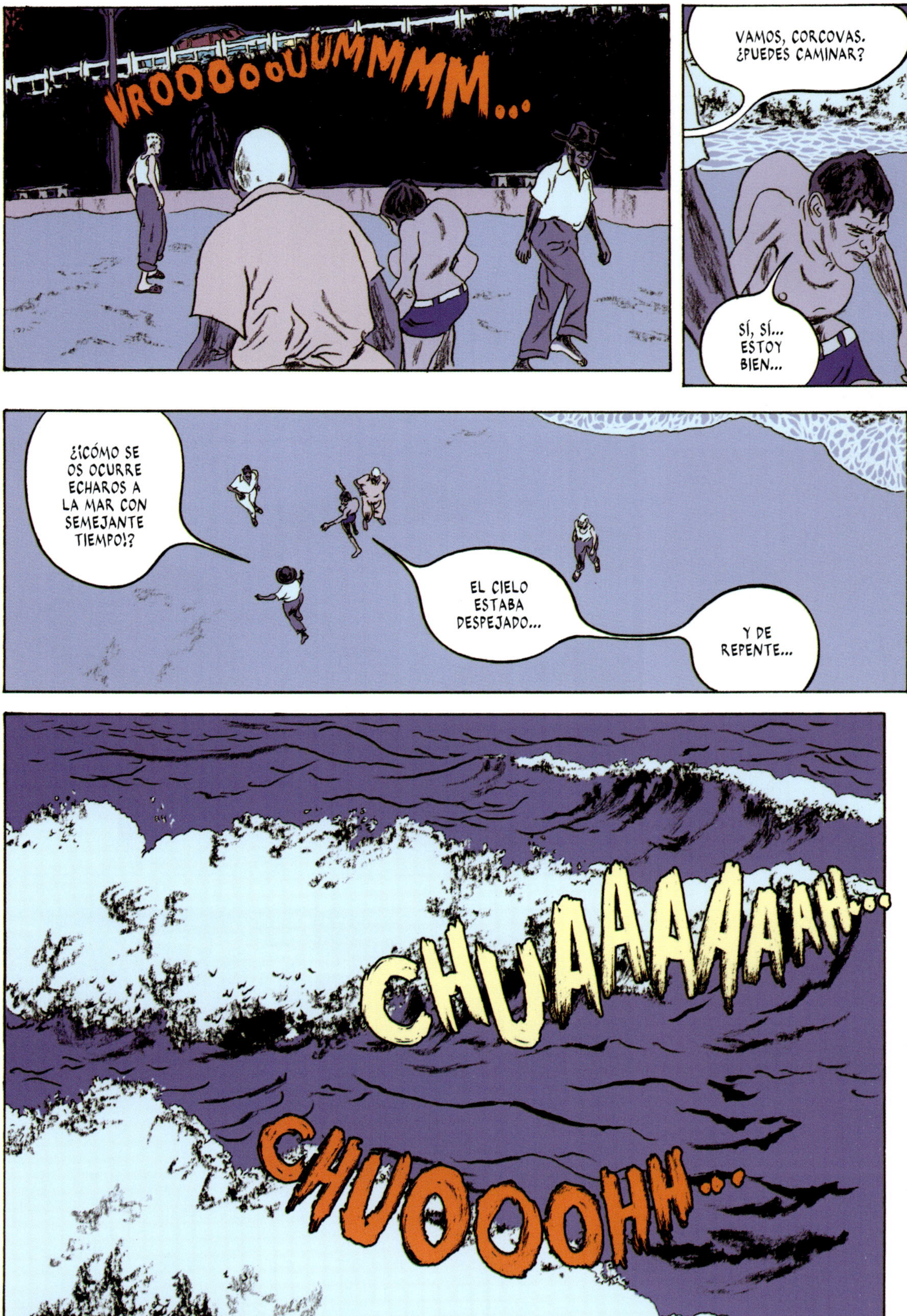
VROOOOOOUUMMMM...
VAMOS, CORCOVAS. ¿PUEDES CAMINAR?
SÍ, SÍ... ESTOY BIEN...
¿¡CÓMO SE OS OCURRE ECHAROS A LA MAR CON SEMEJANTE TIEMPO!?
EL CIELO ESTABA DESPEJADO...
Y DE REPENTE...
CHUAAAAAAH...
CHUOOOHH...

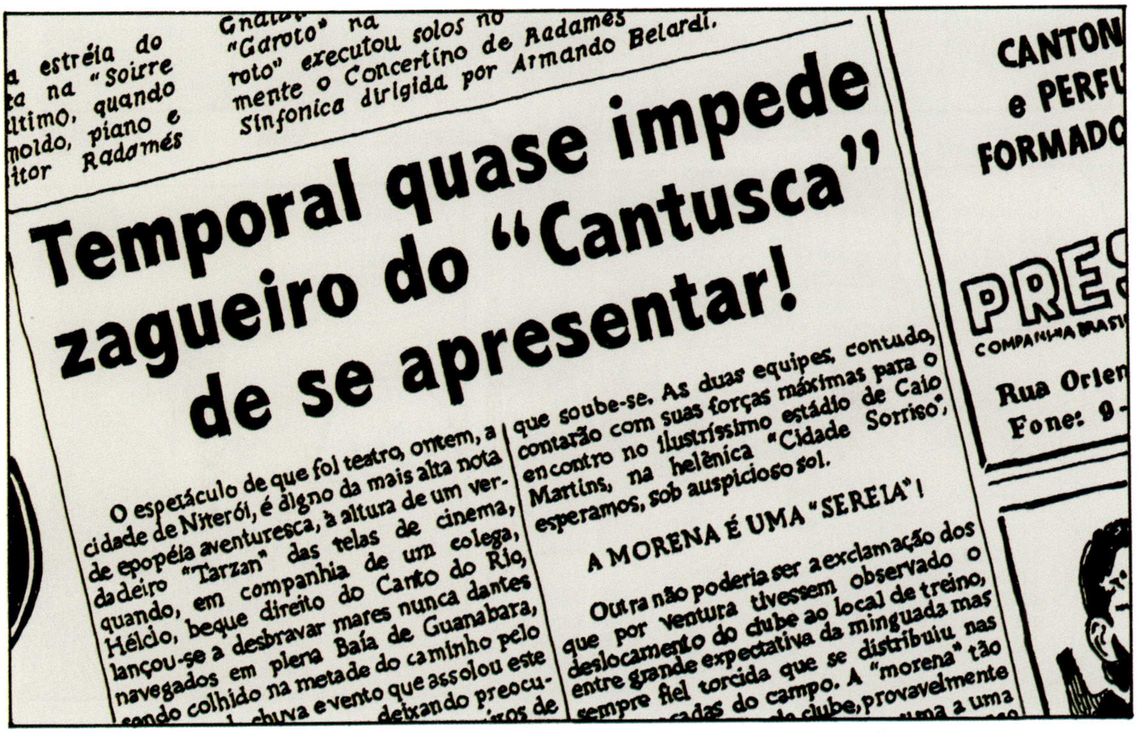

*TITULAR DEL PERIÓDICO: ¡EL TEMPORAL CASI IMPIDE QUE EL DEFENSA DEL CASTUSCA SE PRESENTE AL PARTIDO!

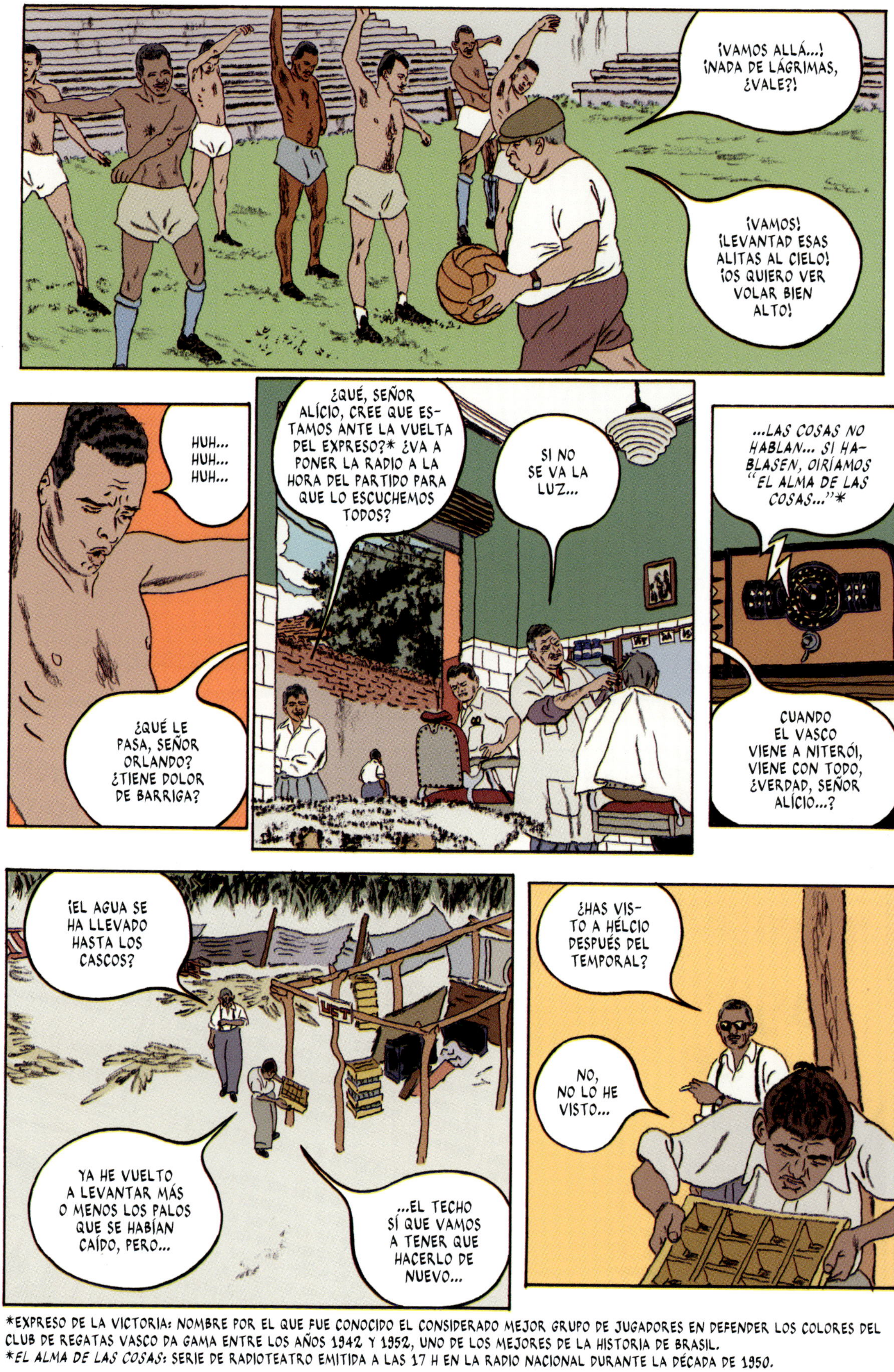

*EXPRESO DE LA VICTORIA: NOMBRE POR EL QUE FUE CONOCIDO EL CONSIDERADO MEJOR GRUPO DE JUGADORES EN DEFENDER LOS COLORES DEL CLUB DE REGATAS VASCO DA GAMA ENTRE LOS AÑOS 1942 Y 1952, UNO DE LOS MEJORES DE LA HISTORIA DE BRASIL.

**EL ALMA DE LAS COSAS*: SERIE DE RADIOTEATRO EMITIDA A LAS 17 H EN LA RADIO NACIONAL DURANTE LA DÉCADA DE 1950.

"NO OS QUIERO VER..."
...PATEANDO LA PELOTA HACIA ARRIBA, ¿ESTÁ CLARO? ¡DESPUÉS HACÉIS COMO QUE NO OS HABÉIS ENTERADO!
SÍ, SEÑOR ROSA...
¡EL COLEGA VA Y SE QUEDA EMBOBADO MIRANDO A VENUS, Y MIENTRAS MIRA HACIA OTRO LADO, EL DELANTERO LE PASA POR DELANTE! ¡Y NADIE SABE NADA, NADIE HA VISTO NADA!
SÍ, SEÑOR ROSA... CERRAREMOS BIEN LOS ESPACIOS ATRÁS...
BUENAS NOCHES, NENAS.
BUENAS NOCHES, SEÑOR ROSA.
BUENAS NOCHES, SEÑOR ROSA, NO SE PREOCUPE.
CLIC!

*COSTUMBRE POPULAR QUE CONSISTE EN UTILIZAR UN VASO DE AGUA COMO CATALIZADOR DE LAS MALAS ENERGÍAS DE UN AMBIENTE.

¿QUÉ PASA, CORCOVITAS? ¿A DAR UNA VUELTA?
HOLA, DELMO. ¿QUÉ TAL?
¿NO VAS A LA BARBERÍA DEL SEÑOR ALÍCIO PARA ESCUCHAR EL PARTIDO?
FUNERAIS
TENGO QUE HACER UNA COSA, LO ESCUCHARÉ DESDE CASA...
¡NUESTRO AZUL ES EL AZUL DEL MANTO DE LA VIRGEN! ¡NADIE PUEDE CON...!
¡...NUESTRA ALMA Y CALIDAD!
EH, QUE JUGAMOS ONCE, NO SOLO UNO, ¿DE ACUERDO, LATERAL?
TU SITIO ESTÁ EN LA COCINA, DEJA QUE EL DIEZ SE ENCARGUE DE LA PORTERÍA CONTRARIA, ¿ESTÁ BIEN?
Y AHORA, CON LOS CALUROSOS APLAUSOS DE TODA LA GRADA, ENTRA AL CAMPO EL EQUIPO LOCAL...

*HIMNO DEL CANTO DO RIO FC.

RUA PIRES
SOLO HA DADO EL ESTIRÓN DE CINTURA PARA ABAJO...
JI, JI...
"Y EL ÁRBITRO PITA EL INICIO DEL ENCUENTRO..."
...SILVINO PASA LA PELOTA A BIRIBA, BIRIBA AVANZA CONTROLÁNDOLA Y SE LA PASA A...

¡HAY QUE MARCAR EN LA BANDA!
JA, JA, JA...
¿LA OTRA ES LA BUENA?
JA, JA, JA...
NO ME DIGAS QUE... CH... J... T...
LO PILLO...
¡JA, JA, JA, JA, JA...!
JA, JA, JA, JA, JA...
¡JI, JI, JI!

EL ENCUENTRO SE COMPLICA CON CADA JUGADA...
"¡...EL CANTO DO RIO SE CIERRA MUY ATRÁS!"

"DORIVAL DRIBLA A ALMEIDINHA Y EL VASCO AVANZA; ELY SE OFRECE PARA PRESENTAR BATALLA..."
...DORIVAL AVANZA, PERO EL GUARDAMETA LOGRA DESBARATAR EL ATAQUE...
¡HÉLCIO, PÉGATE ENTRE LOS DOS!
¡DEJA, QUE YO ME ENCARGO!
¡MIRA EL MEDIOCAMPO! ¡NO HAY NADIE! ¿¡ES QUE VAIS A ABRIR UNA AVENIDA PARA QUE PASE EL TRANVÍA O QUÉ!?
VELUDO VUELVE A PONER LA PELOTA EN JUEGO Y EL CANTO DO RIO SALE AL CONTRAATAQUE CON ALMEIDA, ALMEIDA PARA...
NO NECESITAMOS PORTERO, CARIÑO...
NO HACE FALTA QUE TE QUEDES AHÍ DE PIE, EN LA PUERTA...
ACÉRCATE, ANDA...

...MARINHO, MARINHO PARA SILVINO, EL NÚMERO DIEZ DEL EQUIPO DE NITERÓI, QUE ATACA EN FORMA DE ABANICO...
"...ORLANDO DIENTES DE LECHE SE ADELANTA POR LA IZQUIERDA, SILVINO SE TOPA CON CAIO, CAIO LE ENTRA Y LE QUITA LA PELOTA DE NUEVO..."
"...CORONÁNDOSE EL REY DEL CENTRO DEL CAMPO..."
"...CAIO PASA A LIRA, BIEN COLOCADO, LIRA SUBE EN PROFUNDIDAD..."
¿QUÉ PASA? ¡MARCAJE INDIVIDUAL! ¡VAMOS!
"Y ES EL JOVEN LATERAL DERECHO, HÉLCIO, ÚLTIMO FICHAJE DEL CANTUSCA, EL QUE CONSIGUE PARAR EL ATAQUE CONTRARIO..."

...EN UNA JUGADA DE MUCHA CATEGORÍA...
¡PÁSALA DE UNA VEZ!
"HÉLCIO DOMINA EL BALÓN, GIRA, AMENAZA CON TIRAR, ORLANDO SE LA PIDE..."
¡PASA! ¡PASA!
...PERO EL DEFENSA DE NITERÓI EMBISTE ÉL SOLO, REGATEA...
"DEJA ATRÁS A DOS JUGADORES DEL VASCO, SE ACERCA A LA LÍNEA DIVISORIA DEL CAMPO..."
¿¡PERO QUÉ ES ESO!? ¿¡HAS VISTO ALGUNA VEZ A ALGÚN DEFENSA ASÍ DE DESCARRILADO, ZÉ AMÉRICO!?
¡CENTRA! ¡CENTRA!
"HÉLCIO SIGUE AVANZANDO, PERO..."

"...BELLINI, EL CENTRAL CRUZMALTINO, SE INTERPONE EN SU TRAYECTORIA, LE QUITA LA PELOTA..."
¿VES LO QUE PASA?
¡MIERDA!
"BELLINI SE LA SIRVE EN BANDEJA A JULINHO QUE ENCABEZA EL CONTRA-ATAQUE, EL CANTUSCA SE REPLIEGA..."
"¡...Y ELY DESPEJA EL BALÓN!"
POF!
LA ACTITUD ATREVIDA DEL DEFENSA DEL CANTO DO RIO SUPONE UN ESFUERZO ADICIONAL A LA LÍNEA DEFENSIVA...
PERO ¿NO OS LO ESTOY DICIENDO? ESE CHAVAL ES...
...LA AFICIÓN PERMANECE A LA ESPERA... ¡CUANDO EL ÁRBITRO PITA EL FINAL...!
"¡...DE LA PRIMERA PARTE! LOS EQUIPOS VUELVEN A SUS..."

*PÍLDORAS DE VIDA DEL DOCTOR ROSS: LAXANTE FABRICADO POR EL LABORATORIO SIDNEY ROSS, UNO DE LOS GRANDES PATROCINADORES QUE COMPRABA PAQUETES DE HORARIO PUBLICITARIO EN LA RADIO EN LA DÉCADA DE 1950.

*LEÔNIDAS DA SILVA: CONOCIDO TAMBIÉN COMO "DIAMANTE NEGRO", ES UNO DE LOS DELANTEROS DEL FÚTBOL BRASILEÑO MÁS FAMOSOS DE LA PRIMERA MITAD DEL SIGLO XX, Y EN BRASIL SE LE ATRIBUYE SER EL AUTOR DE LA JUGADA DENOMINADA "BICICLETA" O "CHILENA", EJECUTADA POR PRIMERA VEZ EN 1914 POR EL CHILENO RAMÓN UNZAGA.

¡VAMOS A AGUANTAR CUANTO PODAMOS! ¡PRESTAD ATENCIÓN A LA JUGADA!
EL ÁRBITRO PITA Y SE REANUDA EL PARTIDO, CON LOS EQUIPOS...
QUÉ PALOMITO TAN TÍMIDO TENEMOS AQUÍ... NO MIRES AL SUELO, PALO-MITO, NO...
"...CUANDO HA TRANSCURRIDO MÁS DE LA MITAD DE LA SEGUNDA PARTE..."
...EL VASCO TOMA LA INICIA-TIVA DEL ATAQUE CAPITANEADO POR DORIVAL, DORIVAL PARA LIRA...
...LIRA ENTRA EN EL ÁREA, LUCHA CON ELY EN EL ARCO DE MEDIALUNA, SE LA QUITA HÉLCIO...
...EL BALÓN SE ELEVA Y VA A PARAR A LOS PIES DE JULINHO, JULINHO CRUZA UN PELOTAZO HACIA...
...MÍRAME... ¿CARIÑO...?

PLANK!
¡EL ESFÉRICO SE ESTRELLA EN EL LARGUERO DE LA PORTERÍA DE VELUDO!
HHH...
HHH...
HHH...
HHH...
RESISTE, COMPADRE HÉLCIO...
HHH...
VAMOS, CON CALMA, VENGA...

¡MÍRALO, MÍRALO, ZÉ AMÉRICO!
AHHH...
AHHH...
MMM...
AHHH...
...CORTA RENNER, SE LE ESCURRE EL BALÓN, VUELVE A HÉLCIO, SE ACERCA MARINHO, HÉLCIO AVANZA HASTA EL MEDIO DEL CAMPO...
...LA PIDE SILVINO, HÉLCIO VA A REGATEAR A FUMAÇA, ¡LO REGATEA!
LA RETAGUARDIA DEL VASCO SE CIERRA ATRÁS...
"...ESPECTACULAR LA SUBIDA DEL LATERAL MÁS QUERIDO DE NITERÓI..."
"RENNER INTENTA INTERCEPTAR EL BALÓN, RENNER HA ENTRADO EN EL CAMPO CON LA ÚNICA FUNCIÓN..."
"...DE CONTENER AL MEDIO IZQUIERDO... HÉLCIO ADELANTA EL ESFÉRICO..."

...AMENAZA CON CHUTAR, CORTA HACIA EL CENTRO, POR ENTRE LAS PIERNAS DE CAIO, VE A SILVINO, SE LA PASA AL NÚMERO DIEZ...
...SILVINO PARA BABA, SE ACERCA MARINHO, BABA ENCUENTRA A BIRIBA, BELLINI SE LE METE POR DELANTE, BELLINI CON LA PELOTA... HÉLCIO CORTA EL BALÓN Y RECUPERA PARA EL CANTO DO RIO...
...REGATEA A FUMAÇA. PARA, ESPERA EL MARCAJE, ARRANCA POR EL MEDIO IZQUIERDO CON EL APOYO DE ELY DO AMPARO, IPOJUCÃ ABRE POR EL EXTREMO IZQUIERDO, HÉLCIO TOCA PARA ORLANDO...
...BELLINI ENTRA A ORLANDO Y LE QUITA EL BALÓN, BELLINI SE LA PASA A JULINHO, EL VASCO QUIERE RECUPERAR EL DOMINIO DEL PARTIDO...
HÉLCIO PERSIGUE A JULINHO... ¡SE LANZA POR ABAJO Y SALE CON LA PELOTA DOMINADA!
¡VUELVE!
SSSSÍ...
...HÉLCIO RETROCEDE HASTA LA BANDA, ABRE PARA LA LLEGADA DE ORLANDO, CAMISETA NÚMERO OCHO, ORLANDO ACOMPAÑA LA INCURSIÓN, PRESIONANDO A HÉLCIO, EN LA POSICIÓN DE DELANTERO CENTRO...
"...LA GENTE GRITA EL NOMBRE DEL LATERAL DERECHO MÁS ATREVIDO DEL FÚTBOL BRASILEÑO..."
...HÉLCIO PASA LA PELOTA HACIA DELANTE, A IPOJUCÃ, SILVINO SE INCORPORA, RECIBE, SIRVE PARA MARINHO, MARINHO SE LA PASA A HÉLCIO EN EL EXTREMO DERECHO...

...CONDUCE HÉLCIO, PUEDE CON BELLINI, AMENAZA CON TIRAR, AVANZA CON EL BALÓN HACIA EL CONTRARIO... INTENTA EL REGATE...
...BELLINI LO PERSIGUE, VIENE RENNER, SE ADELANTA HÉLCIO, SE LA QUITA RENNER, RECUPERA LA PELOTA, HÉLCIO TIENE EL BALÓN, PENETRA EN EL ÁREA GRANDE...
...EL PORTERO DEL VASCO SE ADELANTA, SILVINO CIERRA POR EL MEDIO ESPERANDO EL CENTRO...
...HÉLCIO CORTA EN DIRECCIÓN A LA LÍNEA DE FONDO, REGATEA A BELLINI, SE QUEDA CARA A CARA CON EL PORTERO, APUNTA, CHUTA...
¡GOOOOOOOLLL!

G.
MMM...
MMM...
AHHH...
OHHH...
HÉLCIO MARCA EL PRIMER TANTO PARA EL CANTO DO RIO, EXCEPCIONAL EN EL CONTROL DEL JUEGO...
"...EL GUARDAMETA DEL VASCO DA GAMA NO HA PODIDO HACER NADA..."
¿¡NO LO DECÍA YO, ZÉ AMÉRICO!? ¿¡NO LO DE-CÍA YO!?
G-G...

¡OÉÉÉÉÉ...!
¡VIVA NITERÓI!
¡VAMOS, CANTUSCA!
Q-QU... PERO QUÉ...
G-G...
¿QUÉ PASA...?
¿QUÉ PASA, PALOMITO...? NO HAGAS ESO...
¿QUÉ ANGUSTIA ES ESA...?
G-G-G...
G...

"EL VASCO SALE AL ATAQUE CON NEY..."
NO HAGAS ESO... NO REPRIMAS LAS LÁGRIMAS...
LA PENA CUAJA EN NUESTRO CORAZÓN...
G-GHUHH... HUUUH... HHGHUUHH... H... H... GHUHHHH...
LLORA... LLORA, PALOMITO...
LA TRISTEZA ES COMO UN PAJARITO...
NO PUEDE VIVIR EN UNA JAULA...
¡Y EL ÁRBITRO PITA EL FINAL DEL PARTIDO! ¡UN ENCUENTRO ELECTRIZANTE ENTRE EL EQUIPO CRUZMALTINO Y EL EQUIPO MÁS QUERIDO DE LA CIUDAD DE NITERÓI!

"...CUANDO LOS AFICIONADOS INVADEN EL CÉSPED... CONECTAMOS CON GUILHERME DESDE ALLÍ..."
HOLA, GILSON, VAMOS A INTENTAR ENCONTRAR UN HUECO EN MEDIO DE TANTA GENTE...
...PARA LLEGAR HASTA EL HOMBRE DEL PARTIDO...
¡HÉLCIO! ¡HÉLCIO! UNAS PALABRAS PARA LA RADIO SÃO LOURENÇO...
...TRAS UNA VICTORIA OBTENIDA CON GRAN MAESTRÍA.
ESTA VICTORIA...
...ES MUY IMPORTANTE PARA GARANTIZAR NUESTRA POSICIÓN EN LA CLASIFICACIÓN; DOY GRACIAS A DIOS...
AQUELA MORENA... DO CANTO DO RIO...
...POR HABER CONSEGUIDO ANOTAR EL GOL...

¡VIVA LA MADRE QUE LO PARIÓ!
QUE TORCE E FAZ CENA, E CAUSA ARREPIO...
¡PSIIIU! ¡CÁLLATE UN POQUITO, ANDA!
¿CUÁNDO CREÍSTE QUE PODÍAS SUPERAR AL PORTERO CONTRARIO?
YA SABES... EL ÁNGULO SE ABRIÓ Y CHUTÉ...
ME GUSTARÍA DECIR UNA COSA...
ME GUSTARÍA DEDICARLE ESTE GOL... A UNA PERSONA... QUERRÍA DEDICARLE ESTA VICTORIA...
...A UNA PERSONA QUE SEGURO QUE ME ESTÁ ESCUCHANDO EN ESTOS MOMENTOS...
...ESA PERSONA...
...ES UN GRAN AMIGO...
SE LLAMA...

LA AFICIÓN RODEA AL DEFENSA DEL CANTUSCA PARA LLEVÁRSELO A HOMBROS...
¡HÉLCIO!
¡NO! ¡TRANQUILOS! ¡UN MOMENTO...! QUIERO DEDICAR EL GOL A...
...SE LLAMA...
ES IMPOSIBLE, GILSON, LOS AFICIONADOS HAN TOMADO EL RELEVO...
¡LA GENTE SE LLEVA A HOMBROS AL CRAC DE LA RETAGUARDIA...!
¡UN MOMENTO! ¡ESPERAD!
¡ESPERAD! ¡UN MOMENTITO!
¡TENGO QUE DECIR UNA COSA! ¡TENGO QUE TERMINAR DE DECIR UNA COSA!
¡POR FAVOR! ¡POR FAVOR!
¡PARECE UNA FINAL DE CAMPEONATO, GILSON!
¡EEEEY! ¡OYEEEEE!
VAMOS A INTENTAR HABLAR CON ELY DO AMPARO, OTRO DE LOS GRANDES DEL PARTIDO...

¡EEEEY!
¡OYEEEE! ¡EEEEY! ¡EL DE LA RADIO! ¡TENGO QUE DEDICARLE EL GOL A UN AMIGO!

SE LLAMA...
¡EEEEY! ¿ME ESCUCHAS? SE LLAMA...

HHH...
HHHH...
SE LLAMA...
NOEL...

*SAMBA DE ANTÔNIO CARLOS SOUZA E SILVA & NELSON SOUTO, TITULADA *PRA CASA EU NÃO VOU*, CANCIÓN LANZADA EN 1954.

...NÃO VOU, NÃO VOU, NÃO VOU...
HUMAITÁ ATLETICO CLUBE

...SE O SAMBA SE ACABAR AGORA NÃO SEI PRA ONDE EU VOU...

...MAS PARA CASA EU NÃO VOU!
EU BEM SEI QUE VOU ME ARREPENDER AMANHÃ EU SEI QUE VOU VOLTAR...
FELICIDADES POR LA VICTORIA, SEÑOR ROSA, BELLA ARMA SECRETA...
GRACIAS, JOVEN...
UN AUTÓGRAFO, POR FAVOR, SEÑOR VELUDO, AQUÍ...
ABRAN HUECO, SEÑORES...
PERO ¿QUÉ HACES, NICANDRO?
EL HOMBRE DEL PARTIDO QUIERE PASAR, ABRID...
¡MIRA, EL MEJOR JUGADOR DEL PARTIDO!

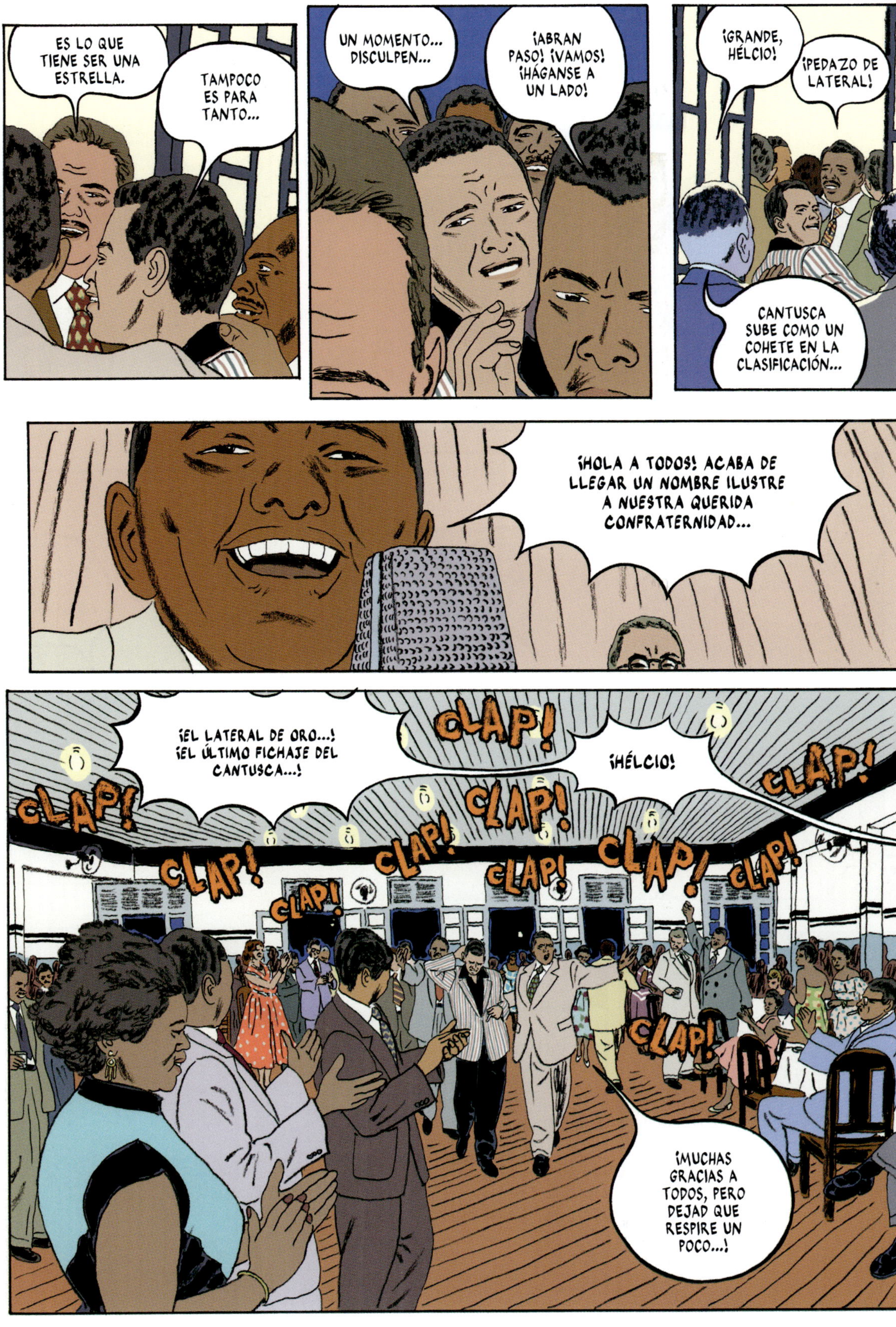
ES LO QUE TIENE SER UNA ESTRELLA.
TAMPOCO ES PARA TANTO...
UN MOMENTO... DISCULPEN...
¡ABRAN PASO! ¡VAMOS! ¡HÁGANSE A UN LADO!
¡GRANDE, HÉLCIO!
¡PEDAZO DE LATERAL!
CANTUSCA SUBE COMO UN COHETE EN LA CLASIFICACIÓN...
¡HOLA A TODOS! ACABA DE LLEGAR UN NOMBRE ILUSTRE A NUESTRA QUERIDA CONFRATERNIDAD...
¡EL LATERAL DE ORO...! ¡EL ÚLTIMO FICHAJE DEL CANTUSCA...!
CLAP!
¡HÉLCIO!
CLAP!
CLAP!
CLAP!
CLAP!
CLAP!
CLAP!
CLAP!
CLAP!
CLAP!
CLAP!
¡MUCHAS GRACIAS A TODOS, PERO DEJAD QUE RESPIRE UN POCO...!

¡DIOS TE BENDIGA, LATERAL! ¡NO CUALQUIER EQUIPO PUEDE PRESUMIR DE ALGO ASÍ!
¡QUÉ GRANDE ERES, HÉLCIO!
PERO, BUENO... ¿QUÉ DICE USTED? NO DIGA ESAS COSAS...
QUE DIOS TE LIBRE Y GUARDE DE TODO MAL, ¡BENDITAS PIERNAS...!
DIME, ABÍLIO, ¿HAS VISTO A ALGÚN PIBÓN POR AHÍ?
ESTOY EN ELLO...
OYE, ABÍLIO, ¿NO HABRÁS VISTO A NOEL POR CASUALIDAD?
NO, NO LO HE VISTO. ¿TENÍA QUE VENIR?
SÍ; ES QUE YO...
CON SU PERMISO, ME GUSTARÍA FELICITAR A NUESTRO ILUSTRE DEFENSA... LA ESTRELLA DE NUESTRA LÍNEA DEFENSIVA...
¡SI EL MEJOR JUGADOR DEL PARTIDO NO ES CONVOCADO PARA LA SELECCIÓN, NITERÓI PEDIRÁ LA INDEPENDENCIA DEL ESTADO!
MUCHAS GRACIAS, DE VERDAD, PERO NO ES NADA; NO HA SIDO MÁS QUE UN GOLPE DE SUERTE, PURA SUERTE...
FELICIDADES, LATERAL, ¿TE GUSTA LA FIESTA?
DIME, SILVINO.
HOLA, SILVINO, ¿QUÉ HAY?
NO, NADA, SOLO QUERÍA FELICITAR AL DEFENSA MÁS QUERIDO...
PODEMOS ECHAR UNA PARTIDITA AL BILLAR Y VER QUIÉN DE LOS DOS LLEVA EL PESO DEL EQUIPO...
NOS PODEMOS APOSTAR SOLO CINCUENTA CRUCEROS...
O VEINTE PAVOS...

*CANCIÓN *ESTRELA DO MAR*, DE PAULO SOLEDADE & MARTINO PINO, LANZADA EN 1951.

...OLHANDO O CÉU VIU UMA...
...ESTRELA IMAGINOU COISAS DE AMOR...
¡VOY A PONER A ESTE LATERAL EN LA ALINEACIÓN DE MI EQUIPO, CHAVALES!
¡HOMBRE, MÍSTER PEDRO! ¿PODRÉ JUGAR SENTADO?
¡ESTE LATERAL GOLEADOR! ¡SEGURO QUE ES POR LAS VITAMINAS QUE ALÍCIO PUSO EN TU BIBERÓN, ¿A QUE SÍ?
¡JA, JA! ¡SERÁ LA CACHAZA!
OYE, TÍO PEDRO, NO HABRÁS VISTO AL CORCOVAS POR ALGUNA PARTE, ¿NO?
PENSABA QUE ME LO IBA A ENCONTRAR AQUÍ, EN EL BAILE, PERO NO LO VEO...
...CREO QUE...

...SE HOUVE O SE NÃO HOUVE ALGUMA COISA...
¿NO ESTARÁ EN LA UCT?
AH, CLARO... VOY A VER...
CON PERMISO...
PERDONA, CON PERMISO...

CON SU PERMISO, BUENAS NOCHES... LA SEÑORITA SERÍA TAN AMABLE DE DECIR SU NOMBRE...
...A ESTE HUMILDE ADMIRADOR, POR FAV...
¡AHHHH, SINVERGÜENZA! ¡VERÁS CUANDO MAMÁ SE ENTERE!
Y ¿QUIÉN ES LA SEÑORITA, SI PUEDE SABERSE?
SOY SU HERMANA, CARIÑO, Y QUIEN MANDA CUANDO MI MADRE NO ESTÁ SOY YO...
AY, DEILA, ¡QUÉ VERGÜENZA...!
¡...Y CUANDO MI MADRE VUELVA DEL BAÑO VERÁS, CARIÑO!
¿QUÉ ESTÁ PASANDO AQUÍ? ¿¡ACASO NO TE HE DICHO QUE NO QUIERO QUE HABLES CON ESOS FUTBOLISTAS DEL BARRIO DE BARRETO!?
M-MAMÁ, YO...
¡VÁMONOS, QUE TU PADRE ESTÁ ABAJO ESPERÁNDONOS EN EL COCHE!
¡VENGA! ¡ANDANDO!
PERO, MAMÁ...
¡PSIU! ¡A CALLAR!
¡ANDANDO! ¡VENGA!
HUMAITÁ ATLÉTICO

¡NO QUIERO OÍR NI PÍO! ¡VAMOS!
¿NO TE LO HE DICHO? ¡SI MI MADRE HUBIERA SABIDO QUE EL EQUIPO DE FÚTBOL IBA A ESTAR HOY EN EL BAILE, NO HUBIÉRAMOS VENIDO!
N-NO, PERO...
¡HOLA, HÉLCIO! TE ESTABA BUSCANDO...
AH... Y-YO...

EL SEÑOR CÂNDIDO QUIERE HABLAR CONTIGO, CHAVAL... ¡TU NOMBRE ESTÁ HOY POR LAS NUBES!
¡ESTO ES SER UNA ESTRELLA, VELUDO! ¿ME OYES? ¡ESTO AQUÍ ES UNA ESTRELLA BRILLANDO EN EL FIRMAMENTO DEL CANTO DO RIO! ALGO ASÍ HE QUERIDO VER DESDE QUE SOY EL PRESIDENTE DEL CLUB...
V-VAYA, SEÑOR CÂNDIDO... OLVÍDELO... EH... ESTO...
EH... MIRE... SEÑOR CÂNDIDO... LE ESTOY MUY AGRADECIDO... EL CANTUSCA TIENE QUE...
AHORA...
ES QUE...
¿¡...SI ME PERMITE!?
¡HÉLCIO!
OYE, ¿¡HÉLCIO!?
PERO ¿QUÉ LE PASA A ESTE CHAVAL?
SEJA
ATLETICO CLUBE FUNDADO EN 8 DE JA
HAC

5-71-82
¡VAMOS!
¡ENTRA! ¡VENGA!
5-71-82
BLAM!
ROOOOUM!
RRROOHHH...
FRANEL
PELARIA
ROOOOMMM...

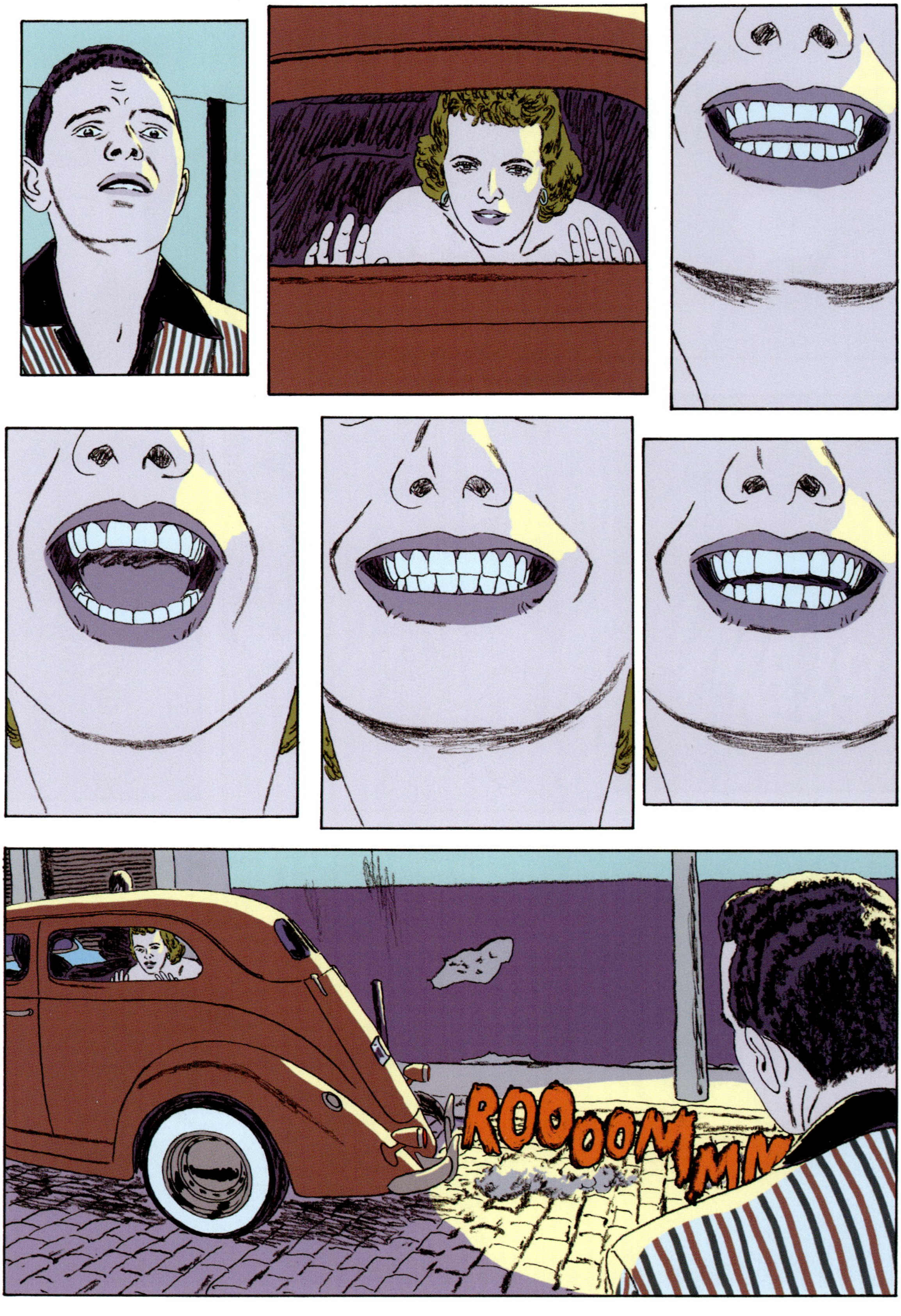
ROOOOMMMM

VROOMM...
ATLETICO CLUBE FUNDADO
DEIZE...

TCH!
CHCL!
CHC!
CH!
CLT!
TCH!
CLC!

CHCL!
CH!
CHC!
TLC!
CHT!
TCH!

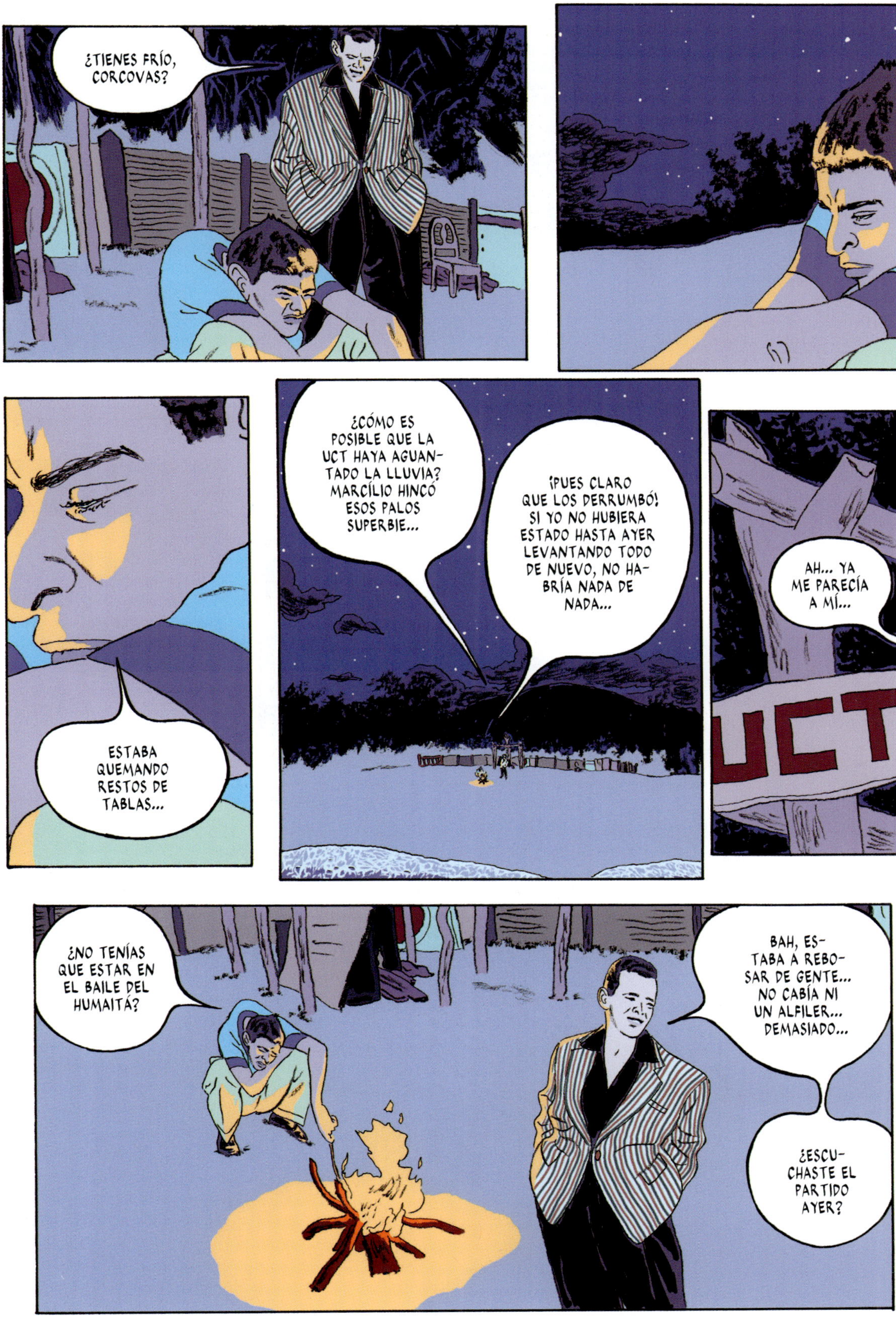
¿TIENES FRÍO, CORCOVAS?
ESTABA QUEMANDO RESTOS DE TABLAS...
¿CÓMO ES POSIBLE QUE LA UCT HAYA AGUANTADO LA LLUVIA? MARCÍLIO HINCÓ ESOS PALOS SUPERBIE...
¡PUES CLARO QUE LOS DERRUMBÓ! SI YO NO HUBIERA ESTADO HASTA AYER LEVANTANDO TODO DE NUEVO, NO HABRÍA NADA DE NADA...
AH... YA ME PARECÍA A MÍ...
UCT
¿NO TENÍAS QUE ESTAR EN EL BAILE DEL HUMAITÁ?
BAH, ESTABA A REBOSAR DE GENTE... NO CABÍA NI UN ALFILER... DEMASIADO...
¿ESCUCHASTE EL PARTIDO AYER?

¡EL CANTUSCA HA HUMILLADO AL VASCO! ¡NO SABÍAN POR DÓN- DE LES VENÍA LA PELOTA!

TCHOF!
¡A VER SI LLEGAS MÁS LEJOS QUE YO!
UCT
TCHOF!

¡VUÉLVELO A HACER PARA QUE YO LO VEA! ¡DUDO MUCHO QUE HAYA LLEGADO MÁS LEJOS QUE LA MÍA!
¡ASÍ LO HACE HASTA MI ABUELA, CORCOVAS! CUALQUIERA PUEDE DECIR QUE HA TIRADO A SU MADRE EN PLENA NOCHE CERRADA.
¡QUIERO VER CÓMO LO HACES, EN DIRECTO!
¡QUE ERES TÚ MUY CHULITO!
OTRO DÍA, ¿VALE...?

...MAÑANA MADRUGO...
SSSSSSSSSHHHHH...
NOEL...

...PERDONA POR LO QUE TE DIJE...

CHCL!
CHH!
CLC!
TCH!
CLT!

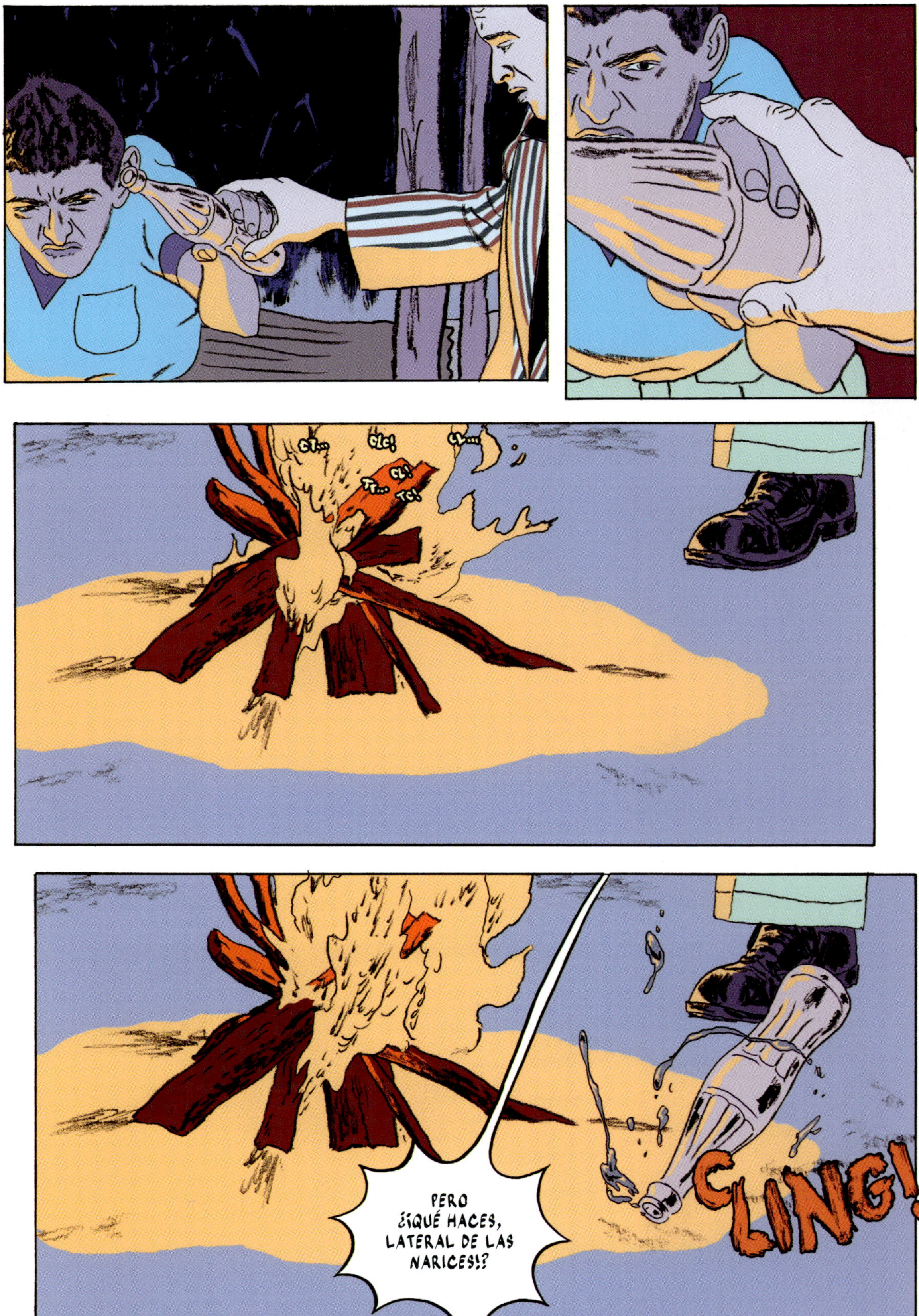
CT...
CLC!
CL...
CL!
TT...
TC!
PERO ¿¡QUÉ HACES, LATERAL DE LAS NARICES!?
CLING!

¿TENGO PINTA DE MARIQUITA, DE BUJARRÓN O QUÉ...?
¿QUÉ TE PASA, CORCOVAS? ¿POR QUIÉN ME TOMAS, CHAVAL?
¿POR QUÉ ME AGARRAS DE LA MANO? ¿ME HAS TENDIDO UNA TRAMPA PARA AGARRARME DE LA MANO?
¿TÚ TE CREES QUE SOY HOMBRE DE IR AGARRANDO MANOS POR AHÍ?
¿VAS A DECIR QUE NO ME LA HAS AGARRADO?

¡JAJAJAJAJA! ¡JAJA!
¡YA SABÍA YO QUE ESE DEFENSA PERDÍA ACEITE!
¡VETE A LA PORRA, CORCOVAS! ¡A QUIEN LE GUSTA AGUANTAR EL REMO ES A TI!
¿QUÉ? ¿ME QUIERES TOMAR DE LA MANO, CARMEN MIRANDA?
¿TE VAS A HACER EL CHULO AHORA? ¡DESPIERTA, CORCOVAS!
¡QUIEN SE TIENE QUE DESPERTAR ERES TÚ, CHAVAL!
¡TOMA MI MANO, ANDA! ¡QUE TE LA PONGO EN MI PIJA!
¡MÉTETE LA PIJA POR EL CULO!

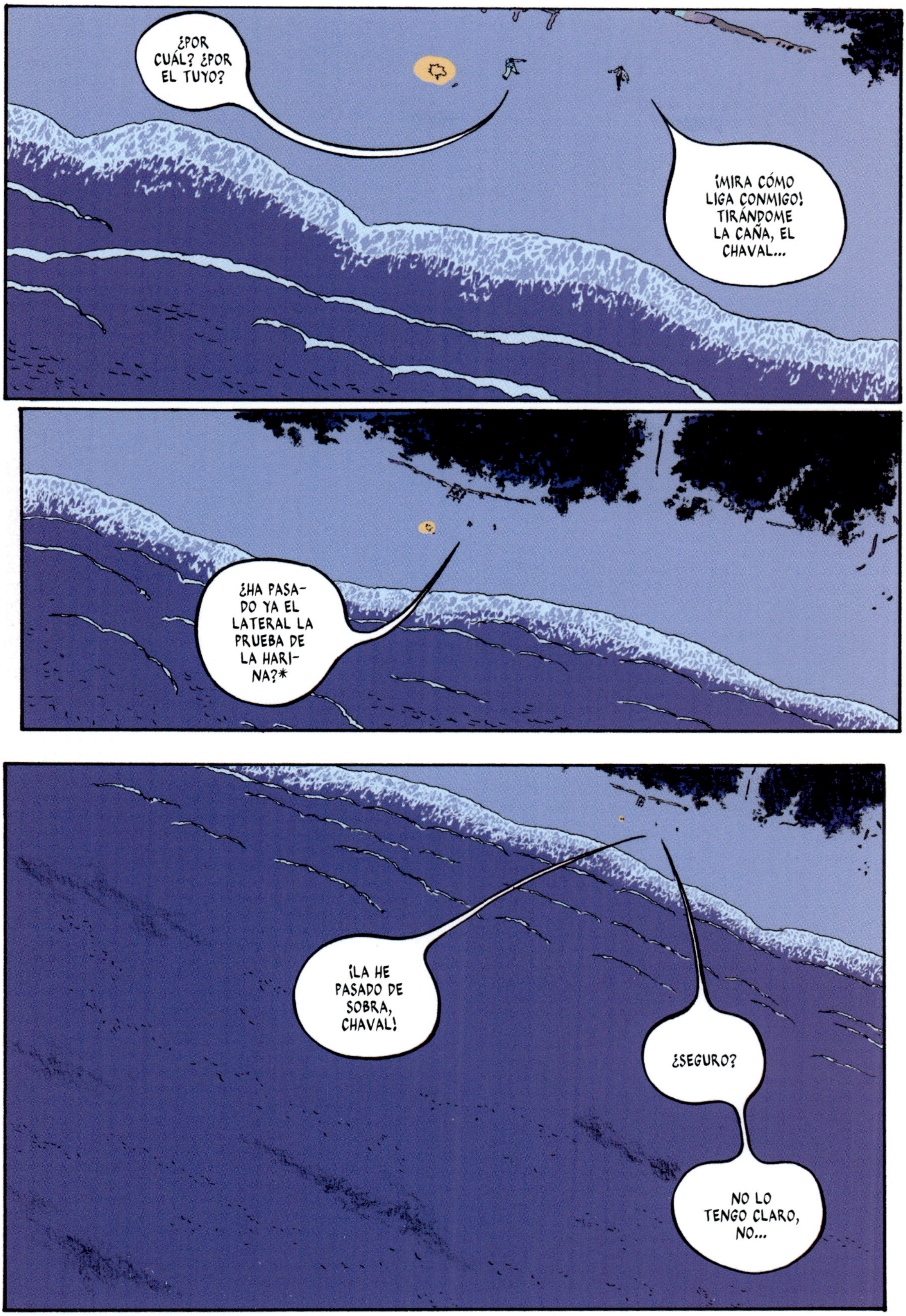

*PRUEBA DE LA HARINA: MÉTODO VEJATORIO (REAL O IMAGINARIO) DESTINADO A DETERMINAR SI UN JOVEN ERA APTO PARA EL SERVICIO MILITAR. SE LE OBLIGABA A SENTARSE DESNUDO SOBRE HARINA PARA QUE LAS MARCAS DEJADAS POR SU REGIÓN ANAL REVELARAN SU POSIBLE HOMOSEXUALIDAD.

MATERIAL ADICIONAL

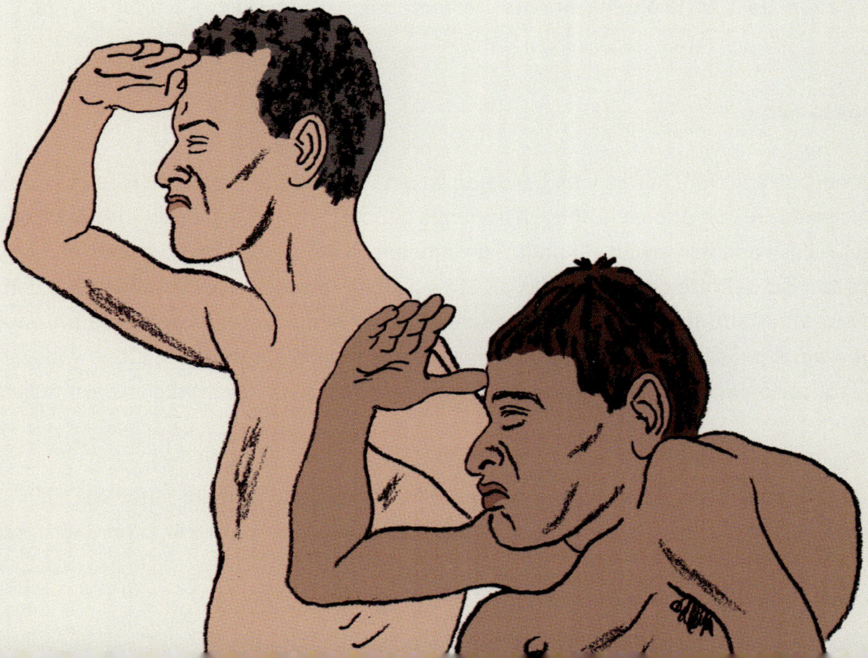

EXVOTO

Marcello Quintanilha

Zodiacal

1982, el perro toma las riendas en el horóscopo chino. Como cada año, en vísperas del carnaval, la zapatería São Sebastião, en Barreto, decora sus paredes con las mismas caretas impresas en papel mohoso, que muestran las muecas de un marinero medio simio, del diablo a lo **Luiz Sá**[1], de un apache de dibujos animados o de la pareja de campesinos cuya mirada escrudiña las almas cristianas.

Estas carillas rivalizaban en efecto con los siniestros antifaces de tela preferidos por los grupos de Clóvis[2] que anunciaban su llegada impactando terroríficos globos de plástico contra el suelo, a semejanza de lo que se hacía con las vejigas de cerdo y vaca suministradas por las carnicerías de antaño.

La zapatería desapareció mucho antes de 1994, cuando el perro volvería a gobernar el zodíaco.

El ferrocarril Leopoldina, encargado de interconectar los centros productivos del barrio además de servir como depósito de todo tipo de ofrendas —emolumentos de innumerables falanges de Pomba Giras, Exus y *caboclos*[3]—, apenas llegó al año 2000.

El matadero capituló a mediados del siglo XX. Situado al final de la calle Maruí Grande, su eficiencia para diezmar piezas ganaderas sirvió de inspiración para el apodo con el que hasta hoy se conoce tanto a la calle como a la favela que se construyó alrededor de sus escombros de mampostería: Buraco do Boi[4].

Todos son ecos de un pasado económicamente prometedor, culturalmente vibrante y políticamente combativo.

Del barro a la sal de la tierra

A comienzos de la década de 1980, Barreto, un barrio de la zona norte de la ciudad de Niterói, atravesaba un grave proceso de degradación. Nacido en la antigua hacienda Caboró, propiedad de **fray José Barreto Coutinho de Azevedo Rangel** —cuyo apellido acuñó el nombre de la pequeña aldea—, el barrio comenzó a ser ocupado como resultado de la crisis del café de las décadas de 1880 y 1890. Dicha crisis estimuló la inversión en otros sectores productivos del estado de Río de Janeiro, especialmente el industrial, después de un primer brote manufacturero durante el período imperial que se había visto truncado por las dificultades impuestas por la corona a las sociedades anónimas, la escasez de mano de obra especializada y la limitación del mercado interno debido a la esclavitud.

En la era republicana, la actividad manufacturera se vio intensificada en la primera mitad del siglo XX gracias a la exención de impuestos estatales y a los incentivos financieros, pasando a abarcar la producción textil, con

Postal conmemorativa de la remodelación de la Plaza Enéas de Castro, conocida como Plaza de Barreto en 1945, ofrecida por un político de la época. Al dorso, la descripción de las etapas de la obra, bajo la administración del interventor federal Ernâni do Amaral Peixoto.

empresas como la Cia. Manufatora Fluminense de Tecidos; la de fósforos, con Fiat Lux, Brazil y Marca Olho; la industria tabacalera, con la Fábrica de Tabacos de J.F. Corrêa y Cía., y también la producción de jabón, alimentos y vidrio.

Al mismo tiempo se consolidó la industria naval, liderada por la Cia. de Comércio e Navegação, en el lugar donde anteriormente había operado el astillero Ponta D'Areia. Fundado en 1846 por el **barón de Mauá**[5], este se había asentado, a su vez, sobre las cenizas de los depósitos y almacenes que sirvieron de apoyo para la hipertrofiada pesca ballenera, responsable de exterminar esta clase de cetáceos de la costa brasileña entre los siglos XVII y XVIII.

Otra empresa emergente fue la Cia. Nacional de Navegação Costeira Lage & Irmãos, en isla Viana, en cuyos diques se reparaban los barcos de la flota aliada, deseosa de volver al teatro de operaciones de la Segunda Guerra Mundial para aplastar el fascismo.

Surgió así un polo capaz de atraer una alta tasa de migración tanto de las zonas rurales del interior del estado como de países extranjeros; en especial europeos que, por enfermedades contraídas durante el viaje en barco, eran atendidos en la Posada de los Inmigrantes, en la isla de las Flores, desde donde partían hacia su nueva vida en tierras tropicales.

El modelo de fábrica con colonia fabril, que acortaba la distancia entre la vivienda y el lugar de trabajo, extendió por el entorno el tradicional callejón flanqueado por casas adosadas de estilo neoclásico, y desde la posguerra, los distintos clubes y asociaciones creados en las Compañías se fueron reafirmando como espacios de ocio y convivencia compartidos por la clase obrera, configurando un universo de articulación de distintas fuerzas partidistas y sindicales.

El Partido Comunista Brasileiro mantenía allí la "célula Barreto" —combatida fuertemente por el gobierno—, con miras a acercar su militancia a las demandas de los trabajadores.

La plaza central del barrio era el escenario preferente para las grandes concentraciones y manifestaciones políticas y culturales. Bailes de salón animados por famosas orquestas unían a la comunidad, al igual que lo hacían los festejos públicos al aire libre, muchos de ellos religiosos, como la procesión de la Iglesia Matriz de San Sebastián.

Las fiestas juninas[6] y, sobre todo, el carnaval se distinguieron como manifestaciones espontáneas de toda una identidad de clase.

A la izquierda, fotografía de la entrada principal de la Cia. Manufatora Fluminense de Tecidos tomada durante los años noventa. A la derecha, alineación del Manufatora AC. Hélcio es el segundo jugador de pie, comenzando por la izquierda.

Acto de contrición

Hélcio Carneiro Quintanilha pasó los últimos años de su infancia en Barreto. La familia llegó al barrio en la década de 1940, en busca de una vida mejor. Segundo de cinco hermanos, su habilidad con el balón llamó rápidamente la atención en los colegios religiosos donde estudió, y con frecuencia era llamado a formar parte de equipos escolares organizados por los propios sacerdotes, que hacían la vista gorda ante su comportamiento errático durante las clases y le propinaban castigos físicos más indulgentes que al resto ante cualquier travesura imperdonable, siempre por el bien del deporte.

Su juego, un tanto desenfadado para los estándares de los defensores de la época en las canchas de tierra donde se jugaban los campeonatos infantiles, le llevó a ser contratado por la Cia. Manufatora Fluminense de Tecidos, oficialmente como parte de la plantilla de trabajadores, pero en realidad como lateral derecho del equipo de la empresa, el Manufatora AC, para convertirse posteriormente en jugador profesional al ser traspasado al Canto do Rio FC.

Revoluciones por minuto

Niterói fue sede del primer partido oficial de fútbol en el estado de Río de Janeiro, promovido en 1901 por **Oscar Cox**[7], en el que Paissandu (el equipo visitante) y Rio Cricket no pasaron del 1-1.

En 1915, la ciudad creó la Liga Sportiva Fluminense, promoviendo los partidos municipales entre equipos de fábricas tales como Manufatora AC, Barreto FC, Byron FC y otros derivados de grupos deportivos, e incluso clubes aristocráticos como el Icaraí FC, patrocinado por Balneário Casino Icaraí.

Entre ellos, destacó el equipo con mayor potencia competitiva de la ciudad, el Canto do Rio FC, cuyo escudo, defendido por nombres como **Zequinha**, **Ely do Amparo**, **Gerson**, **Orlando Pingo de Ouro** y **Veludo**[8], iluminó los céspedes del vecino Distrito Federal[9] gracias a la autorización especial obtenida en 1941 bajo el auspicio del entonces interventor federal, el niteroiense **Ernâni do Amaral Peixoto**.

Apollo 11

Graduado por la Escuela Naval de Río de Janeiro y con ideas próximas al movimiento tenentista[10], Ernâni do Amaral Peixoto había participado en las conspiraciones que culminaron con la revolución que depuso a **Washington Luís**[12] y llevó al poder a **Getúlio Vargas**[13], su futuro suegro, en 1930. Voluntario en el frente legalista contra las fuerzas de São Paulo que reclamaban una constitución en 1932[14] y nombrado ayudante de campo de **Getúlio**, Ernâni do Amaral Peixoto entró en la política en 1933.

DECIMO CLUB O CANTO DO RIO!

APOIADO UNANIMEMENTE O PEDIDO DO GREMIO NICTHEROYENSE

Um Documento Assignado Por Todos Os Presidentes -- A Garantia Para A Filiação

Desde hontem, á tarde, a filiação do club presidido pelo Sr. Eugenio Borges é caso resolvido. Para isto, houve uma reunião entre todos os dirigentes dos gremios locaes, que assignaram um documento concedendo ao Canto do Rio a filiação pedida, "ad referendum" da Junta Legislativa.

O documento em apreço está redigido pelo Sr. João Lyra Filho, e, foi assignado, como dissemos, por todos os presidentes dos gremios cariocas.

Foi o proprio Sr. Gastão Soares de Moura Filho, presidente da Liga de Football, o portador do mesmo documento, que deu entrada na séde da entidade carioca, hontem, já depois de encerrado o expediente.

Está assegurada desde já a presença do Canto do Rio A. C. no proximo campeonato promovido pela Liga de Football do Rio de Janeiro. E' que o gremio nictheroyense conta realmente com o apoio integral dos clubs cariocas para ingressar na entidade do "Cineac" como filiado, assumindo, assim, o posto vago com o projecto "Antonio Avellar.

CONTRATADO João Alberto

O Guardião Barbacenence Ficará No Flamengo Garantido Por Um Compromisso Breve

BOM ESTADIO, QUADRO SOCIAL DE 3.000 CONTRIBUINTES *E Grande Team De Profissionaes!*

A la izquierda, noticia sobre la aceptación del Canto do Rio en el campeonato carioca publicada en el *Jornal dos Sports* en 1941. A la derecha, fotografía de una alineación del Canto do Rio alrededor de 1956. Hélcio es el tercero de pie, de izquierda a derecha.

En 1935, atendió las primeras llamadas telefónicas que advertían al Palacio Presidencial sobre la revuelta comunista en curso[15], luego derrotada por las tropas legalistas. Ernâni juraba no tener conocimiento de ningún complot para iniciar el golpe que instauró el Estado Novo[16] que consolidaría el gobierno **Vargas** en 1937, cuando fue ascendido al cargo de interventor federal.

Yerno de Vargas desde 1939, se encontraba en pleno ejercicio de sus funciones cuando **Antônio Avelar**, director del América Football Club, presentó al Consejo Superior de la Liga de Fútbol de Río de Janeiro una propuesta para reformular la entidad, aumentando el número de participantes de su torneo principal de nueve a diez clubes, creando así una vacante extra, a la que, según un decreto promulgado en ese momento, podía presentarse cualquier club cuya sede estuviera ubicada dentro de un radio de 35 kilómetros de la capital.

La geografía por una parte y cuestiones económico-coloniales por otra hicieron que la distancia entre la ciudad de Niterói, al otro lado de la bahía de Guanabara, y el centro de Río de Janeiro fuera incluso menor que la de algunos barrios que estaban dentro del territorio de la propia capital, lo que animó a **Eugênio Borges**, presidente del Canto do Rio y jefe de policía, a postularse para la plaza, dotado de estadio propio —el Caio Martins—, tres mil socios colaboradores y el fuerte apoyo del interventor federal Ernâni do Amaral Peixoto.

La candidatura fue aprobada por unanimidad.

Luna nueva, cuarto creciente

Nunca quedó muy claro cómo se sintieron los demás clubes de Niterói al tener que aceptar enfrentarse al equipo B del Canto do Rio en el campeonato local debido a que el equipo A estaba destinado casi exclusivamente a la competición mayor en la capital. Del mismo modo, tampoco quedó nunca muy bien explicado por qué demonios **Carlos Drummond de Andrade**[17] y **Pedro Nava**[18] llegaron a la conclusión de que prender fuego a la ropa interior de las **hermanas Vivacqua** que se secaba en la parte trasera de su mansión en Belo Horizonte constituiría un acto de vanguardismo supremo.

Fuera de control, el incendio fue sofocado gracias a la colaboración de la familia de las víctimas, además de la de los arrepentidos pirómanos.

Drummond recordaría el suceso con cierta frugalidad mientras explicaba que solo de aquella manera él y su cómplice tendrían la oportunidad de ver a las chicas semidesnudas huyendo de las llamas: "Fue por pura diversión, no teníamos ninguna otra intención".

Núbiles, probas y vivaces, las hermanas, nueve en total, eran objeto de deseo de muchos jóvenes que asistían a las veladas celebradas en el salón de los Vivacqua en los años veinte, organizadas para recibir a personajes ilustres de la provincia, además de presentar el "patrimonio femenino" de la familia originaria de Espírito Santo a la buena sociedad de Minas Gerais.

Sin llegar a alcanzar el mismo nivel que sus siete hermanos varones, que se iban adentrando en el terreno de la política o los negocios, las jóvenes superaron con creces el papel reservado a las mujeres de su época, destacando en campos como las bellas artes, la farmacia o las letras.

Sin embargo, ninguna de ellas llegaría a destacar tanto en la vida brasileña como **Dora**. Dorinha. Penúltima de los dieciséis hijos de **José Antônio** y **Etelvina**, conocida más tarde por el nombre que aparecería en las marquesinas de los teatros y en los titulares de los periódicos a modo de mordaz y sensual gancho, y que perturbaría la paz de toda una generación de hombres, viejos y jóvenes, buenos y malos, cohabitando en los sueños y las pesadillas de los burgomaestres de la moral; un nombre que causaría suficiente escándalo a su linaje como para ser exiliado al más recóndito rincón de la razón humana, sepulcro de todas las taras de familia: **Luz del Fuego**.

Con un temperamento voluptuoso e indomable que le valió más de un ingreso forzoso en hospitales psiquiátricos durante su adolescencia como consecuencia de trastadas que hacían mella en la decencia de los Vivacqua, y capaz de dar la vuelta a la esencia elegante con la que **Carmen Miranda**(19) se venía proyectando internacionalmente, Dora Vivacqua, o Luz del Fuego, supuso un torrente de vida y malestar en una sociedad que se iba urbanizando de mala gana.

El precio por acompañar a sus hermanas mayores en sus salidas con los respectivos novios solían ser las visitas al serpentario de la ciudad, donde Dorinha tuvo la oportunidad de deleitarse con la textura seca y fresca de la piel de una serpiente, que contradecía el aspecto viscoso y húmedo que muestran las víboras a primera vista. Su entusiasmo por los ofidios presagiaba la atrevida danza que la haría famosa, desarrollada a partir del arduo y continuo adiestramiento de las boas constrictor que encargaba a cazadores y traficantes de animales.

El cine ya le había dado una clave importante para componer su personaje: casi una década antes de que Carmen Miranda iniciara su trayectoria de ascenso y declive llenando las arcas de la Fox entre 1941 y 1953, **Hedy Lamarr**(20) había cambiado el mundo por primera vez con sus escenas de desnudo y orgasmo en la película *Éxtasis*, de **Gustav Machatý**.

La segunda fue cuando la diva austríaca elaboró junto al compositor **George Antheil** la primera versión del espectro ensanchado, utilizado actualmente en la tecnología de conexión Wi-Fi.

Santa Eva, ruega por nosotros

De la mano del locutor de radio **César Ladeira**, frecuentó Lapa, bastión de la bohemia carioca, y el Casino de Urca, en la década de los treinta, estableciendo conexiones con el mundo artístico.

A los 20 años pasó a ser discípula de **Eros Volúsia**(21), que cautivó al país con su mezcla de coreografías europeas, africanas e indígenas.

Dora comienza a actuar como la Dama de las Serpientes o Luz Divina en circos y escenarios de dudosa reputación, hasta llegar a la consolidación del seudónimo que allanaría el camino para su salida de los grandes teatros llevada en brazos del pueblo al grito de "¡Es la más grande!", y que, según la hipótesis más probable, provenía de la marca del rojísimo pintalabios argentino que usaba Carmen Miranda.

La Segunda Guerra Mundial la encuentra emancipada en Copacabana, donde los rumores sobre su vida libertina, repleta de amantes, deleitan a la prensa sensacionalista y sirven de munición política contra sus familiares en Minas Gerais, creando el ambiente propicio para la extirpación de la rama degenerada que suponía Dorinha.

La acción de su novela *Trágico black-out* se desarrolla durante un ejercicio de guerra destinado a preparar a la ciudad contra un posible bombardeo. En ella, la protagonista, que recuerda mucho a la propia Luz, cree haber encontrado el amor en la arena de la playa de Copacabana completamente a oscuras, lo que da comienzo a una trama de misterio, suspenso y terrores ocultos y no tan ocultos.

Con aspiraciones presidenciales, su hermano **Attilio**, patriarca de los Vivacqua desde el asesinato de su padre en 1932, decide sanear su trayectoria hacia el Senado de la república comprando todos los ejemplares del libro para destruirlos, convirtiendo la obra en un artículo de extraordinaria rareza.

La leyenda de la gran serpiente, *Baile de Cleopatra*, *Macumba para atrapar a un amor* y *Nocturno carioca* brillan en el cenit de los espectáculos que se exhiben en todo Brasil, causando conmoción allá donde van, acumulando espectadores que compiten por un lugar para ver a la mujer de las serpientes, el mismísimo diablo que llegaba directamente desde Río de Janeiro para robar la paz de las perezosas noches del interior.

La tentación de Eva se convirtió en su número más famoso: dando vida a la primera mujer de la creación, Luz sucumbe desnuda a la influencia de la inmensa boa constrictor que la insta a comer el fruto prohibido, ante el delirio del público.

Body and soul

Amigos, más que simples amigos e influyentes amantes la libraron de repetidas acusaciones de exhibicionismo, tal vez por temor a ver comprometidas sus dinastías si eran mencionados como concubinos.

En 1947, Nueva York se rindió a sus pies. La temporada en Norteamérica la acerca a la ideología naturista, popular en el hemisferio norte.

Su segundo libro, *A verdade nua*, es una exaltación a favor de una relación, por decirlo de algún modo, epidérmica con la naturaleza — anticipando el estatus atribuido en la actualidad al término “ecología”—, que el propio poder judicial se encargó de suprimir de las librerías, adelantándose a Attilio.

Una lista interminable de “queridos” en puestos gubernamentales y su consanguinidad con el Senado federal la familiarizaron con los vilipendios de la administración pública, lo que le permitió obtener 50.000 firmas a favor de la legalización de su recién fundado Partido Naturista Brasileño, que, entre otros frentes, lucharía por la emancipación de la mujer. En 1949 se proclama como cabeza de lista y candidata a la Cámara de los Diputados bajo el lema “Menos ropa y más pan”.

La iniciativa se vio malograda por la explosión en pleno vuelo del avión en el que viajaba **Joaquim Pedro Salgado Filho**, senador de Porto Alegre encargado de presentar la causa del partido ante la presidencia de la república. Las 50.000 firmas iban a bordo del avión y quedaron carbonizadas, al igual que los pololos de Dora y de sus hermanas en aquella noche de luna en Minas Gerais...

Existe el pecado, aquí está todo. ¿No existe? Pues aquí está aún más

Sus apariciones en el cine, cuyo único momento destacado —*Curucu, beast of the Amazon*, de 1956, dirigida por **Curt Siodmark**— ni siquiera le valió un personaje con nombre propio en los créditos finales, están prácticamente perdidas o carecen de importancia. Sin embargo, el carnaval no podía prescindir de su llegada en coche descapotable, con apenas ropa, luciendo serpientes a modo de pulseras, asistida por coristas ataviadas con hojas de parra, para celebrar a la gran sensación de los bailes de la capital.

Se desconoce el contenido de la reunión que mantuvo a puerta cerrada en 1952 con el almirante **Renato de Almeida Guillobel**, ministro de Marina, para obtener la concesión del control temporal sobre Tapuamas de Dentro, una de las islas que abundan en la bahía de Guanabara, administradas por el ejército brasileño, cuya concesión de usufructo corresponde exclusivamente al Ministerio de Marina de turno, siempre y cuando existan beneficios comprobados para el país en su conjunto; unos trámites y procesos que Luz pudo salvar gracias a las amistades de calidad cultivadas a lo largo de su vida.

Remodelada, la ahora llamada Isla del Sol se convierte en el primer reducto naturista de América Latina, después de conseguir doscientos cuarenta socios de pago y la aprobación de la Federación Internacional de Naturismo, entrando a formar parte del itinerario turístico de moda, popular entre las élites, la prensa y las grandes estrellas del firmamento de la política y las artes.

Steve McQueen, **Ava Gardner**, **Glenn Ford** y **Brigitte Bardot** son nombres susurrados por los labios de quienes asistieron a las fiestas, los bailes de carnaval y los bailes de máscaras cuidadosamente preparados y supervisados personalmente por su anfitriona; todos ellos, sin excepción, sometidos al requisito que figuraba en la placa colocada en el muelle:

POR FAVOR, QUÍTENSE LA ROPA.
EN LA ISLA ESTÁN PROHIBIDOS LOS ACTOS INDECOROSOS Y LAS EXPRESIONES VULGARES,
EL NUDISMO SOLO PUEDE SER ENTENDIDO POR MENTES SANAS.

Nadando a crol

En el continente, el gobierno de **Juscelino Kubitschek**[22], iniciado en 1956, lanzó el Plan de Metas que pretendía superar los graves desequilibrios económicos bajo un lema no tan pegadizo como el del PNB, claro está, pero no por ello menos tenaz: "50 años en 5", promoviendo una industrialización acelerada y una modernización sectorial que culminaría con el traslado de la capital federal a la recién construida Brasilia en 1960.

Arrancaba la década que dilapidaría la joya indómita que dio forma a los sueños lascivos de todo un planeta, desterraría el acento niteroiense del campeonato de Río y desencadenaría un proceso irreversible de desmantelamiento del aparato industrial de los distritos fabriles del estado. El gobierno autoritario que tomó las riendas del poder en el nefasto año de 1964 no veía con buenos ojos la autodeterminación de que disfrutaba la Isla del Sol, por lo que impidió las visitas, socavando una importante fuente de ingresos que garantizaba el mantenimiento del paraíso privado de Luz del Fuego, a quien ya le costaba sostener el peso de las serpientes, sus eternas compañeras de escenario, en espectáculos cada vez más escasos y con un público cada vez menor. Su sonrisa, enmarcada por un contorno ampliado de lápiz labial para disimular los finos labios, no era más que un triste recuerdo de la irreverencia que adornaba las fotos de los provocativos reportajes de *O Cruzeiro*[23], a diferencia de las nuevas revistas de actualidad, que la incluían en algún que otro reportaje sobre "glorias pasadas".

El silencio se apodera de la Isla del Sol, ahora habitada únicamente por Luz, su guarda **Edgar** y los amados animales de la artista: nueve serpientes, unos diez perros y una cabra.

A la izquierda, Hélcio en una foto tomada durante los años cincuenta. A la derecha, Deize y su hermana Deila preparándose para el carnaval durante los años cuarenta.

Cambio flexible

1964 soplaría su siniestro aliento más allá de las líneas del golpe de Estado del 1 de abril que instauró otra dictadura militar en el país, alcanzando también el partido del 11 de octubre entre el Canto do Rio y el Fluminense, en Caio Martins, interrumpido a los 37 minutos del primer tiempo por la pelea entre los jugadores y la invasión del campo. El final de la contienda tendría lugar el 14 del mismo mes en otro estadio, a puerta cerrada.

El episodio llevó a la impugnación de la autorización para iluminar los céspedes de la capital, concedida dos décadas antes al equipo de Niterói, por contradecir supuestamente el Decreto-ley n.º 3199 del 14 de abril de 1941 que regulaba la práctica de deportes en el país —el mismo que en su artículo 54 señalaba que "a las mujeres no se les permitirá practicar deportes que sean incompatibles con su naturaleza"—, lo que resultó en la expulsión del club albiceleste de la competición carioca.

Genuflexión

Las preocupaciones de Hélcio por aquel entonces eran de otra índole: superar la cojera impuesta por los meniscos, desgarrados sin piedad por marcadores frustrados por su terquedad en cruzar repetidamente la línea del centro de campo, e infiltraciones irresponsables, entre otros dolores ingentes derivados de años de práctica deportiva mal supervisada.

No es lluvia, son lágrimas

En la mañana del 20 de julio de 1967, la lancha a motor utilizada por Luz del Fuego para atender las necesidades de conexión obligatoria con tierra firme fue encontrada a la deriva en aguas profundas por personal de la guardia costera, que no tardó en hallar signos de saqueo en la isla y, peor aún, a los animales abandonados. Ni rastro de la exbailarina ni del guarda.

La investigación liderada por el comisario **D. Rui Dourado** acusó a dos delincuentes de poca monta que operaban en la bahía de Guanabara, los hermanos **Alfredo** y **Mozart Teixeira Dias** —más conocido como Gaguinho—, como autores de los asesinatos de Dora Vivacqua y del guarda Edgar Bezerra de Souza, atraídos por ellos de manera astuta y asesinados a golpes como venganza por el fracaso en anteriores intentos de robo y violación repelidos a punta de revólver por la propia vedete. Los cadáveres, con las entrañas rellenas de piedras para evitar que flotasen y con los cráneos aplastados, fueron rescatados del fondo de las aguas de la bahía el 2 de agosto de ese año, ante el desconsuelo de las pocas personas que asistieron a sus entierros en el cementerio de San Juan Bautista.

Alineación del Fonceca AC, club en el que también militó Hélcio (segundo de pie empezando por la derecha) durante los años cincuenta. El Barreto en los años noventa: a la izquierda, el ferrocarril Leopoldina. Al fondo, el cementerio de Maruí y el campanario de la Iglesia Matriz de San Sebastián.

Periódico de ayer

Desde el primer cuarto del siglo XX, São Paulo mostró una tasa de crecimiento industrial bastante superior a la de Río de Janeiro, debido a la concentración de capital derivada de la actividad cafetalera y a la creación de un mayor mercado laboral que redujo el coste de la mano de obra.

La motivación geopolítica de los militares que dictaminaron las reglas entre 1964 y 1985 por ocupar los innumerables vacíos urbanísticos del territorio nacional, para forjar una red político-económica capaz de cubrir la zona de mayor densidad de población del país y destruir la resistencia ideológica al régimen, favoreció la compra de empresas establecidas en barrios obreros como Barreto por sus competidoras en otros estados, obligando a su cierre inmediato como consecuencia de mantener un modelo capitalista arcaico basado en subsidiar a sectores tradicionales a costa del endeudamiento externo, la concentración de los ingresos y la exclusión social.

La reformulación del sistema nacional de carreteras cambió el flujo de las mercancías, multiplicando la tarifa del transporte de las materias primas, y la asociación de la gestión pública con oligarquías locales que no oponían resistencia al desmantelamiento de su parque industrial hirió de muerte a los movimientos sindicales, las organizaciones partidistas y las asociaciones de trabajadores, centros de oposición al gobierno.

Autopiezas

El Barreto de los años setenta y ochenta entonaba la cantinela del cierre de fábricas centenarias, de la obstaculización del comercio que vivía gracias a la actividad manufacturera, de la venta de los campos de fútbol que albergaban los partidos del campeonato local, de las colonias fabriles desfiguradas o abandonadas, y de las festividades comunitarias, siendo caldo de cultivo para el mal uso administrativo.

Todo lo que antes había representado la obtención de requisitos básicos de ciudadanía desaparecía irremediablemente.

El carnaval quedó reducido a un desganado desfile de bloques mal organizados, que emitían más ruido que melodías, infundían más tristeza que alegría, y cuyo aspecto distaba mucho de ser glamuroso, compuestos por aquellos que heredaron las ruinas dejadas por el trauma del revés económico.

Vals

Luces de Niterói es una apropiación y una reinvención.

En relación al tiempo histórico, es posible que Luz del Fuego, Dorinha, no estuviese tan mal asistida cuando dos intrépidos jóvenes se adentraron en sus dominios ofreciendo kilos de pescado fresco a un módico precio, ni que la majestuosa Isla del Sol dejara ya entrever el deterioro que la consumiría hasta nuestros días, pero los incesantes rumores en torno a la muerte de su soberana, que oímos todos aquellos que crecimos teniendo la bahía de Guanabara como principal enclave de comunicación con la capital del estado, y el trágico final que le tenía reservado el destino, obligaron a que la ficción ofreciera una dimensión aproximada de todo lo que se solía especular sobre su persona.

Hélcio, en plena forma física, acostumbrado a competir con los delanteros por la supremacía en los marcadores, inmune al desgaste de las articulaciones que truncaría su carrera de manera prematura, nunca dudaría en lanzarse de cabeza a una aventura que tenía tantas probabilidades de salir mal como la de la apropiación del botín de peces muertos, que él narraba añadiendo siempre detalles y hechos tan dispares como su creatividad y su fantasía le permitían. Pero dudo mucho que Noel, su más fiel amigo, fuese quien le acompañó realmente en aquella empresa.

Sin embargo, la fidelidad del único leal entre los más leales, que se molestó en visitarle en el lecho de la clínica después de la artroplastia que permitiría al exdefensor de mediana edad recuperar la capacidad de caminar sin la ayuda de muletas, lo acreditó como inspiración para la creación del personaje que lleva su nombre.

Una granada de amargura

Fundada en 1891 por industriales ingleses y brasileños, la Compañía Manufatora Fluminense de Tecidos estuvo desangrándose hasta 1997, año en que cerró definitivamente sus puertas, aumentando la tasa de desempleo.

Su equipo de fútbol, el Manufatora AC, fundado en 1944 por los propios trabajadores de la empresa, se había disuelto oficialmente en 1983.

Durante más de 100 años, la sirena que marcaba el inicio del turno de la fábrica textil anunciaba a todo el barrio que el descanso nocturno había llegado a su fin.

Yo era el primero en escucharla. Siempre fui el primero en escucharla.

NOTAS

(1)Luiz Sá (1907-1972), autor de cómics brasileño.
(2)Clóvis (del inglés *clown*), también llamado Bate-bola, es un disfraz de carnaval característico de Río de Janeiro; tradición traída por los colonizadores portugueses.
(3)Entidades espirituales de cultos afrobrasileños, cuyas ofrendas normalmente se colocan en la vía pública, como cruces de caminos y vías de ferrocarril.
(4)Algo como "agujero de toro", connotación de doble significado, tanto sexual como de tumba de dichos animales.
(5)Irineu Evangelista de Sousa (1813-1889), político, industrial y banquero brasileño; fuerza impulsora de la industria brasileña en el período imperial.
(6)Fiestas dedicadas a santos populares como San Juan y San Pedro, que por sus raíces europeas tienen lugar en fechas cercanas al solsticio de verano en el hemisferio norte.
(7)Oscar Alfredo Sebastião Cox (1880-1931), futbolista y principal fundador del Fluminense Football Club.
(8)Atletas famosos por jugar en la selección brasileña de fútbol.
(9)Unidad administrativa que correspondió al territorio del municipio de Río de Janeiro, activa desde 1891 hasta 1960.
(10)Movimiento político-militar que consistió en una serie de rebeliones de jóvenes oficiales del ejército descontentos con el gobierno de la República Oligárquica en la década de 1920.

[11]Las revueltas de tenientes estallaron en Río de Janeiro (1922) y São Paulo (1924), ambas el 5 de julio.
[12]Washington Luís Pereira de Sousa (1869-1957), presidente de Brasil entre 1926 y 1930 y último de la llamada Antigua República.
[13]Getúlio Dornelles Vargas (1882-1954), líder del golpe de Estado que puso fin a la Antigua República, presidente de Brasil entre 1934 y 1945 y nuevamente entre 1951 y 1954.
[14]Movimiento armado organizado en los estados de São Paulo, Mato Grosso y Rio Grande do Sul entre julio y octubre de 1932, conocido como Revolución Constitucionalista, que tenía como objetivo derrocar el gobierno provisional de Getúlio Vargas y convocar una Asamblea Nacional Constituyente.
[15]Intento de golpe de Estado contra el gobierno de Getúlio Vargas conocido como Intentona Comunista, organizado por militares, entre el 23 y 27 de noviembre, con el apoyo del Partido Comunista de Brasil y la Internacional Comunista.
[16]Dictadura establecida por Getúlio Vargas el 10 de noviembre de 1937, que estuvo vigente políticamente hasta el 29 de octubre de 1945 y formalmente hasta el 31 de enero de 1946.
[17]Carlos Drummond de Andrade (1902-1987), escritor, considerado el poeta brasileño más influyente del siglo XX.
[18]Pedro da Silva Nava (1903-1984), escritor, considerado el mayor autor de memorias brasileño.
[19]Maria do Carmo Miranda da Cunha (1909-1955), cantante y actriz luso-brasileña, destacada en la época dorada de Hollywood.
[20]Hedwig Eva Maria Kiesler, conocida como Hedy Lamarr (1914-2000), actriz e inventora austríaca.
[21]Heros Volúsia Machado (1914-2004), bailarina brasileña de relevancia internacional por su danza inspirada en el modernismo brasileño.
[22]Juscelino Kubitschek de Oliveira (1902-1976), presidente de Brasil entre 1956 y 1961.
[23]Principal semanario ilustrado brasileño, publicado entre 1928 y 1975.

BIBLIOGRAFÍA

DE AZEVEDO, MAIRA NEVES. *A reestruturação do circuito espacial de produção de embarcações: análise dos estaleiros de Niterói e São Gonçalo* (1970-2017). Tesis publicada dentro del programa de posgrado en Geografía de la Universidad Federal de Río de Janeiro. Junio de 2018.

LEONARDO DE ARAUJO, VÍCTOR y PEREIRA DE MELO, HILDETE. *O processo de esvaziamento industrial em São Gonçalo no século XX: auge e declínio da "Manchester Fluminense"*. Artículo publicado en *Cadernos do Desenvolvimento Fluminense*. Río de Janeiro. Mayo de 2014.

PUCU WOLLMANN DO AMARAL, LUCIANA. *Sobre chácaras, pântanos e roçados: aspectos sobre a formação da região industrial e operária de Niterói no início do século XX*. Artículo publicado en *Espaço e Economia*, revista brasileira de geografia económica Año VI, núm. 12. Enero/junio de 2018.

PUCU WOLLMANN DO AMARAL, LUCIANA. *Quando o apito não tocou: experiência operária e identidade de classe em um bairro operário em declínio (Barreto-Niterói)*. Trabajo presentado en ANPUH – XXV Simpósio Nacional de História. Fortaleza, 2009.

PUCU WOLLMANN DO AMARAL, LUCIANA. *Barreto, "bairro operário": trabalhadores, política e associativismo em uma comunidade operária fluminense nos anos 1940 e 1950*. Artículo publicado en la revista *Mundos do Trabalho*, vol. 3, núm. 5. Enero/junio de 2011.

DE OLIVEIRA LIMA ARAUJO, LEILA. *Paisagens urbanas reveladas pelas memórias do trabalho*. Artículo publicado en la Revista electrónica de geografía y ciencias sociales, núm. extra 6 (119). Ejemplar dedicado a las actas del IV Coloquio Internacional de Geocrítica. 2002.

MONTES, JAVIER. *Luz del fuego*. Traducción de Silvia Massimini Felix. Libro publicado por Editorial Fósforo. 2023.

SERRANO, WELLINGTON. *Niterói perde seus campos de futebol*. Artículo publicado en el diario *A Tribuna*. 19 de octubre de 2017.

DO VALLE, EMMANUEL. *Canto do Rio: a história de um forasteiro por mais de 20 anos no Campeonato Carioca*. Artículo publicado en la web Trivela. 14 de febrero de 2022.

REIS DE MELLO, MARCELO. *Sobressalto#01: Carlos Drummond de Andrade*. Artículo publicado en la revista *A palavra solta*. 31 de octubre de 2021.

Hedy Lamarr, estrela de Hollywood e mãe do wi-fi. Artículo publicado en la web Derivando a matemática. Noviembre de 2020.

O GLOBO
SPORTIVO
Nº 53
ANO II
HÉLCIO
esperança para a
COPA do MUNDO
INDISPENSÁVEL COLÉGIO DE ÁRBITROS —

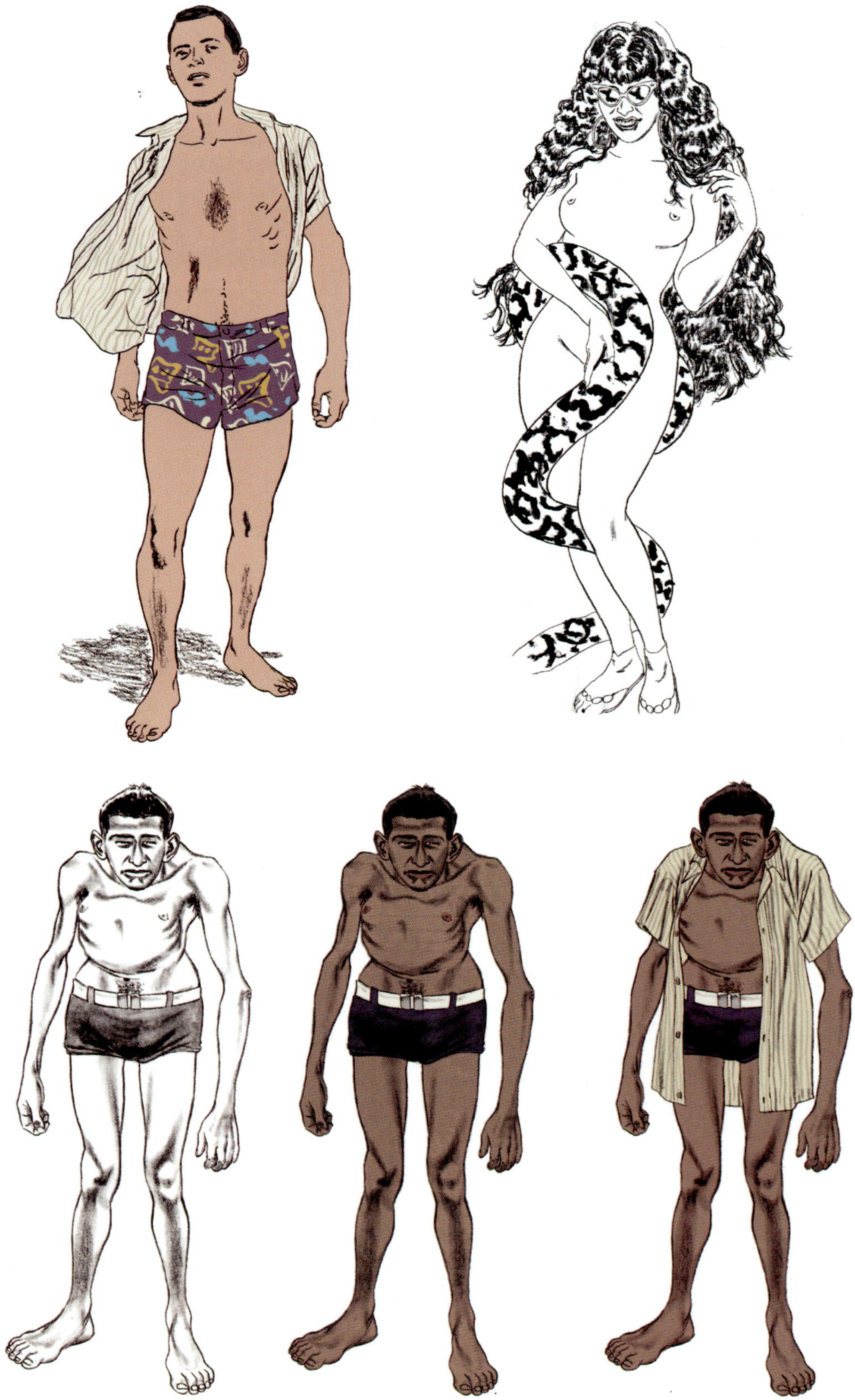

Desarrollo de personajes.

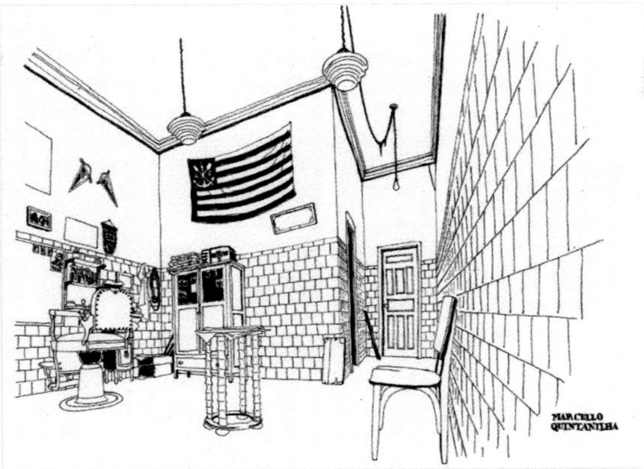

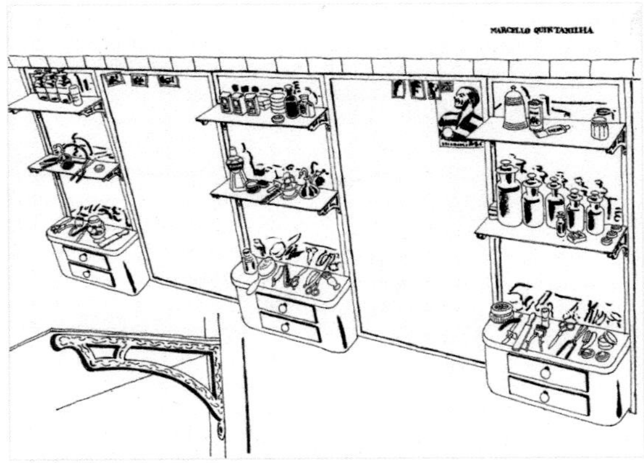

Sobre estas líneas y a la izquierda, *concept* de la barbería Céu Azul, donde el padre de Hélcio arreglaba la apariencia de sus clientes.

Abajo, *concept* de la famosa UCT, Unión Contra el Trabajo, donde los jóvenes barretenses debatían los rumbos económicos y políticos del país.

Pruebas de diferentes técnicas de acabado, que incluían un juego de tramas *vintage* finalmente descartado.
Abajo a la derecha, ilustración de la portada de la edición original francesa.

En esta página y en las siguientes se pueden apreciar las diferentes fases del proceso creativo de **Marcello Quintanilha**.

Sobre estas líneas, guion/boceto. Grafito sobre papel.

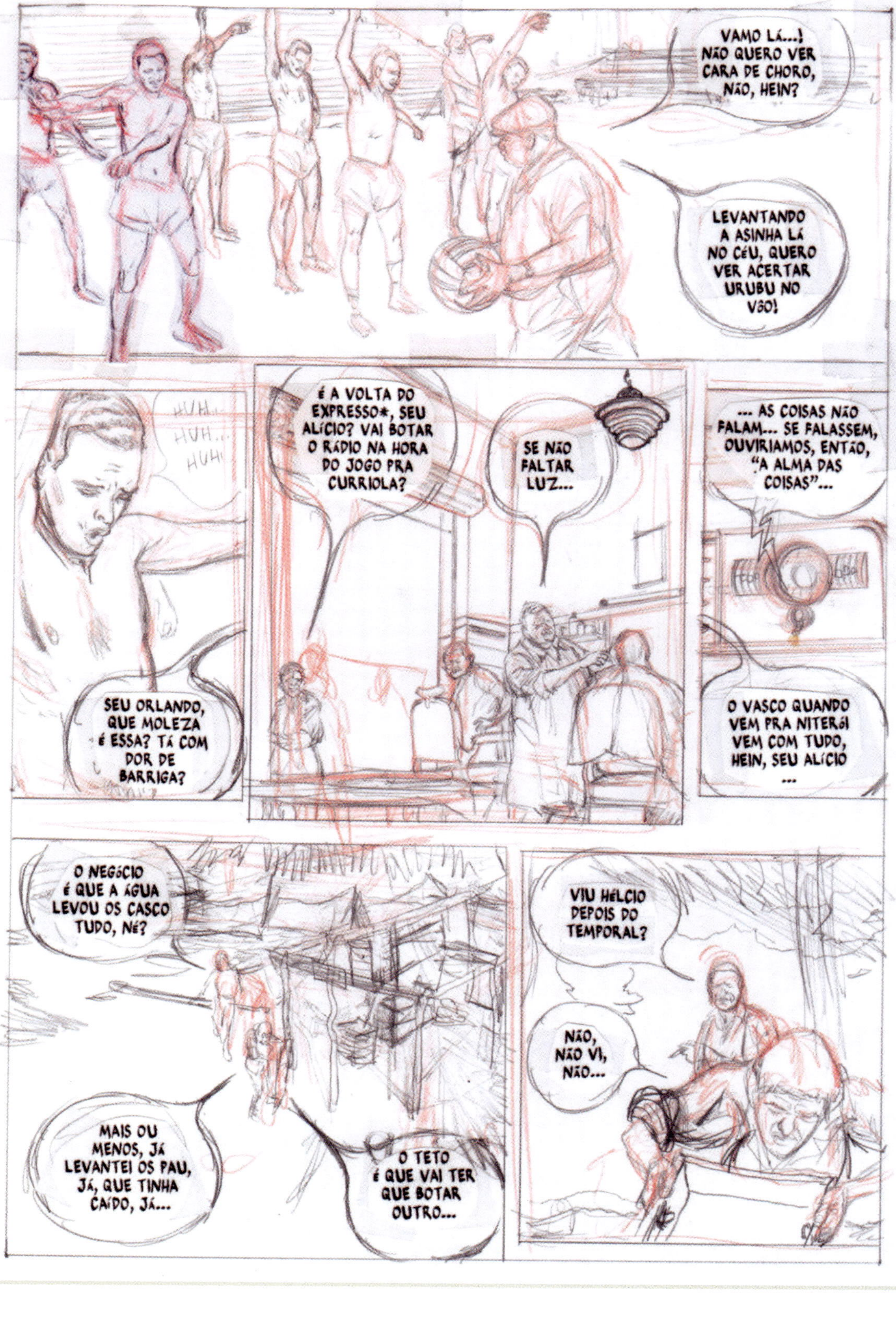

Dibujo. Lápiz de color y grafito sobre papel.

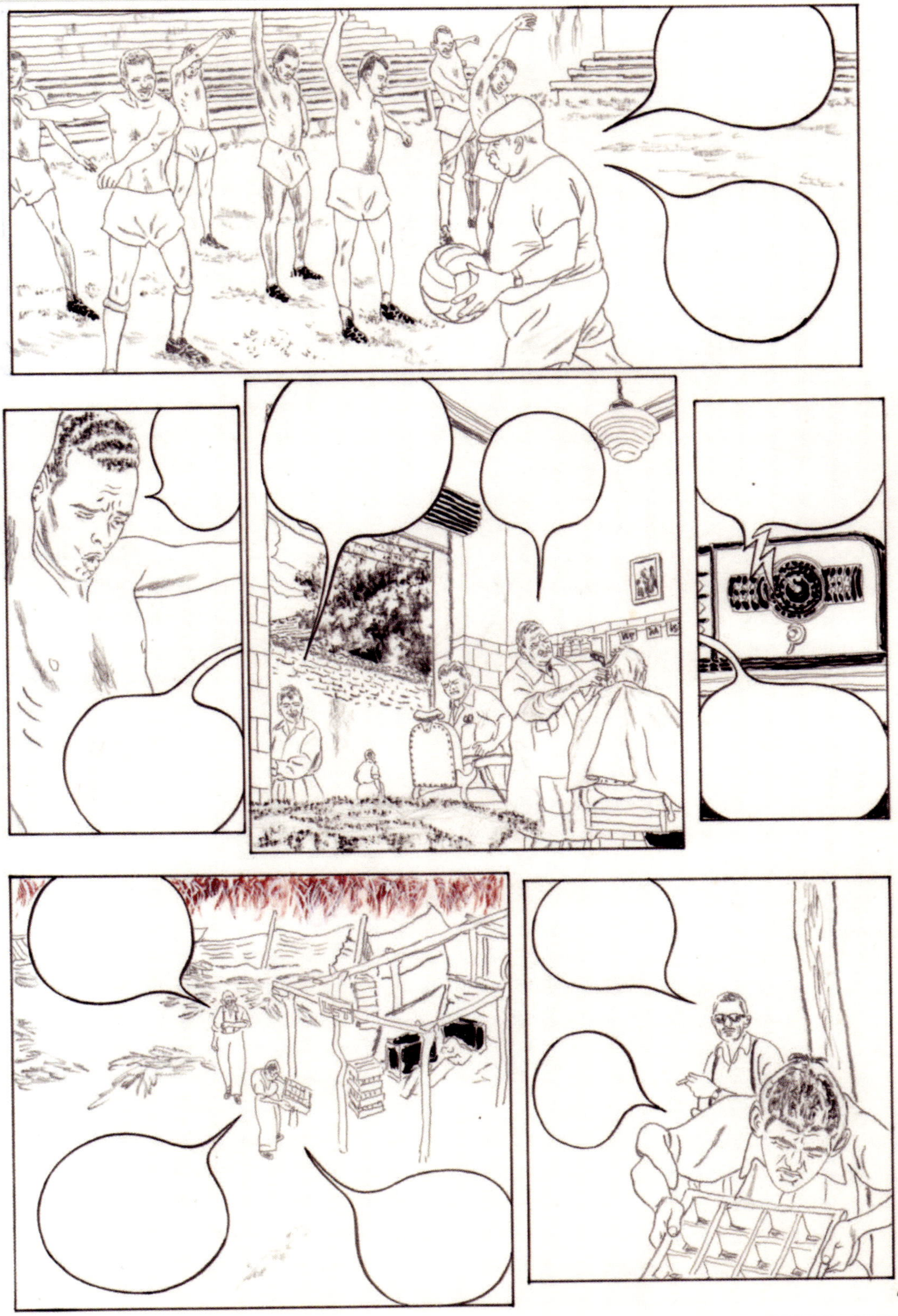

Acabados. Grafito, pastel al óleo, tinta china y *gouache* sobre papel.

Digitalización del arte final. Bitmap 1200 dpi.

Coloración digital. CMYK 600 dpi.

Superposición de archivos. CMYK 600 dpi.

Hélcio a finales de los años cuarenta.

Marcello Quintanilha

Fotografía: Luciana de Oliveira

Marcello Quintanilha nació en 1971, en Niterói. De formación autodidacta, comenzó a publicar historietas siendo adolescente, dibujando cómics de terror y artes marciales bajo el seudónimo de "Marcello Gaú". En la década siguiente se dedicó al mundo de la animación, además de iniciar una colaboración constante con la prensa, firmando trabajos en medios como *O Estado de São Paulo*, *Bravo*, *Le Monde*, *Internazionale*, *Art Review*, *La Vanguardia*, *Le 1*, *El País*, etc.

En 1999 publicó su primera novela gráfica: *Fealdade de Fabiano Gorila*. Tres años más tarde se trasladó a Barcelona, donde se encargó de los dibujos de la serie *Sept Balles pour Oxford*, con guiones de **Jorge Zentner** y **Montecarlo**. En 2005, después de un viaje a la capital de Bahía, lanzó *Salvador*, una mezcla orgánica entre prosa e ilustración. Luego vinieron *Sábado dos meus amores* (2009) y *Almas públicas* (2011), dos recopilaciones de historias cortas de corte naturalista. En 2012, hizo una adaptación al cómic de la célebre novela impresionista brasileña *O Ateneu* (1888), de **Raul Pompeia**.

Tungsteno llegó a las librerías en 2014, un éxito internacional que le valió a Quintanilha varios premios, incluido el Fauve Polar del Festival de Angoulême, concedido a la mejor obra de género negro. En 2018 se estrenó en los cines brasileños la adaptación del libro, dirigida por **Heitor Dhalia**. *Talco de vidrio* se lanzó en 2015, otro gran éxito de público y crítica, premio a la mejor novela gráfica internacional en el Splash Sagunt 2017. Luego llegó *Luzes de Niterói* (2018) y, en 2020, su primera novela, *Deserama.*

Su trabajo más reciente es *Escucha, hermosa Márcia* (2021), que puso el nombre de Quintanilha en la historia como el primer brasileño en recibir el Fauve d'Or, principal premio del Festival de Angoulême y uno de los más prestigiosos del cómic internacional. En 2022, esta obra se alzó con el premio Jabuti al mejor cómic concedido por la Cámara Brasileña del Libro y con el premio Bédélys del Festival BD de Montréal, además de incluirse en la lista de mejores cómics del año de *Babelia*, suplemento cultural del diario *El País*. Un impresionante palmarés, completado en 2023 con el premio a la mejor obra internacional del Saló del Cómic de Barcelona y el Micheluzzi a la mejor novela gráfica extranjera de la Comicon Italia.

Actualmente sigue viviendo y trabajando en Barcelona, España.